· 基于国家社科基金青年项目（09CWW002）研究成果 ·

近现代来华传教士与中国文学研究

刘丽霞 ○ 著

中国社会科学出版社

图书在版编目(CIP)数据

近现代来华传教士与中国文学研究 / 刘丽霞著 . —北京：中国社会科学出版社，2017.10
ISBN 978-7-5203-1070-3

Ⅰ.①近… Ⅱ.①刘… Ⅲ.①传教士—影响—中国文学—近代文学—文学研究②传教士—影响—中国文学—现代文学—文学研究
Ⅳ.①I206.5②I206.6

中国版本图书馆 CIP 数据核字（2017）第 231944 号

出 版 人	赵剑英
责任编辑	朱华彬
责任校对	张爱华
责任印制	张雪娇
出　　版	中国社会科学出版社
社　　址	北京鼓楼西大街甲 158 号
邮　　编	100720
网　　址	http://www.csspw.cn
发 行 部	010-84083685
门 市 部	010-84029450
经　　销	新华书店及其他书店
印　　刷	北京君升印刷有限公司
装　　订	廊坊市广阳区广增装订厂
版　　次	2017 年 10 月第 1 版
印　　次	2017 年 10 月第 1 次印刷
开　　本	710×1000　1/16
印　　张	16.5
插　　页	2
字　　数	227 千字
定　　价	68.00 元

凡购买中国社会科学出版社图书，如有质量问题请与本社营销中心联系调换
电话：010-84083683
版权所有　侵权必究

序言 一

在"之间"的"中—间"

杨慧林

阅读这部新书的一个特别感受，也许是其中从香港学者梁元生著作借用的概念——"之间人"。按照梁元生《边缘与之间》一书的说法，他之所以栖身于传统与现代、儒学与基督教"之间"而非"中间"，乃是因为"'中间'只有一线，但'之间'有许许多多的线；'中间'会有一元化的倾向，而'之间'则一定是多元的选择。……许多当代学人的成功，在于其为'之间人'，而不一定是'中间人'"。①

要追寻利玛窦所谓的"西士"与"中士"、外来文化与中国传统、宗教与文学等复杂关系，确实无法执着于单一（甚至往往是单向）的线索，而必然诉诸"许许多多的线"。这应该正是刘丽霞《近现代来华传教士与中国文学研究》的题中之义。因此她从民国报刊查考了大量几近湮没的资料，使这一颇受关注的论题重归文献、言出有据。书中述及天主教与新教之"文化事工"的微妙差异、白话译经与新文学运动的相互关联、传教士对新文化运动和中国新文学的评介及其与中国作家的交往等，恍若隔世，又耐人琢磨。不同的读者，当有多方面的不同收获，生发多线索的不同联

---

① 梁元生：《边缘与之间》，前言，复旦大学出版社2010年版。

想。这大概也是"之间"所结成的殊胜因缘。比如对我而言,来自美国的女传教士亮乐月(Laura M. White)和另一位"准传教士"赛珍珠(Pearl Buck),便是文化交往"之间"极富解释力的典型。

亮乐月是正宗的传教士,在华四十多年,曾于1912年创办《女铎》,并为中国读者撰写文章、翻译文学作品。赛珍珠也在中国生活了将近四十年,后来不仅成为特别看重"中国小说"和"中国世界"①的"美国作家",而且为各种刊物写了不少有关中国的文章。②之所以只能称其为"准传教士",乃是因为她虽然生在传教士的家庭,也参与过一些传教工作,却似乎是早有"反骨"。正如刘丽霞注意到的:其广为流传的小说《大地》"只字不提基督教",彻底"惹恼了"教会;而这可能反映着她多少有些耸人听闻的一贯看法:"传教士在中国没有成功过","传教士是世上遭非议最多的人"。

直到多年以后,赛珍珠仍对某些"粗俗愚钝"而又"彼此之间刻薄尖酸"的教会中人耿耿于怀。她发表在美国《外交》杂志(Foreign Affairs)的一篇文章记起小时候的往事:一个又脏又饿的美国人到她家推销《圣经》,吃饱喝足并换上干净衣服之后居然不想离开,在赛珍珠家里住了几个月,"险些儿把我们安宁的教会家庭破坏了";终于被送走的时候,"他所有的《圣经》都卖给了我的父亲……衣袋里装饱了我父亲微薄的银钱"。③

与赛珍珠的文字相比,亮乐月断不会如此不留情面。1914—1915年,亮乐月将莎士比亚的《威尼斯商人》改译为《剜肉记》,

---

① 两说分别出自赛珍珠在诺贝尔文学奖授奖仪式上的演说及其著作《我的中国世界》。
② 参见杨慧林《赛珍珠在抗战时期的政论短文及其特别关注》,《人文杂志》2015年第7期。
③ 此文后由俞亢咏节译为《白种人在远东的未来地位》,收入上海出版的《国际间》1941年第二卷。

在她主编的《女铎》连载①。我对其中一个有趣的细节印象尤深。

《威尼斯商人》第一幕第二场有波希霞的一段话：It is a good divine that follows his own instructions: I can easier teach twenty what were good to be done, than be one of the twenty to follow mine own teaching.②通行的中译本大都忠实传达了原意，比如："只有好神父才遵守他自个儿的教诲。让我指点二十个人做人的道理，倒还容易；可是要我做这二十个人中间的一个，奉行自己的教训，就没那么简单啦。"③从赛珍珠笔下的传教士可以想见，西方文学作品中的这类自嘲大概颇合她的心思。

但是，身为传教士的亮乐月，却难免担心这会误导中国的闺秀们。于是在她的《剜肉记》中，上述台词的意思已经完全不同："我要劝二十个人按本分行事，爱怎样说便怎样说；若要使一个人遵我的劝去做，恐怕就没有把握了。"传教者不能"奉行自己的教训"，怎么会被"翻译"成受教者"不能遵我的劝去做"？亮乐月不可能读不懂莎士比亚的调侃，然而只有将其暗中转换为惯常的道德教训，也许才符合人们对神职的想象，才不至于通过《女铎》再造出一群中国的赛珍珠。

刘丽霞就此描述"来华女传教士在信仰体认中出现的挣扎状态"，进而以多年任教于燕京大学的包贵思（Grace M. Boynton）为例并不断追问：为什么"笃信宗教的包贵思"会同女共产党员杨刚"结下特殊的友谊"？

无论如何，赛珍珠作为"教会中人"对教会的反思、亮乐月作为《女铎》创办者对翻译作品的改写、包贵思作为教会大学教授对共产党学生的理解，都印证着更深层次的"之间"；从而来华

---

① 见上海图书馆所藏 1914 年 9 月—1915 年 11 月《女铎》。
② Shakespeare, "The Merchant of Venice," see *The Complete Works of William Shakespeare*, Hertfordshire: Wordsworth Editions, 1996, p. 390.
③ 方平译：《威尼斯商人》，见方平主编《新莎士比亚全集》第二卷，河北教育出版社 2000 年版，第 159 页。

传教士与中国文学的关系，当在文学之外启发进一步的思考。

如果回到梁元生关于"之间"与"中间"的分辨，或可说前者正是法国学者朱利安（François Jullien）所谓的"间距"（écart）。他坚持用"间距"的概念取代"差异"（différence），恰恰是因为结构性（productive）而非描述性（descriptive）的"之间"可以由此凸显。① 在这样的意义上，汉语构词的先天张力刚好表达了当代思想所关注的 in‑between‑ness，因为"中间"本来就是"中—间"。这"中—间"未必不是相互的生成，正如来华传教士与中国文学"之间"的长期纠葛，亦如我们已经意识到的多重结果。

---

① 朱利安：《间距与之间》，见方维规主编《思想与方法：全球化时代中西对话的可能》，北京大学出版社 2014 年版，第 27 页。

序言 二

近现代中国日渐发生深刻的现代化转型，最终告别延续了数千年之久的封建制度及其观念体系，而汇入创建独立、自由、民主、富强国家的时代大潮中。转型的过程伴随着文艺复兴以降西方先进文化向东方的不断传播，在中国，这一西学东渐潮流是由来华传教士率先推动的。鉴于此种历史事实，近现代来华传教士与中国文化关系的研究日益引起知识界关注，不断涌现出令人欣慰的学术新人及其创新之作，刘丽霞的《近现代来华传教士与中国文学研究》就是其中的一种。

诚如刘勰在《文心雕龙》中所说，"文变染乎世情，兴废系乎时序"，近现代中国尽显天地翻覆的壮阔景观，文学领域亦发生面目全新的变革，追根溯源，其重要诱因之一乃是由传教士促成的西方文化强力介入，以致国人面前呈现出令人炫目的异质文化资源。西方传教士在文学观念、文学内容、文学语言、文学形式、文学功能、文学与现实的关系，文学的传播方式、理解方式、诠释方式、读者对象及其接受方式等方面，均对中国文学的现代化转型产生深刻影响，其影响力已远远超出学界已然得出的认知和评估。在某种意义上可以认为，中国文学的近现代变革首先是由来华传教士推动的，传教士的文学活动构成了五四新文学运动的重要源头之一。张西平教授将西方汉学分成以《马可波罗游记》为代表的"游记汉学"、以《汉文启蒙》（雷慕萨）为代表的"专业汉学"，和肇始于《中国札记》（利玛窦）而绵延数百年之久的"传教士汉学"。

在他看来，传教士汉学在西方汉学中居有十分特殊的地位，特点是将传教士对东方文化的介绍和研究与西方思想史本身的变迁紧密相连，以至于其对中国学术和思想的影响力大大超越了另外两种汉学，实际上已构成西方汉学的根基，在西方与东方知识交相演进的过程中发挥了关键性作用。① 这一论断在刘丽霞的新著中得到了充分印证。

　　刘丽霞的书稿呈现出宽广的学术视域。作者擅长全景式考察近现代来华传教士与中国文学的关系，尤其对中国现代文学的评介和传播。就新教而言，其书稿以《教务杂志》《中国丛报》《女铎》等报刊为重点，论及它们如何既注重探讨中国现实问题，又以大量篇幅发表谈论中国古典诗歌、散文、历史、哲学、文字、艺术和宗教等的文章，且较为深广地译介中国古典小说，包括历史演义小说、神怪小说、世情小说等，有力推动了国外汉学的发展，为中国文学西传作出了显著贡献。就天主教而论，则以《文艺月旦》（甲集）、《中国现代戏剧小说1500种提要》《新文学运动史》等为中心，指出传教士们的图书评判并非着眼于文艺价值，而是聚焦其内容的道德价值，意在维护天主教的道德风化，借此移风易俗、影响中国的道德建设。这种评论一方面为观照中国文学提供了特殊视角；另一方面又难以对中国文学做出真正全面而公允的评价。

　　在宏观勾勒之际，这部书稿中也有不少致力于细读精研的出彩章节，尤其探讨了明兴礼、赛珍珠、包贵思等传教士汉学家的贡献。例如，刘丽霞透过宗教与文学、传教士与文学家的跨学科视角，对赛珍珠这位1938年度的诺贝尔文学奖获得者、在中西文化交流史上有着特殊意义的传奇女性做出逐层分析，论及她对中国传统文化的赞赏和热爱、对中国新文学的介绍和传播，及其以入华传教士为主角的两部传记文学杰作，使读者对赛珍珠有可能形成全方

---

① 程炳生整理：《传教士与近代中国社会》，《社会科学报》2005年8月18日，第5版。

位的深刻认知。刘丽霞运用"之间人"的身份概念界定近现代来华传教士的文化身份,也非常有益于读者得到难能可贵的文化启迪。"之间人"是一个典范的比较文化概念,特指一种介于两种族群文化之间的角色,既包括西方人,也包括中国人,来华传教士就是其中极具特色、不能被忽略的一群,他们在中国的现代化进程中客观上发挥过先行者的重要作用。

这部书稿体现出扎实的资料考据功夫。刘丽霞深知"没有资料就没有发言权";对于一个前人很少涉猎的课题,要想做出确有价值的原创性研究,就更须言必有据。因此她特别注重尽可能充分地占有丰富翔实的第一手文献资料,多次前往内地各大图书馆,亦利用外出访学之机在香港、美国院校的图书馆寻珍探宝。2012年初春我在香港信义宗神学院访学期间,曾应邀为之检索近百年前的《教务杂志》,徜徉于泛黄的书页之间,内中的甘苦略知一二。

荀子在《劝学篇》中留下千古名言:"无冥冥之志者无昭昭之明,无惛惛之事者无赫赫之功。"大约七年前,自刘丽霞前来河南大学由我指导进行博士后研究时起,我就深感她乃是一个以冥冥之志献身于惛惛之事的青年学子,坚信她必能彰显出昭昭之明,成就一番赫赫之功。

是为序。

梁 工

2017 年 5 月 1 日

于古城汴梁铁塔湖畔

目 录

绪论　近现代来华传教士与中国文学研究之内在关联 …… （1）
　一　明清之际来华传教士汉学研究传统之继承 ………… （3）
　二　近现代来华传教士文字传教策略之推动 …………… （6）

第一章　近现代来华天主教传教士与中国文学研究 ……… （8）
　一　清末民初来华天主教传教士对白话文运动的
　　　参与及影响 ……………………………………………… （8）
　二　来华圣母圣心会士与中国文学研究 ………………… （31）
　三　来华耶稣会士与中国文学研究 ……………………… （62）
　四　来华法国耶稣会士对中国文学中他界书写的译介 …… （76）

第二章　近现代来华新教传教士与中国文学研究 ………… （92）
　一　来华新教传教士对中国新文学的参与及影响 ……… （92）
　二　来华新教传教士对中国新文学的译介及研究
　　　——以《教务杂志》为例 ……………………………… （111）
　三　来华新教传教士对中国古典文学的译介
　　　——以《教务杂志》《中国丛报》为例 ……………… （121）
　四　几位传教士汉学家对中国古典文学的译介 ………… （141）
　五　来华新教传教士创办的《女铎》月刊及《女铎》
　　　小说研究 ……………………………………………… （145）

第三章　个案研究 …………………………………………… （159）
　一　明兴礼与中国现代文学研究 ………………………… （159）
　二　赛珍珠与中国文学 …………………………………… （174）

三　包贵思与燕京大学作家群 …………………………（214）
结语　中西文化之间：近现代来华传教士的"之间人"
　　　身份 ……………………………………………………（234）
参考文献 ……………………………………………………（241）
后　记 ………………………………………………………（247）

绪论　近现代来华传教士与中国文学研究之内在关联

在中西文化交流史中，近现代来华传教士曾扮演了极其重要的角色，其影响日益引起学界的关注。随着学界研究的深入，对来华传教士的研究范式也在不断变化，其中包括殖民侵略范式、文化交流范式以及现代化范式等。据有关学者考察，20世纪80年代以前主要是殖民侵略范式，20世纪80年代后期以后主要是文化交流范式、现代化范式。这些范式的转换很大程度上是一个扬弃的过程而不是简单的替代。

应该说，由于来华传教士的复杂身份及立场，每种范式的研究都包含其合理性。本书主要采用文化交流的范式，从文学角度对近现代来华传教士在中西文化交流史上的特殊意义给予史料梳理和学理分析。

20世纪80年代后期以来，文化交流范式的影响日益扩大。此范式主要从文化交流的视角对在华传教士进行深入研究。这些传教士在这个特殊时代充当了文化交流的中介，这些来自异质文化的"西儒"将西方科学文化知识传入中国，同时他们也认真学习中国语言（包括汉语及方言），对中国以儒家为主体的传统文化进行了由浅入深的研究和介绍，在西学东渐和汉学西渐两方面都发挥了重要作用。

运用此范式的学术成果较多，国内中西文化交流的专著或论文都对传教士的这一作用给予了充分肯定，对此特殊群体在中西交流各方面的作用进行了较为深入的研究。

从西学东渐维度而言,学界研究的成果较多。教育史研究方面,章开沅先生与林蔚博士主编的论文集《中西文化与教会大学》影响巨大,对教会大学在中西文化交流中的作用进行了积极评价;史静寰从总体上对传教士在教育方面的活动进行研究,对传教士在中国新式教育发展中的积极作用给予了恰当定位。西方艺术的东渐方面,莫小也的研究较为系统,其《17~18世纪传教士与西画东渐》一书,对西方绘画艺术的东渐进行了较为深入的研究。在西方科技东传方面,曹增友的著作较为概括,他的《传教士与中国科学》在较宽宏的视野下对此问题进行了较系统的探究。科学门类繁多,专门性研究也非常必要,何小莲专门对西医东传深入探析,从特定角度揭示了中西文化的冲突,并对"医学传教"的影响提出了一些积极的评价。

在中学西传维度上,研究主要集中在传教士对中国文化的介绍和研究及中国文化由此在西方产生的影响方面。传教士对汉学在西方的发端和发展具有重要影响,甚至决定性的影响,阎宗临著《传教士与法国早期汉学》,张国刚等著《明清传教士与欧洲汉学》以及张西平著《传教士汉学研究》等都对西方汉学在各国的发端和发展进行了梳理,对传教士对于汉学发展的贡献进行了系统论证。随着欧洲对中国的了解,中国文化对欧洲也产生了一定影响,17、18世纪在欧洲形成了长达一个世纪的中国热,中国文化影响到了欧洲生活的各个层面,特别是实用艺术领域,如家具、屏风、墙纸、纺织品、陶瓷器皿、园林建筑等,甚至中国文学及儒家思想也对欧洲产生了一定影响,欧洲思想家对中国文化给予了高度评价,法国启蒙运动代表伏尔泰与孟德斯鸠对儒家学说极为推崇,这些思想资源甚至对其思想发展起到了一定的积极作用。

文化交流范式下,学界对西方在华传教士的研究取得了长足进展。首先,学者的视野更为开阔,殖民主义范式视角不易容纳的文学艺术、思想文化及科学技术等领域的交流都纳入了研究视野,丰富和深化了对在华传教士的研究。其次,学界不再将传教士作为殖民侵略的一部分,而是更注重其中介的作用,他们不仅将西方科学文化知识传播到中国,而且为顺利传教,致力于中国文化的学习和研究,对中国文化在西方的传播也起到了重要作用。①

本书主要聚焦于近现代来华传教士与中国文学研究之关系,隶属于传教士与中外文化交流这一大的课题。作为中国文化的重要组成部分,中国文学能进入近现代来华传教士的视野,有诸多原因。在此主要从以下两个方面加以分析:

一 明清之际来华传教士汉学研究传统之继承

1515年马丁·路德的宗教改革之后,天主教为了自身的发展,出现了所谓的反宗教改革运动。天主教一方面试图在欧洲恢复已经失去的信仰者,另一方面又企图扩大在海外的新教区。修会的复兴在宗教改革和反宗教改革中有着十分重要的地位。1534年西班牙人罗耀拉在巴黎创立了耶稣会,其宗旨就是要重振罗马教会,恢复其神权统治的权威。耶稣会初创时活动方针与其他修会不同,其会士不必住修道院隐修,而是要深入社会各阶层,在世界各地参加各种活动。为了扩大天主教思想的影响,耶稣会特别重视兴办文化教育事业,在西欧各国开办耶稣会大学、神学院和其他学校,同时还成立许多印刷出版机构,出版神学书刊。

为了进一步扩大天主教的影响和势力,耶稣会积极向海外传教。明末清初之际,以利玛窦为代表的天主教耶稣会士进入中国传教。面对与西方社会迥然不同的人文环境和社会群体,为了达到更好的传教效果,他们对来华传教的策略和方针做出了重大调整,以适应中国社会的信仰传统和生存现实。概括地讲,利玛窦、汤若

---

① 参见刘章才、李君芳《关于西方来华传教士研究的若干范式问题》,《廊坊师范学院学报》2007年第6期。

望、南怀仁、艾儒略等耶稣会士所采用的是文化传教的手段，积极宣传西方的科学技术，走上层路线，努力与本土文化适应会通。如此，耶稣会士在中国的传教取得了显著成效。

在"西学东渐"方面，传教士们所译介的西学涉及天文学、数学、物理学、生物学、医学、哲学、舆地学、音韵学等诸多领域。虽然他们传译西学不过是传教的手段，但在实际上对当时的中国社会确实产生了很大影响。徐光启、李之藻、杨廷筠等有志于匡时济世的士人，在接受了西方信仰的同时，也接纳了西方的科学技术，并把近代科学的实证精神和中国传统的经世思想结合起来，从而赋予中国学术文化以独特而高超的历史内涵。正如梁启超在《中国近三百年学术史》中所说："中国知识线和外国知识线相接触，晋唐间的佛学为第一次，明末的历算学便是第二次。在这种新环境之下，学界空气，当然变换，后此清朝一代学者，对于历算学都有兴味，而且最喜欢谈经世致用之学，大概受利、徐诸人影响不小。"① 而且，耶稣会的知识传教策略使一批西教士以客卿的身份服务宫廷，从而使天主教获得了相当发展。

在与中国本土文化的会通方面，传教士们首先在行为举止上力求适应中国的文化氛围。罗明坚、利玛窦等初入中国时是身着僧袍，且以"西僧"自居的。但利玛窦离开其入华后的第一个居留点肇庆进入韶州时，则开始易僧袍为儒服，因为他们认识到佛教不是中国文化的主流。他们还行秀才礼，同儒士相交，努力契合当时的上层社会和主流文化，并借此影响中国社会的其他阶层。利玛窦还主张容忍中国教友祭祖祭孔行为，使天主教在中国上层社会获得进身之阶。其次，他们做了大量的"天""儒"会通工作，所采取的是"合儒""补儒""易佛"的策略。所谓"合儒"就是认为基督教中所讲的"天"跟中国古代经籍中所说的"天""上帝"是同一的，进一步说，基督之教在中国古已有之。他们这样做是要让

---

① 梁启超：《中国近三百年学术史》，上海三联书店2006年版，第7—8页。

中国人相信，他们所传之教同中国先贤所说的"敬天""事天"是一致的。所谓"补儒"是指，他们认为孔子的学说因为种种原因被后人歪曲，尤其是被"新儒家"歪曲了，所以他们要还孔子学说以本来面目，并用基督教的神学充实之。而"易佛"纯粹是宗教教派之间的冲突的体现。不管"天""儒"两家的差异有多大，这种用会通的方式解决信仰层面问题的做法是值得肯定的。这方面的代表作有利玛窦的《天主实义》、利安当的《天儒印》等。

这期间，在华的耶稣会士还致力于中西文化的双向交流。他们一方面将西方文化介绍到中国，另一方面又将中国传统文化介绍给西方，从而使得明末清初这一时期成为中西方文化相遇碰撞的第一个确切的起点。在"东学西传"方面，利玛窦开其先河后，白乃心、冯秉正、马诺瑟、宋君荣等继之。其中，传教士们向欧洲介绍的一个重点是中国的儒家学说。"自利玛窦1595年进入北京，至1775年在北京的耶稣会解散，是耶稣会在中国近两百年的辉煌历程。这期间，在华耶稣会士们写下了许许多多有关中国的作品，对中国的描述由浅入深、由点及面、由全景式概述到专题性研究。在此过程中，耶稣会士中涌现了一批堪称汉学先驱的人物，同时他们的许多作品也在欧洲出版刊行。受此影响，欧洲公众对中国的态度从淡漠到热心、从诧异到深思、从单纯猎奇到理性的褒贬。这一时期是耶稣会的鼎盛时期，同时也是欧洲人在耶稣会士的引领下认识中国的时期。"①

概言之，明清之际以利玛窦为代表的传教士为了达到传教目的，不得不采取"适应"策略，大量翻译儒经和其他经典。他们出于宗教目的研究中国，客观上却为中国文化的西播打下了良好的基础。正是基于他们的辛勤劳动，西方诞生了汉学研究这一新兴学科。20世纪90年代以来，学界在这方面的研究也取得了丰硕成果，如张西平的《传教士汉学研究》，张国刚的《明清传教士与欧洲汉学》等。此外，还有王元化主编的"海外汉学丛书"；刘东主

---

① 张国刚等：《明清传教士与欧洲汉学》，中国社会科学出版社2001年版，第96页。

编的"海外中国研究丛书";任继愈主编的"国际汉学研究书系";李学勤主编的《国际汉学著作提要》《国际汉学漫步》;季羡林主编的"中学西传丛书"。各类学术性辑刊也纷纷出版,如张西平主编的《国际汉学》;任继愈主编的《国际汉学》等。

  近现代来华传教士无论是天主教还是新教方面,出于传教需要,都自觉继承了这一汉学传统,为中国文化的西传作出了贡献。新教传教士中有不少人都做了研习并传播中国传统文化的工作,其中著名者如英国的理雅各(James Legge,1815—1897)、德国的卫礼贤(Richard Wilhelm,1873—1930)等。天主教方面,以上海徐家汇和河北献县等为中心,也涌现出了一批卓有成效的传教士汉学家,如明兴礼(J. Monsterleet,1912—2001)、戴遂良(Léon Wieger,1856—1933)、禄是遒(Henri Doré,1859—1931)等。作为中国文化重要组成部分的中国文学,也进入来华传教士的研究视野中。

二　近现代来华传教士文字传教策略之推动

  众所周知,以铅活字印刷为先导的西方近代印刷术的兴起,以及以创作、翻译、编辑、印刷、发行为分工形式的近代出版业在中国的兴起、发展与基督教传播有着密切的关系。近代来华传教士意识到文字传播力量的重要性,在具体传教方式中,充分利用文字读物的方式将福音连同西方的观念、科技和文化传到中国,同时,也利用文字出版将中国的文化传播至西方国家。

  近现代来华传教士着力于文字传教,无论是新教还是天主教,这一点都是十分突出的。如英国著名传教士李提摩太指出:对于传教而言,设教堂讲道、办学校和开医院,这些途径都收效不大,只有文字出版才有大效果,因为:"别的方法可以使成千的人改变头脑,而文字宣传则可以使成百万的人改变头脑。"[①] 一些来华的传

[①] 江文汉:《广学会是怎样的一个机构》(上),《出版史料》1988年第2期。

教附属机构如益智书会、中国书报会,特别是广学会,为传教的拓展起到了很大的促进作用。目前学界对这一领域也给予了较充分关注,并出现了诸如《基督教在华出版事业(1912—1949)》(何凯立)等力著。

1920年代爆发的非基运动,使中国基督教经历了严峻考验和强烈冲击,但也促使教会通过"本色教会"运动获得新的发展契机。为了扩大教外影响,文字事工受到了格外重视,如基督教文社、生命社、真理社等,均定期出版刊物,并展开合作,共同发展基督教文字事工。由于非基运动的影响,在华基督教文字事工发生了由以传教士为主到以国人为主的转向特点,这一点在广学会中也体现得较为明显。但直到1949年,来华传教士仍一直积极参与在华的文字事工。部分传教士也涉足文学领域,积极倡导并推动中国基督教文学的翻译及创作,如耶稣会士明兴礼。也有一些传教士通过译介评价中国文学,间接传递基督教观念,如圣母圣心会士善秉仁等。

总体而言,目前学界对近现代来华传教士的研究主要集中在传教士与中国社会近代化、传教士与中西文化交流、传教士评传等方面,而对传教士与中国文学之关系的研究相对薄弱,目前尚未见到专门著述。但也有学者已就一些论题展开探讨,如袁进之于传教士与中国近代文学之关系的研究;段怀清立足《中国评论》,对部分新教传教士在翻译研究中国古典文学方面的探讨。

在目前已有的近现代来华传教士与中国文学的研究中,尚缺乏对近现代来华传教士整体(特别是天主教传教士)之于中国文学(特别是中国现代文学)的全面考察。在原始资料的整理、发掘及评介方面,也存在不足。本书立足于宗教与文学的跨学科比较研究方法,试图在发掘原始资料的基础上,探讨近现代新教与天主教来华传教士与中国文学的关系,特别是传教士对中国现代文学的译介与传播,以拓展我们的文学研究视野。

第一章　近现代来华天主教传教士与中国文学研究

近现代来华天主教传教士继承明清之际来华耶稣会士的传统，注重文字传教以及汉学研究，并将视角触及中国文化之重要载体的中国文学，既有译介，也有研究。随着时间的推进，这些传教士对中国文学的介入由浅入深，由早期一般浮泛的略论到后期专业精深的研究，取得了不俗的成绩。这期间也涌现出了包括晁德莅、善秉仁、文宝峰、明兴礼等在内的传教士汉学家。

一　清末民初来华天主教传教士对白话文运动的参与及影响

在论及清末民初来华传教士对新文学白话文的推动作用时，学界主要关注新教传教士的努力（如袁进等学者的研究成果），而少有论及天主教传教士的参与。实际上，从清末民初来华天主教传教士汉语白话读本的编纂、白话期刊的创办发行以及白话文圣经的汉译等方面，这个问题有进一步探讨的空间和价值。

（一）清末来华传教士汉语白话读本

明清之际，来华耶稣会士已着手编纂汉语学习教材和工具书，如法国传教士马若瑟所著的《汉语札记》，该书语法的第一部分是"关于白话和日常风格"，其中的例句相当一部分选自当时流行的戏剧与小说，如《水浒传》《好逑传》《玉娇梨》等。马若瑟特别指出可以通过阅读好的小说学习官话。① "马若瑟的贡献在于，他转变了此前汉语学习中，重书写、轻口语、重儒学经典、轻白话小说的倾向。"②

19世纪以来，来华天主教传教士仍然继续通过编纂汉语学习教材和工具书，以提高汉语学习水平。其中比较有代表性的如意大利耶稣会士晁德莅所编的五卷本《中国文化教程》、法国耶稣会士戴遂良的六卷本《汉语入门》等。

晁德莅是著名的汉学家，精通汉语及拉丁文。他所编撰的《中国文化教程》共五卷，上海长老会印刷所1879年至1909年陆续出版和再版，是一部供来华传教士学习中国语言及文化的很有价值的学术巨著，采用汉语与拉丁语双语对照排印、每页有注释的体例，辑录内容极其系统而广泛，从四书五经到三字经、百家姓、千字文、诗、词、歌、赋、杂剧、小说、古文、简牍、八股文、对联等无一不包。《中国文化教程》中的汉语直接录自原文，因此以文言为主。不过也有一些白话内容，如：

第一卷中小说的译介内容包括：《孝弟里》《双义祠》《薄情郎》和《芙蓉屏》，分别出自《今古奇观》卷一、十一、三十二、三十七；才子书的译介内容包括：《三国志》（第一、三、四、二十五、四十一、四十五、四十六、四十七、四十九、五十三、五十六回）；《好逑传》（第四、五回）；《玉娇梨》（第五回）；《平山冷燕》（第十、十三、十四回）；《水浒传》（第二十二、二十七、二十八、二十九、三十回）等；杂剧的译介内容包括：《杀狗劝夫》（楔子、第三折）、《东堂老》（楔子、第一折、第三折、第四折）、《潇湘雨》（楔子、第四折）、《来生债》（楔子、第一折）、《薛仁

---

① 参见张国刚《明清传教士与欧洲汉学》，中国社会科学出版社2011年版，第340、264页。

② 宋莉华：《传教士汉文小说研究》，上海古籍出版社2010年版，第216页。

贵》（楔子、第一折、第二折）、《马陵道》（楔子）、《冤家债主》（楔子）、《慎鸾交》（第二十出）、《风筝误》（第六出、第七出、第八出）、《奈何天》（第二出）等。

戴遂良的六卷本《汉语入门》第五、六卷选译了当时流行的小说，包括《今古奇观》《家宝二集·时习事》《聊斋志异》中的部分作品，并采用法汉对照的方式。特别值得一提的是，《汉语入门》对运用时下官话对所选译的作品进行了创造性的改写，因而在白话进程中具有特别的意义。①

（二）来华传教士创办的白话期刊

1911 年，来华圣言会的罗赛神父（Peter Roser, 1862—1944）曾提倡：为传播基督福音，出版刊物的语言必须为"大众语"。时任在华圣言会主教的韩宁镐（Augustinus Henninghaus SVD, 1861—1939）对此完全赞同，并认为"大众化的语言"即"简单的语言"。因此，韩主教为罗赛神父主编的刊物命名为《公教白话报》。1913—1930 年，罗赛神父一直担任《公教白话报》的主编。②

有学者指出："从 1900 年前起，耶稣会士就在江南为他们的教徒出版白话期刊。1913 年，山东省兖州天主教传道会发行双周刊《公教白话报》，发行量为 1800 份。"③《公教白话报》是一份综合性的通俗传教刊物，"主要采用白话文形式，宣传天主教义，阐扬天主教理，传播天主教务动态，同时采用小说、鼓词、诗歌等形式，发表各种宗教类作品"④。该刊中途于 1917 年 9 月—1922 年 2

---

① 参见宋莉华《传教士汉文小说研究》，上海古籍出版社 2010 年版，第 222—225 页。
② 参见［波兰］马雷凯：《简述圣言在中国对圣经翻译的贡献》（1882—1950），李海艳译，《天主教思想与文化》2012 年第 1 辑，第 330—331 页。
③ 参见［法］巴斯蒂《中国天主教会与新文化运动》，转引自郝斌、欧阳哲生主编《五四运动与二十世纪的中国——北京大学纪念五四运动 80 周年国际学术研讨会论文集》（上、下），社会科学文献出版社 2001 年版，第 635—636 页。
④ 陈湛绮：《中国早期白话报汇编》"前言"，全国图书馆文献缩微复制中心 2008 年版。

月和 1937—1938 年两次停刊，1945 年 8 月发行完当年第四期后，最终停刊。

《公教白话报》1942 年第 4 号刊登了君五（刘君五，时任该报总编辑——笔者注）所写的《本报的过去与现在》一文，其中提及《公教白话报》在白话报刊进程中的先锋性：

> 民国二年（一九一三）春，已故兖州教区韩宁镐主教，应天津雷鸣远神父的邀请，为当地信友讲解避静道理，于津浦车中曾谈及文字传教的问题，那时雷神父主办的《广益录》，已更名为《益世主日报》；上海的《圣教杂志》及《圣心报》，体裁都是文言。韩主教回到兖州来，决意创办一种比较通俗的刊物，全部采用语体；念出去，让每个信友都能听懂，希望它能走进每个公教家庭里。《公教白话报》便于民国二年三月一日，正式发刊，每半月出版一次，全年售价铜元五十枚，由罗赛神父任主编。
>
> 这对于我国新闻界，可以说是"开其先例"！文学革命运动的急先锋——《新青年杂志》，创刊于民国五年，迨民国八年的第四卷第三号，才以白话行文。商务印书馆的《东方杂志》及《小说月报》，民国九年始改为白话体。当时本报的编者，绝没想到文学革命和白话文学上去，事实告诉我们，它确是我国新闻界的老英雄！尤可称奇的，这位满乡下气的老者，现今仍然健在着。

查阅目前所存的《公教白话报》可以发现，该报中经常刊登一些白话解经内容，通常是先有一段文言经文，然后附上白话文的解释。《公教白话报》直至 20 世纪 40 年代依然较为活跃。如 1942 年第 15 号刊登了天主教著名作家张秀亚《我皈依公教的经过》一文。在这篇文章中，张秀亚较为详细地回顾了她在文学上所走过的道路以及皈依天主教的心路历程。另据在华圣母圣心会《文艺月旦》（甲集）"导言"中提及："为改善当代文学计，我们已发现有很多合时的创意。例如，《公教白话报》已发起佳作奖金，非公教作家，只须不违悖普通道德，也可以竞选。我们很乐意引人注意这个良法美意；并祝他有伟大的成功，长足的发展。"①

（三）清末民初天主教白话译经及其滞后原因考

总体而言，较之近代基督新教来华传教士卓有成效的白话译经，天主教在这方面要滞后得多。直至20世纪三四十年代，意大利来华传教士雷永明（Gabriele Allegra，1907—1976）才着手全面白话译经，后经华人神父参与，终于在1968年完成出版《思高圣经合订本》。当然，思高本出现之前，天主教内也出现过对白话译经的提倡及实践，但较之新教传教士集体合译的《官话和合本》圣经，只是个别修会的努力和部分圣经的翻译。本书试图大致梳理清末民初天主教白话译经的大致状况，并基于民初天主教部分期刊史料，对天主教内白话译经滞后原因作初步探讨。

1. 清末民初天主教白话译经概况

1911年，韩宁镐主教在"圣言会传教使者"一文中提到天主教的在华译经情况："在中国的传教工作中已有对圣经的部分翻译，但至今还没有整部圣经的译本。直到1911年为止，有耶稣会李问渔神父（Laurentius Li）翻译了四部福音和宗徒大事录；阳玛搦神父（Em. Diaz）和冯秉正神父（De Mailla）对主日圣经的翻译，并做了很好的注释；还有耶稣会陈玛弟亚神父（Matthias Chen）、遣使会主教田嘉璧（Delaplace）和圣言会赫德明（Joseph Hesser）神父分别对圣经的故事做了翻译，但没附上与故事相应的图片；方济各会主教顾立爵（Eliguis Cosi）运用西方人的字母（拼音形式）翻译了旧约圣经故事，并在19世纪末已经出版；耶

---

① ［比］善秉仁编：《文艺月旦》（甲集），景明译，燕声补传，导言，北平太平仓普爱堂1947年版，第23页。

稣会神父艾儒略（Aleni）、丁鸣盛神父（Ming）和戴遂良神父（Wieger）出版了有关耶稣的生活；法国殷弘绪（d'Entrecolles）翻译了多俾亚传。"①

韩宁镐主教在此没有提及乾嘉年间法国耶稣会士贺清泰（Louis de Poirot, 1735—1814）的《古新圣经》，或许是因为贺清泰的译本未得以刊行。②

尽管已有为数不少的译经，但正如 Walbert Buhlmann 所言："天主教所翻译的圣经数量不到基督新教的一半。尤其是 1947 年 8 月在北京的图书展览会上，有关圣经内容的书籍屈指可数。"③

近年来，有关天主教中文圣经的翻译，也得到了学者们的关注。④ 在清末民初来华天主教传教士的圣经汉译中，值得一提的是山东地区的圣言会。韩宁镐主教在《圣言会传教使者》一文中特别强调，当务之急应建立有系统的中文图书馆，特别侧重于"圣经方面的书籍"。⑤

圣言会曾在山东兖州创办教理教授学校，该会的赫德明神父（Joseph Hesser, 1867—1920）担任学校校长。1905 年他汉译出版了德国著名圣经专家 Ignaz Schuster（1838—1869）的旧约圣经，名为《古经略说》（此书到 1945 年再版七次）；之后又出版了新约译

---

① ［波兰］马雷凯：《简述圣言会在中国对圣经翻译的贡献》（1882—1950），李海艳译，《天主教思想与文化》2012 年第 1 辑，第 297 页。
② 贺清泰所译《古新圣经》是明清年间在华耶稣会士白话文著译的集大成者，也是现存最早的《圣经》白话汉译本。尘封多年之后，此书抄本 2011 年在上海徐家汇藏书楼意外发现。2014 年 11 月，由台湾"中研院"研究员李奭学和中国社会科学院文学所郑海娟主编的《古新圣经残稿》点校本由中华书局出版。贺清泰译本翻译了武加大本《圣经》73 卷中的 57 卷，没有翻译哀歌、雅歌这些文学性较强的部分以及少量的先知书，算不上全译，故题为《古新圣经残稿》。
③ ［波兰］马雷凯：《简述圣言会在中国对圣经翻译的贡献》（1882—1950），李海艳译，《天主教思想与文化》2012 年第 1 辑，第 301 页。
④ 参见蔡锦图《天主教中文圣经翻译的历史和版本》，《天主教研究学报》（圣经的中文翻译）2011 年第 2 期，第 11—44 页。
⑤ ［波兰］马雷凯：《简述圣言会在中国对圣经翻译的贡献》（1882—1950），李海艳译，《天主教思想与文化》2012 年第 1 辑，第 297 页。

本，名为《新经略说》。这些译著的发行颇受读者欢迎。经过几年的翻译校刊，于1910年发行了袖珍版圣经，内容包含了几乎整部的圣经故事——旧约部分为《古经大略》，新约部分为《新经大略》。此版在当时中国教会内部广为传播，1939—1940年连续11次再版。赫德明神父还翻译出版了《圣经选读》《主日瞻礼圣经》《新经简要主讲》《旧经简要主讲》等。此外，圣言会会士薛田资（Fr. Georg Maria Stenz，1869—1928）也曾翻译出版《古新经节要便读》（1916），1933年第3次再版。

毋庸置疑，印刷和出版在圣经的传播过程中起了非常重要的作用。据统计，到1912年，天主教在华已有20家印刷机构，圣言会在山东便有包括兖州印刷社（1903年成立，1939年更名为"保禄印书馆"）在内的5家出版机构，其中发行量和影响力最大的当属兖州印刷社，几年间曾6次扩建，影响力遍及整个山东，甚至省外教区。

在圣言会出版的汉译圣经中，部分为简单易懂的大众化白话文，如赫德明神父翻译的《古经略说》和《新经略说》（1905），以及所著的《主日瞻礼圣经》（1917）；又如罗赛神父所著的《圣母小日课注解》（1915）及所翻译出版的《古经详略》（1926）。不过这些白话译经的努力和实践，仍限于局部翻译，或者是将圣经故事化加以白话汉译，以便于读者的理解，而并非对圣经原文的逐字翻译。

罗赛神父在1913年写道："我们的书籍深受广大读者的青睐、获益良多。因为内容简单易懂，典雅优美的白话文，而且价格适宜。"①

除了圣言会的白话译经，另外值得关注的白话译经是萧静山独力翻译的《新经全集》。萧静山是耶稣会神父，根据拉丁文《武加

---

① ［波兰］马雷凯：《简述圣言会在中国对圣经翻译的贡献》（1882—1950），李海艳译，《天主教思想与文化》2012年第1辑，第330页。

大译本》，1919 年《四福音书》译完出版，1922 年《新经全集》译完出版，1948 年按照希腊原文修订，是广为传播的一个版本。但萧静山并未翻译旧约。

具有系统性的白话汉译圣经工作，开始于 1945 年由雷永明神父领导的方济各会"思高圣经协会"的成立。此译本的出版源自 1924 年的中国天主教主教会议。① 1946—1953 年译完整部旧约，1957—1961 年译完整部新约。自 1968 年《思高圣经合订本》出版以后，该译本很快便成为华语地区天主教徒最广泛采用的中文圣经，这也是第一部译自原文（旧约希伯来文和新约希腊文）的天主教圣经全译本。② 目前较流行的是更浅显易懂的《牧灵圣经》（1998）。

2. 天主教白话译经滞后原因

众所周知，新教来华传教士于 1919 年出版的《官话和合本圣经》在教内及教外均产生了积极影响，包括周作人、朱维之等皆提及它对白话文运动的推动及示范作用。相比较而言，天主教在这方面要滞后得多。究其原因，大概有以下几点：

(1) 清末白话文运动理念的延续

直至 20 世纪三四十年代，天主教内仍出现文言/白话之争，其中一些理念与清末白话文运动的理念有相似之处。这突出表现在

---

① 1924 年 5 月 15 日，在罗马天主教首任驻华宗座代表刚恒毅（Celso Costantini, 1876—1958）的召集下，第一届中国天主教主教会议在上海召开，主要内容为建立本地化的天主教会。"为了有力地推动本地传教区进程，大会还在福传和文教方面达成了一些建设性举措，决定成立三个委员会：'圣经移译委员会'，以便进行圣经翻译；'要理问答编纂委员会'，编纂一本供全国使用的统一的要理问答；'公教教育联合会'，以便在学校、印刷、公教进行会，以及在选送青年神职出国留学等事务上协助宗教代表。"刘国鹏：《刚恒毅与中国天主教的本地化》，社会科学文献出版社 2011 年版，第 163 页。

② 据李奭学、郑海娟考察，虽然贺清泰《古新圣经》当时没有出版，但该本对后来的《圣经》译本仍有一些直接或间接的影响，比如思高本《圣经》。雷永明神父在翻译《圣经》的准备阶段，曾专程前往北堂，费时月余，以拍照的方式把贺清泰的《圣经》译本复制下来，用作翻译时的参考。参见郭倩《现存最早白话汉译〈圣经〉发现和出版始末》，《中华读书报》2015 年 3 月 25 日第 10 版。

"统一经文"事件的讨论中。

对中国普通天主教信众而言，日常宗教生活除了接受并践行圣经教导之外，还有一些更具实践操作意义的汉语经文（通常为祈祷文）。这些经文大多是明清之际耶稣会士所做的文言经文，其基本精神皆源自圣经，用于日常崇拜诵读默想。《圣教杂志》主编徐宗泽在《圣教经言有文学之价值》[①]一文中，曾对此有过介绍，"此等经言，大抑出自徐光启，李之藻，及他翰曹之手，故文笔简雅，可推为公教之文学。……此等经文，思想何等神圣，观念何等超越，言语何等华丽，声韵何等铿锵，令人诵之，兴起许多热心之衷情也。"

随着白话文运动的发展，1920年代末，有个别教友提出应当将文言经文改为语体文，引发统一经文的多次讨论，讨论中反对意见更为普遍。

1928年，萧杰一在天津《益世主日报》（第28期）上发表《教中文言经文改作语体经文之刍议》，引发一场关于"统一经文"的持续讨论。1929年，民国时期天主教最重要且最有影响力的刊物之一《圣教杂志》连续刊文，呈现当时对统一经文这一问题的意见反馈。如：

1929年第6期《统一经文刍议》：该文针对萧文反对文言之意见加以辩驳。

> 今春封斋，往谒某公，颇习古今文者，案有经文一本，授余曰："可令人百诵而不厌。"阅之，乃《向圣十字架诵》也。诵毕，叹曰："前之教士，译笔何其美哉！"
>
> 溯中国所有经文，大半为十七世纪耶稣会士之稿本，请教中当代文人，推敲削定者，不知费若干心血，以成此巨制，多而且美之经文也。

---

① 《圣教杂志》1936年第11期。

经文之译笔：一，贵简明，义理畅达；二，贵庄重，雅俗共赏；三，尤贵确当，无悖信德道理。……用白话为经文，谈何容易！非多请几个白乐天，能叫老妪解颐者不行。此无他，俗语者，方言也；方言，大抵字同音不同，此地习用，彼地不习用，远不及浅近文言，能统一中国经文矣。

如上所言：经文不可杂以土语官白；然经文之奥义，不妨加以注释。经传中之地名人名，译音亟须统一，而文字不必好事更张。新出之经文，必要有法定的译本，而旧译之经文，何妨仍旧贯也。

更有读者，现行经文，大都已非原印本；其翻刻本，校对欠慎，误人不少；此亦急当修正者也。若欲以官话改正经文，须知以各处方音之不同，此地是好话，彼处是坏话，或坏人故轻重其音，好话变成坏话者，能不能？质之阅报诸君，幸赐训正为要。

1929年第8期《统一经文之回声》及1929年第10期《统一经文之又是几个回声》：

广东林惠风司铎：……论统一经文，今见多主张文言，甚合鄙意。盖白话各处不同，而沿海诸省尤甚。譬"也许""纳罕""一辈子"等等语言。敝省旧文人，若未闻语体文者，尚不解，而妇孺更难领悟。盖字音既不知为何，而字义又无可解。然则所谓白话易晓者，特为内地数省而言耳。又谓文言难晓，若古奥文或然。至清利浅文较诸白话所差有几。不过数语助词耳。数语助词，不难解释也。有谓文言诘屈聱牙，此指书经或然。若清浅畅达者，较诸白话，适得其反焉。尝见后生每读文言四五百字，不一下钟背诵如流。及读白话文不过二三百字，一下钟终难背诵。其不甚难记可知矣。今试录《新经译义》一节。"尔曹不然，大者宜若小，长者宜若役。盖谁为长者席坐者乎？抑服役者乎？非席坐者长耶。"试问白话能有如此晓畅否？故经文主张文言尚矣。但鄙意必清浅畅达为主，若诘屈聱牙，则不赞成也……

广西黄倬卿司铎：

读贵杂志号外《统一经文刍议》，实获我心。盖经文译以白话，末铎实不敢表同情。因中国之语言，太为庞杂。此地是好话，彼方是坏话。倘用方言，反增文人鄙夷之念，不如仍旧惯。惟各省之旧译，句略有不同者，择最通行者修正而统一之。何必多所更改耶？

仰光 S. S. M.：

读贵杂志知已告结束。贵报所论"新译之经文要有法定之译本，而旧译之经文，何妨仍旧惯。"所论极是。盖旧经之典雅，实能引人神思。至其畅达庄重，较之今译，何啻天壤。故《玫瑰经》《苦路经》《领圣体前谢圣体经》《早晚课》以及《求天主赐佑诵》《恭敬天主》等。即上海土山湾所印之《圣教日课》，自六十页至一百三十二页。其中各经，乃最优美之文词。统观该日课全部，无一段经不庄重文雅者。统一经文会议，即以此为底本为是。在此中国文化猛进之期，译文稍一不慎，恐于传教之进行有碍也。尚望贵报竭力鼓吹，勿废除旧日经文为是。所谓统一者，判定从一处之经文，各教区向一处购买，不准再任意翻译足矣。鄙人尤恐将旧译经文改成白话，然亦未免杞人之忧也。

1930年第1期《统一经文之回声》（许光祺司铎）：

近读贵杂志所载对于统一经文之建议，函件多起，其大旨皆主张文言，不用白话，甚合鄙意，仆因之不作杞忧。……不过作者接下来也提出文言经文一些需要改进之处："（一）查原本经文虽多美善，然亦多有字句意义重叠过甚者，有段落长短不一者，有文词浅深不当者，遂致读者生厌。教中子弟不愿读经文，愿读教外书者，亦一故欤。宜趁此统一经文千载一时之机，精择字句，意义清浅，译笔雅洁。……（三）经文道理，宜以清利文雅之言。按次编成课本，适用于保守学，并适用于教会所立之初高小学中学。务使读者不但只知道理，且兼得识字通文之益……"

1930 年第 10 期《自由讨论·论语体经文一》《自由讨论·论语体经文二》，对改语体经文持谨慎态度：

《自由讨论·论语体经文一》：

自沪上举行全国公会议后，统一经言的声浪又起。去岁招集各教区神长到申会商，为时不过半月，遂告闭会。彼时无学的我，未免惊奇特甚。复在圣教杂志上读了统一经言多数函件，有以白话语宜于此，不宜于彼。彼处本系好话，此处反成歹语。有谓习诵的经言，经过许多文人墨士，费去若许时日，方告成功者，今一旦削改，谈何容易。我读这些函件，万分佩服。后由另一司铎交阅兖州的白话经言问答，当与数位教胞公同诵读了一遍，咸云不及旧有的经言高尚。这并不是菲薄白话经的短处。近忽见了语体经文一部，据某司铎云，系宣化府出版，并云此经没有再修改的余地。如是我很慎重的念了几页，似乎不高兴再念。因这语体经内，却有点矛盾。……据此，念语体经文者，还须念旧有的经了。

该文中所言宣化府出版的"语体经内有点矛盾"，是指在不同的语体经文中，有些相同的内容，出现字句上的不一致。这可能是当时编辑出版者在统筹规划方面有所欠缺所致。还有的地方改为语体之后，念来拗口，不很顺畅。这些问题导致作者对语体经文心存顾虑。不过作者也提出了一些折中的办法，比如"令老教友仍念旧有经文，而新奉教者与各青年当习念白话经"①。

《自由讨论·论语体经文二》：作者先举例说明文言经文改语体经文过程中，很多字词改得没有必要或不甚妥当，继而说："从知所改，并无改的价值。……该先审定原文，然后再改为是。……况语体文，用何方的语体为标准，怕各方有各方的土音土语。翻成了，仍旧有不懂。"②

由上可见，语体经文的出现，招致一些信众的反对意见，部分原因是信众的观念问题，但部分原因也与当时语体经文的质量有关。

1930年第11期：《自由讨论·论经文》（作者为"北平一老信友"），明确反对用语体统一全国经文：

> 顷阅杂志自由讨论，论语体经文一（假右半）按好言者及爱真理者所论，定必必得大多数之同情。愚竟以为欲解决此重大问题，必须由根本上解决。根本维何？即（一）统一全国经文。（二）改换语体经文。按以上二题，实居极端反对地位。欲全国经文统一，则决对不能改用语体。欲用语体，则决无统一之可能。统一全国经文，当为人人所同意。而彼主张改用语体者，不过为利便一般普通无学者，于颂祷时，能了解其中之意味耳，然此为一时之事。我教中人则决不能永久为无学者。如果于教育上稍加努力，则将来能了解经文意者，必为大

---

① 《自由讨论·论语体经文一》（署名为"好言者"），《圣教杂志》1930年第10期。
② 《自由讨论·论语体经文二》（署名为"爱真理者"），《圣教杂志》1930年第10期。

多数。至少数之人，可由神长会长、进行会会员，及一般智识阶级之教胞，设法多多讲解，则平常习念之经文，虽下愚者亦可了解。何必削足适履，徒滋纷扰耶？且所谓语体者，我国实无全国同一之语体文，又何能统一经文耶？准情度理，则现行之经文，决不可改。所能略加修改之处，可将经中借用拉丁句改为中文足矣。

在这场文言经文是否应改为语体经文的讨论中，显然是反对意见占了上风。直至20世纪40年代，这一问题仍被悬置。1947年6月萧杰一在《益世周刊》第28卷第22期中再次旧话重提，发表《对于文言经改语文之我见》一文。萧文称在此之前，他早已在1928年天津《益世报》上投过一篇《教中文言经文改作语体经文之刍议》，但此事一直未解决，所以他再次重申。

中国经文大多数是从前教中明人哲士，从洋文译出的，洋文未必都是古文，而中文几乎篇篇都是文言，并且很艰深的；这是因为当时看重藻华，鄙视俗俚的习惯，以为不用文言，显不出神圣庄严来，不能深怪他们。可是照实际说起来教中不识字，或识字不多的同胞，对于这些经文，不是不会念，就是会念也不懂，如是怎么能叫他们发出各种心情呢？那么经文已失落本来的终向了；所幸的是时易代迁，前头看重文言的成见，现今以谋教育普及，扫除文盲的缘故，已经打倒了，变为提倡白话语体的声浪了，全国教育会议已经议决小学校里不授文言，甚至有人请行政机关之布告及来往公文，都采用语体文，这也可见语体文的价值了。鄙人为谋中小学校的便利，并合潮流，及祈祷利益，才有这个刍议，因为自今而后，小学各种教科书，都是白话，为何经文仍是佶屈聱牙的文言呢？若不亟改白话，则儿童一见经文就疾首蹙额，还能望他多念多习吗？且从祈祷的利益一面看，更应速改白话为是，因文言大概多含蓄，要人自己去体会，白话却信口直陈，活泼流利，不劳思索的，那么念起经来，自必一往情深。分心走意，驰心鸿鹄，自然不多了。如此求法，自然有求必应了。

据萧文中提及，当时有不少反对意见，甚至有人指责他："不在其位，不谋其政，这是圣教会神长的事，与你何干呢？"① 萧文还针对《圣教杂志》中的部分质疑予以回应。由此可以看出，天主教内部对于文言经文改译白话经文的滞后倾向。

由上可见，考察《圣教杂志》等天主教权威刊物，可以得知直至20世纪三四十年代，天主教内依然存在对经文汉译的文言/白话之争，这些文章折射出天主教内部对白话文运动的多面心态。上层权威人士的意见大多倾向于文言，部分普通人士主张白话，也有部分普通人士主张文言。此外也有人持中庸之道，如徐宗泽《译书论》一文，涉及文言/白话翻译问题：

> 综上所言，吾之主张：译书不必一定要直译，或意译；不必一定要文言文或语体文，当视书之性质而定。如圣经、教典、法律等等，则当直译；历史、传记、记事等等，允宜意译。文言文该用于译庄严郑重之书籍；语体文则对于宣传品、通俗本更为合宜，此其大较也。总之：文言文与语体文，直译与意译，与译书无重大之关系，只求所译之书，令人读之能懂，为第一要件。②

如果说普通读者的观点不足为据的话，那么时任《圣教杂志》主编（1923—1938）徐宗泽的观点在天主教内应具有代表性。

正是基于这种文言—白话的关系认识，天主教内直到20世纪

---

① 萧杰一：《对于文言经改语文之我见》，《益世周刊》1947年第28卷第22期。
② 《圣教杂志》1930年第3期。

40年代仍出现一些文言译经。比如1946年商务印书馆出版了吴经熊的《圣咏译义初稿》，该译本与雷永明神父刚刚出版的白话《圣咏集》相隔不过两三个星期。张泽《圣咏集读后记》① 一文中，对这两个译本进行了比较：

> 我认为圣咏之有两种译本，实有其深湛的意义。圣咏集是语体附注释，可供一般教友及研究考释圣经的人阅读；译义初稿是古诗辞体，颇饶文艺风味，是供给一般具有文学欣赏力的人阅读；没有前者，无学识的平民不能领略雅丽，抑扬顿挫之美，是白话文所不能望其项背的。一些我们读得音节铿锵意味无穷的古文辞，一经译成白话，便觉淡然无味，这便是明证，我们看吴德生先生译的诗，是何等矞丽清雅，委婉达情呀！他又能参酌变化，体裁不一，时而三言，时而四言，时而诗体，时而离骚，极错综摹画之能事；而其旨意高远，文句平易，又非诗、骚所能比，无怪乎其书于一月之内，已刊印至三版之多。
>
> 圣咏集在文字的匠意上，当然不及译义初稿，但诗的意义，或者更能清晰确切地表现出来，虽然它是直译的；它又是大众的读物，故能别具风格，与译义初稿相较，则环肥燕瘦，各有其长⋯⋯

实际上这仍是清末白话文运动理念的延续，究其实质是雅（文言）—俗（白话）并行不悖"二元性"语言观的体现。正如学者之言："提倡白话的呼声虽然在十九世纪末叶已经出现，但他们大多数是提倡白话而不反对文言，或者主张书报可以采用通俗的白话，文学仍须维系高雅的古文。"② 这场清末出现的白话文运动，

---

① 《上智编译馆馆刊》1947年第3期。
② 唐弢主编：《中国现代文学史》（一），人民文学出版社1980年版，第4—6页。

其某些理念在二三十年代的天主教内仍有余绪。此外,"统一经文"讨论中所涉及的官话与非官话方言的歧出问题,在晚清白话文运动中也是常被提及的话题。① 如《圣教杂志》1929 年第 6 期《统一经文刍议》一文结语所述:"若欲以官话改正经文,须知以各处方音之不同,此地是好话,彼处是坏话,或坏人故轻重其音,好话变成坏话者,能不能?"

(2)近现代在华天主教传教策略的影响

较之新教来华传教士与中国精英阶层的积极互动,近代来华天主教传教士更加侧重底层传教,集中在农村且强调全家或全村皈依天主教(如山东平阴县胡庄)。

天主教虽然信众人数不少,但主要限于底层,真正能够对社会发挥重要影响力的不多。清末民初来华天主教传教士中虽然也有雷鸣远等有识之士,本土信徒中虽然也有马相伯、英敛之等卓越之士,但总体而言,清末民初天主教对中国社会的影响力比较薄弱。

侧重底层的传教策略导致清末民初天主教与中国社会进程互动能力的不足,以及对一些重大决策回应能力的欠缺。如 1920 年 1 月,北洋政府教育部颁令,凡国民学校低年级国文课教育统一运用语体文。但直至 20 世纪 30 年代初,天主教内还在为教中小学教授语体文而呼吁倡导。②

以天主教民国著名刊物《圣教杂志》为例。直至 1930 年代,其上刊登多篇呼吁教中小学积极教授语体文的文章。如:

1930 年第 10 期:《天主教学校当有之准备》(编者)提及:

---

① 参见夏晓虹《作为书面语的晚清报刊白话文》,《天津社会科学》2011 年第 6 期。

② 当然,英敛之作为天主教内的有识之士,早在教育部颁布政令 16 之前的 1904 年 3 月 26 日,便在《大公报》"附件"一栏发表《开通民智的三要策》,第一要策便是"通行白话",并呼吁"凡是蒙小学堂的教科书,全用白话编成,不必用文话。就是中学堂大学堂的文理,也当改格,但求明白显豁,不必远学周秦"。第二要策是"通行新字"。第三要策则是"实施强迫的教育"。不过,英敛之只是个别有识之士,天主教内更多的人对低年级教育通行白话缺乏认识。

> 兹当教育破产，学风猖獗之际，吾天主教学校，得以维持固有之教权者，诚一可幸之事也。但使用教权，日益见重，则教育行政，学校课程，不无一二改革之处……一、课程编制，宜合部章。即小学中学，当有之课目，各科时间之支配，教授之方法等等，在一定范围之内，当以部章为标准。故小学国文，宜用语体文教科书……要而论之，吾天主教所办之学校，实事求是，不尚表面，不求炫耀于人。惟今日亟当注意者，即课程及行政等，宜与公立学校，雁行并立，不相上下。师资之文凭，学生之出身，又当注意。故学校立案，不可不先规划，妥为准备。总之：教育之对象，是学生，故当为学生谋本身之利益，不当以办学者之主观，为去取。质之有教育责者，当不以吾言为阿汉。

该文署名为编者，体现了《圣教杂志》对 1930 年代初天主教学校包括尚未用语体文教授学生等办学策略的不满，也显示出当时天主教界对此问题开始予以关注。但 1932 年刊登的几篇呼吁文章，说明该问题并未引起足够的重视。

1932 年第 8 期：《小学生当学语体文》（未刊作者）：

> 按部定章程，小学校的课本，该当用语体文，并且禁止书坊出售文言文的课本。教部的意思，是要小学生一律学习语体文，因为语体文容易。不但不约束儿童的思想，且能帮助他们，发展明悟。这个理由，是很合儿童心理的；因为依教育的原理，教学儿童，当由浅而深，由易而难。语体文是浅的易的，故当为第一步教程。所以儿童学习语体文，不久之后，就能写数百字长的论说，这就是一个事实的证据。读文言文，因为言文不一致，学习时，须用一番明悟的翻译；为儿童脑经的发展，是很有害的。办教育的人们，快快采用国语课本，以引起儿童读书的兴味罢！

1932年第9期：《教中小学当积极教授语体文》（编者）：

吾国民众，知书识字者甚少；其故，因为言语与文字不一致，所以多生阻碍。当局知其然，故积极提倡语体文，令小学生学习国语；今日已风行全国，无有问题矣。

吾教中学校，对于国文，素所注重；今对国语，在小学校，亦当积极鼓吹，废去一切文言课本，而采用语体文。其益：

一，省去儿童明悟之翻译；盖语体文如何写，即如何话，有文字与言语一致之便利，自然免去一番翻译工夫。

二，解放思想之桎梏；儿童思想，至为活泼，言文不一致，则发挥思想，受文字之束缚，儿童之思想力，遂遭起挫折，妨害悟司之发展也不少。用语体文，则儿童之思想能蓬蓬勃发矣。

三，能省时以研究科学；语体文不必背诵，作文又易，能以省下之工夫，学习科学常识。吾国人往往考求国文，费时过多，致无暇研究科学者。今读语体文，则能解决科学问题矣。

小学学生读语体文，有益而无弊，无待枚述。今之反对国语者，大抵皆受旧教育之影响，故与当今时代之教育，鲜难融合；其最大之误点，是欲以自己之嗜好，判断是非，而儿童之心理，反不加考察。如果易地而言，吾恐无反对之者矣。

总之小学校采用语体文，并非抛弃文言之谓也；盖在中学又当研究；惟吾人现在研究国文，更当趋重实际，以便利社会上之需要。慎毋以墨守旧章，不知与时代同化，为幸。

20世纪30年代，天主教界还在为教中小学教授语体文而呼吁倡导，说明语体文的基础教学在当时天主教内呈滞后状态。可以想见，白话译经的社会需求在天主教内不会有多么强烈的需求。

白话译经表面上看是一个宗教内部的事务问题，但从深层上反映了天主教会对一些社会重大问题的适应能力及反应能力。

（3）天主教保守宗教观念的影响

其一，对权威的重视。

天主教在宗教观念上较之新教相对保守。比如直至20世纪上半叶，教会对于平信徒阅读圣经仍有所限制，"即除非得到主教或教会权威人士的认可，才可阅读"，"而基督新教则相反，鼓励信众大量翻译与传播"①。因为平信徒只需听道及行道，不需要亲自读经，所以白话译经没有太大的社会驱动力。天主教这种保守观念到梵二会议（1962—1965）才被打破，梵二会议的教会革新内容之一是提高平信徒在教会中的地位与作用，强调他们在福传方面的重要性。另外，教会在教规上开放《圣经》，破除了不准许信徒在没有神父指导下自行读经的禁令，这样不仅可以使信徒熟知《圣经》从而加固其信仰，也可以扩大《圣经》在社会上的影响力。1985年，为纪念梵二闭幕二十周年，举行了非常规世界主教会议，与会主教们在最后的会议中，提出编纂一本《天主教教理》，"使之成为各地教理或综合摘要的参照版本。这教义的陈述须依据圣经和礼仪，表明确凿的教理，同时又要适应现时代基督信徒的生活"②。该教理于1992年颁布。其中规定平信徒可参与基督的司祭职："平信徒若有所需的资格，可永久地接受读经职和辅祭职。倘若教会有此需要，在缺乏圣职人员时，即使不是读经员或辅祭员的平信徒，也能担任他们的职务，就是执行宣道工作、主持礼仪祈祷、并按法规规定，施行圣洗和分送圣体。"③ 这些教导显示出天主教跟进时代的革新精神。

---

① ［波兰］马雷凯：《简述圣言会在中国对圣经翻译的贡献（1882—1950）》，李海艳译，《天主教思想与文化》2012年第1辑，第298页。
② 《〈信仰的宝库〉宗座宪令》，载《天主教教理》，香港公教真理学会1996年版，第2页。
③ 《基督徒信仰的宣认》，载《天主教教理》，香港公教真理学会1996年版，第223页。

在相当长时间内，天主教普通信众个人也没有解经的资格，经文解释权在教士手中。正如学者所言，虽然"教会从来没有禁止人翻译圣经，但教会保留对于解释圣经的权利"①。特别是看到新教因为解经不同出现各种派别纷争，天主教一直强调对权威释经的重要性。传教士用白话证道、解释圣经不是什么问题。比如在《公教白话报》上，我们可以看到形式活泼的解经内容。但用白话译经则是另一个问题。保持对同一权威圣经版本的认可，这是合一的重要保证。

对权威的重视也导致翻译的难度。翻译者除了具备神学的基本知识之外，在语言方面还要熟悉圣经原文，因为天主教译经强调原文直译，而非从其他语言转译，以此加强对圣经原意的传达。如学者所言："萧静山的新约译本是按照希腊原文加以修订，而李山甫等人的译本和上海耶稣会徐汇总修院的新约译本也强调参考希腊文的经文。……同样地，《思高圣经》是以旧约希伯来文和新约希腊文为翻译的基础。"② 新教对此则不特别严格。

有学者指出：1615年教宗保禄五世已准许用中文举行弥撒圣祭，诵念日课，并准许采用文言体裁翻译圣经。但直到20世纪初，也没有出现文言整本译经。部分原因在于：圣经翻译的工作繁重，任务艰巨，"太困难，太危险，需花费很长的时间"。最大的困难就是，对于基督宗教名词或名称的翻译，要做到用词准确、语言文雅，这需要传教士们对语言学有很深的研究，还有对语法、工具书（辞典）的灵活掌握，以准确恰当地表达基督教的概念。此外，从17世纪开始，教理书籍深受青睐，而圣经的翻译被忽视了。③

---

① ［波兰］马雷凯：《简述圣言会在中国对圣经翻译的贡献（1882—1950）》，李海艳译，《天主教思想与文化》2012年第1辑，第301页。

② 蔡锦图：《天主教中文圣经翻译的历史和版本》，《天主教研究学报》（圣经的中文翻译）2011年第2期，第43页。

③ ［波兰］马雷凯：《简述圣言会在中国对圣经翻译的贡献（1882—1950）》，李海艳译，《天主教思想与文化》2012年第1辑，第340页。

如前所述，圣言会在 20 世纪初出现了一些白话译经的尝试，但大都是描述《圣经》里的故事，并加以注释，或配以图片，以使更多的人了解《圣经》，算不上是严格的白话译经。另外，圣言会最成功的传教策略即 20 世纪最受欢迎的模式便是"采用圣经及圣经有关的内容来解释教理"，或曰"圣经与教理相结合"①的思想。

其二，对传统的重视。

天主教有两条并行的路线——《圣经》和圣传，二者同等重要。天主教相信上帝的启示是透过圣经和圣传这两种方式传递给信徒，而圣传是整个教会的生活。因为圣经不是凭空而来，而是从教会生活中慢慢形成、诞生及辨认出来的。静态的文字（《圣经》）与动态的教会生活（圣传）犹如银币之两面，且都是出于同一启示，只是传递方式不同而已。此外，如福音书所言，圣经无法记载耶稣事迹的全部。他还透过与使徒的交往，留下诸多言传身教的示范，使徒又将此代代相传。

对圣传的重视，也体现在那些基于圣经基本精神的祈祷经文，同样具有信仰的权威性。如前所说，对这些出自明清之际耶稣会士的文言经文，已经确定下来代代相传用于日常崇拜诵读默想的经文，随着白话文运动的发展，当有人提出要改用语体文时，却遭到了诸多人的反对。

对传统的重视也意味着对译经的慎重，因为翻译本身意味着解释。众所周知，罗马教廷历来对图书出版的审核制度非常严格，对《圣经》的翻译出版尤为严格。1622 年，负责新大陆传教区的教廷传信部成立之后，对外译经政策更趋收紧。比如 1805 年贺清泰致信罗马教廷，要求出版白话版《古新圣经》。罗马教廷虽加以称许，却禁止出版，于是该书稿只能以抄本形式存在。新教译经的普

---

① ［波兰］马雷凯：《简述圣言会在中国对圣经翻译的贡献（1882—1950）》，李海艳译，《天主教思想与文化》2012 年第 1 辑，第 333 页。

遍，与新教不太重视传统有关系。"唯独圣经"意味着对以往传统的剥离，这种剥离既包括对教会负面因素的摒弃，也包括对教会一些传统制度的放弃。

对传统的重视，一定程度上意味着对当下问题回应能力的减弱。白话译经表面上看是一个宗教内部事务问题，但从深层上反映了天主教会对一些重大社会问题的反应能力及适应能力。虽然圣言会传教士有部分白话译经活动且创办《公教白话报》，但整体而言，较之新教传教士，天主教传教士对白话文运动的认识及参与较为消极。相比之下，新教传教士在白话译经方面的卓有成效，也反映出其对中国社会参与的主动意识。比如，19世纪来华美国新教传教士创办的一个著名英文刊物《教务杂志》（*The Chinese Recorder*），曾在1919年第5期刊登了一篇介绍性短文："1919年4月19日的《密勒氏评论报》（*Millard's Review*）上刊登了一篇有关中国文学革命的有趣的文章。作者是胡适先生，北京大学的一名教授。我们愿意把它推荐给每一位能看到这篇文章的人。文章强调产生一个用白话创作的文学的必要性，并指出许多报纸和杂志在这方面所做的尝试……"尽管这篇由编辑所写的短文虽然只是客观性介绍，没有对文学革命发表明晰的见解，但它至少表现出了新教传教士对文学革命即时性的关注。

除了对权威和传统的重视，天主教保守宗教观念还包括对团体经验的重视（新教则更重个体经验）。梵二会议之后，天主教界意识到这种对团体经验重视的过度性，开始表现出更加开放的姿态，才较为注重个体经验。对个体经验的重视，一定程度上也使得天主教开始注重圣经新译，如《牧灵圣经》的出现。

总之，语言从来就不仅是一种交流工具，更是思想观念的重要表征。较之新教，清末民初天主教白话译经相对滞后。借助《圣教杂志》等民国时期天主教的重要刊物，我们可以发现，其中原因，既有宗教保守观念层面之影响，也有清末白话文运动理念层面之余绪。虽然也有部分白话译经活动，但直至20世纪40年代，全面白话译经活动才得以开展，1968年完成出版的《思高圣经》才是真正意义上的完整白话译经。本书尝试对清末民初天主教白话译经相对滞后原因加以考察，限于资料及学力，尚有未尽之意，有待日后进一步探究。

二　来华圣母圣心会士与中国文学研究

（一）在华圣母圣心会概况

天主教圣母圣心会（Congregatio Immaculati Cordis Mariae, CICM）是起源于比利时的一个国际性天主教传教修会，以比利时的司各特（Scheut）为总部，故该会又称为Scheut Missions。19世纪中叶后，中国的门户洞开，而比利时也由于工业革命成熟，国力充沛，有条件向外发展，当时天主教会内也兴起了一股新的传教热忱。比利时的南怀义（Theophiel Verbist, 1823—1868）原是一位教区神父，因接触圣婴会的工作而认识中国的贫穷与缺乏孤儿院的问题。1862年他创立了"圣母圣心会"，立志前来中国传教，得到教廷的同意之后，接管由遣使会分出来的蒙古宗座代牧区。1865年8月25日派遣来华，1865年冬率领四位同伴抵达张家口北边的西湾子（今河北省崇礼县），1868年2月23日会祖南怀义因感染斑疹伤寒而病逝于滦平县的老虎沟。此后修会陆续派遣许多年轻会士前往中国传教，总计自1865年起至1955年最后一位外国会士被驱逐出境为止，圣母圣心会总共派遣了679位传教士前往中国，范围有：内蒙古、热河、陕北、宁夏、甘肃、新疆、青海、大同。1956年，该会会士转移至台湾，在台中主持圣神修院及一些教堂。

台湾南怀仁文化协会于2008年3月出版了《在华圣母圣心会士名录》，这是修会对自1865年至1955年派遣在华传教的679位会士的简要介绍，包含"出生；初学；晋铎；派遣来华；死亡时地；学历；传教地区；传教活动范围"等项，并附有每人的一帧照片。这本书以西文姓氏字母排列,并附有汉语拼音排序的中文姓名索引,便于只知其华名的读者查阅。其中会士不全是西方人,也有国籍会士。此书亦非传记,只是生平简历,故名为《在华圣母圣心会士名录,1865—1955》,是此阶段圣母圣心会传教历史的重要史料。①

(二)来华圣母圣心会士对中国文学的评介

1. 概况

来华圣母圣心会士的主要工作自然是传教。此外,也在当地创办学校、孤儿院、育婴堂、养老院、诊疗所等社会服务机构。文化方面的成就则包括在语言、民俗、艺术等方面的研究。

来华圣母圣心会士对于中国文学的评介活动,到了20世纪40年代,因为系列丛著的出版而引人注目。而这样的评介活动,最初是由一批第二次世界大战期间被日本侵略者关押在潍县和北京的集中营中的传教士们开始进行的。其中的核心人物是比利时人Joseph Schyns,华名善秉仁。

通过《在华圣母圣心会士名录》的介绍,我们可以对善秉仁(1899—1979)有一个大致的了解:1899年出生于比利时,1925年被派遣来华,传教地区是西湾子,传教活动范围是:

  1925—1926:天津学语言

  1926—1929:西湾子副本堂

  1929—1930:灶火沟本堂

  1930—1935:南壕堑(西营子)的会计和本堂

  1935—1936:退休于Schilde和Jambes(比利时)

  1936—1943:蛮会本堂和区会长(中国)

---

① 参见Dirk Van Overmeire编,古伟瀛、潘玉玲校订《在华圣母圣心会士名录,1865—1955》"序",台湾南怀仁文化协会2008年版。

1943—1945：被拘留于潍县和北京

1945—1951：从事学术研究工作并任怀仁书院秘书

……①

　　善秉仁作为传教士在中国工作了 24 年，其间只离开过一年，即 1935 年 9 月至 1936 年 9 月，目的是回比利时担任列日省传教士。② 善秉仁是个"中国通"，对中国现代文学作品非常熟悉，与现代作家的私人交往也很多。1945 年，善秉仁主编出版了法文版《说部甄评》，此书出版后颇受好评，并于 1947 年由北平普爱堂出版了中文版《文艺月旦》（甲集），作为"文艺批评丛著之一"。通过《文艺月旦》"导言"我们了解到，到 1945 年 11 月 1 日为止，圣母圣心会士文宝峰神父的《中国新文学运动史》业已出版，一种《中法对照新文学辞典》已经编出，并将作为"文艺批评丛书"的第三册；第四册则又将是一批《文艺月旦》的续集。此外《文艺月旦》（甲集）"导言"中还提道：他们计划"请几位公教作家，检讨若干文艺问题；并对若干著名作家，作个别的研究"。而在 1947 年出版《文艺月旦》（甲集）的"序"中又提道，"不久还有一本包括一千种小说批评的乙集出来"。

　　这些看似与传教无关的工作，实际上仍带有浓厚的传教色彩。因为传教士对图书的评判不是着眼于它们的文艺价值，而是注意审查各书的内容之道德价值。在"导言"中，他们称："我们在这个总检讨的工作里，虽说翻腾了不少的书，却仍然没有失掉我们做传教士的本色。所谓图书批判，实际上唯一的目的，只是藉阅览指导

---

① Dirk Van Overmeire 编，古伟瀛、潘玉玲校订：《在华圣母圣心会士名录，1865—1955》，台湾南怀仁文化协会 2008 年版，第 443 页。

② Pino, Angel; Rabut, Isabelle *Les missionnaires occidentaux, premiers lecteurs de la littérature chinoise moderne* in *D'un Orient l'autre*, Louvain: poeters, 2005, p.487.

来替人类心灵效点劳而已。"① "我们的编译这本书的目的，首先是为移风易俗之用。"② 传教士们的这项"书籍检核事业"也得到了当时驻华宗座代表的高度肯定，于1945年1月召见了编者，并自动愿意担任此项工作的最高赞助人，并决定让此项图书检定工作继续下去。

2. 《文艺月旦》（甲集）对中国文学的道德评价

（1）写作缘由

《文艺月旦》（甲集）"导言"中提到传教士们写作的缘由："读物的盲目涉猎，为害人灵至深且巨，这是多数传教士所已共同理会到的。但一般的因为公务猬集，没有工夫去注意它，因而也未能设法去遏止这个危机。大战期间，我们幸而不幸得到若干闲暇，能从事于这有相当规模的工作。现在终能以这点成果贡献给一般人，这是我们非常快慰的一件事。"③ "我们开始图书审查工作，是由一个农村传教士的集团，因战时被迫集中，无所事事，而发动的。目的，是想藉此替传教事业，继续效点绵薄。"④ "直到日本降服为止，集中的同道们，用中国文学研究消遣光阴。这样眼见战争的结束。"⑤

"导言"中所说的"被迫集中"，指的是1943—1945年传教士们被日军囚禁于潍县和北京集中营。"二战"期间，为了报复美国限制日裔美国人自由，日本在潍坊建立了一座外侨集中营，也就是潍县集中营，是当时日本在中国设立的最大的一座外侨集中营。潍县集中营在"二战"中存在了三年之久，其中关押的包括英国、美国、比利时、荷兰、加拿大、澳大利亚、新西兰等国侨民，以英美人士居多。有资料表明，"二战"期间，善秉仁先被拘禁在潍

---

① ［比］善秉仁编：《文艺月旦》（甲集），景明译，燕声补传，导言，北平太平仓普爱堂1947年版，第1页。
② 同上书，第4页。
③ 同上书，第1页。
④ 同上书，第23页。
⑤ 同上书，第26页。

县，后转至北平（1943年3月至1945年9月）。在这两年半，他致力于中国现代文学的研究。① 通过查阅《在华圣母圣心会士名录》，我们了解到，1943—1945年，与善秉仁一同"被拘留于潍县和北京"的圣母圣心会士共有158位。善秉仁和一班同道被囚禁在北平的集中营时，"大约集中营管理并不严格，他和几位同伴，常常偷偷地爬过墙头，到街上的书店买中国的文艺读物，运到住地，埋头阅读"②。

关于参与《文艺月旦》（甲集）的编写者，善秉仁在"导言"中曾说："要感谢集中营时期的若干位参加本书书评撰作的同道。他们的姓名，都签署在法文本每则书评之后；我们特别致谢文宝峰、傅西雍二位神父，对于撰述本篇导言时，供给了充分的资料。"③ 通过查阅法文版《说部甄评》（甲集），我们可以统计出共有约40位传教士参与了编写，其中包括3位圣方济会士及1位未标注所在修会者，其余皆为圣母圣心会士。这其中参与编写条目较多的圣母圣心会士，主要有以下几位（法文版《说部甄评》只列出外文姓名，借助《在华圣母圣心会士名录》，我们还可以得知其中文姓名及简要生平）：善秉仁（Jos. Schyns，199条）；惠立百（H. Wilber，57条）；文宝峰（H. Van Boven，43条）；惠崇德（Jos. Hemeryck，31条）；田种德（A. Vanacker，29条）；高乐康（Fr. Legrand，26条）；罗明坚（Hil. Rodts，21条）；魏宗祐（L. Verhoeven，13条）；普陆司（Fr. Bours，13条）。另外，《说部甄评》中所列 J. Hemerijck 及 Jos. Hemerijk 两位编者疑为 Jos. Hemeryck 之笔误，因未见于《在华圣母圣心会士名录》一书。

---

① Pino, Angel; Rabut, Isabelle *Les missionnaires occidentaux, premiers lecteurs de la littérature chinoise moderne* in *D'un Orient l'autre*, Louvain: Poeters, 2005, p.488.

② 孔海珠：《法国神父善秉仁的上海之行及其他》，《新文学史料》2007年第3期（善秉仁应为比利时人而非法国人——笔者注）。

③ ［比］善秉仁编：《文艺月旦》（甲集），景明译，燕声补传，导言，北京太平仓普爱堂1947年版，第26页。

(2) 写作目的及具体内容

《文艺月旦》(甲集)是一批常年在华的圣母圣心会士所编写的一本关涉中国文学的珍贵资料。如前所说,《文艺月旦》(甲集)原为法文,名为《说部甄评》,但此书并不都是小说,还掺有剧本、随笔、诗歌等。编者一方面在法文版中保留这个名称,觉得它所代表的是全书的精神,而不仅仅是全书的实际内容;另一方面在中文版中遵从了读者"名不副实"的批评意见,将书名改为较为笼统的"文艺月旦"。

如编者所言,在一般人心目中,传教士的传教生活,同文艺作品几乎是南辕北辙、风马牛不相及的两件事,但编者其实在此编印过程中仍保留了他们传教士的本色。因为他们的目的主要基于天主教会的"图书检查"制度,进行图书的道德批判,借图书审查维护天主教的道德风化,并试图借此移风易俗、影响中国的道德建设。

这本书评集中共收入六百种读物的评介,包括现代之部、旧体之部和译本之部三部分,以现代之部为主。根据道德观点,编者把一般的书分为四大类,即大众可读的书(众);单纯应保留的书(限);加倍应保留的书(特限);应禁读的书(禁)。根据天主教的道德伦理观,书评集中只有少数现代文学作品被列为"大众可读的书",其他的则多为"限""特限"乃至"禁"。

在每一条书评里,如编者在"导言"中所说,他们"所注意的,并不是文学上的分析,也不是修辞上的鉴别;而是书中情节的简述。假使值得一述的话,另外还有一段关涉道德方面的按语,和作此按语的理由;这理由,也只是三言两句。假若某书实在毫无价值,假如它是个短篇的结集,或者假使它是看不得的,我们就不替它作什么内容提要,仅仅说明它的主题,加上一个道德立场的按语"①。

---

① [比]善秉仁编:《文艺月旦》(甲集),景明译,燕声补传,导言,北京太平仓普爱堂1947年版,第24页。

第一章　近现代来华天主教传教士与中国文学研究

目的的明确性决定了该书不可能是一本常规意义上的文学读物批评，不过，该书的"序"（1947年3月19日）和"导言"（1945年11月1日）所体现的编者对中国文学的大致看法，对我们的研究仍具参照价值。在此，我们主要就其对中国现代文学的看法加以介绍：

总体而言，编者认为：以现代小说为代表的现代文学对于中国社会产生了很大的影响，而这影响在相当程度上是消极和负面的。

编者认为，一般作家和思想家要把自己的思想灌输给大众，要创造一种心理，要形成一种风气，他们往往借文艺作品——尤其小说，作为一种有力的工具。编者引用了梁任公《饮冰室文集》中《论小说与群治之关系》中的话，来说明小说影响中国社会的巨大程度。较之梁任公所说的旧式小说，编者认为，现代小说的影响更为深巨。这种影响，在持有天主教信仰的编者来看，主要是弊害。因为一方面，出版的新书较以往更多；另一方面，一般人民的知识程度，较过去大有进展，大多数都有看书的能力。而更重要的是，现代小说的内容对青年人特别是公教青年的人生观之形成，起着巨大的负面影响：

> 青年人尤其爱看小说。可是青年人，却又正是一个国家，一个民族前途所寄托。在现代小说里，青年人随时可以遇到关于宗教的言论。不必很久，便接受了这些不健全的思想，他们眼前展开了一种新的人生观念；渐渐感染上一种不严肃的习气。书中所描写的人物，成了这些男女读者的理想人物；拣着书中人的生活方式，心理思想，乃至衣饰之类（这一点在现代中国小说里常有冗长的叙述）合于自己脾味的去模仿！久而久之，这些青年人，亦即新社会中的人物，遂被依样葫芦地塑成这种典型。①

---

① ［比］善秉仁编：《文艺月旦》（甲集），景明译，燕声补传，导言，北京太平仓普爱堂1947年版，第4页。

当真小说里描写的人物,都是些好榜样;当真这些子虚乌有的人物的思想,都很健全;所主张的宗教观和生活方式,都是正确的;也还罢了。可惜,完全不是那么回事儿:现代小说里所介绍的,多数是浪荡浮华的生活,罪恶的生活,反对宗教的荒谬言论。那些人物,多数是些不重人格的家伙![1]

编者对现代小说的看法,无疑是建立在天主教的道德伦理观基础之上的。现代小说反映的多是现代生活场景以及现代人颇具反抗性的精神面貌,所以在天主教道德视角下,难免是负面的形象了。客观地说,中国现代小说及其背后的现代生活,一方面是对旧道德的抛弃,这种抛弃由于旧道德极大程度上的朽坏而具有历史的进步性;另一方面,这种抛弃由于新道德的难以建立,而呈现出破坏大于建设的景象。从前一种意义上来讲,编者对现代小说的否定性评价是偏颇的;但从后一种意义上来说,这种指责又不能说是完全没有道理的。

以下将从几个方面具体探讨天主教传教士对现代文学主基调的负面看法:

第一,大多数新文学作品是有显著的革命思想。

编者认为,"革命思想"是乍读许多新文学作家之作品时,可以显然看出的一个共同的特点。比如鲁迅,其愿望是解放民众,想让他们摆脱传统的政体;他要唤醒群众,使他们能以适应新时代的需要。为此目的,他攻击帝国主义、资本主义、一切迷信和封建礼俗。巴金在几乎所有的作品里都鼓吹革命信念,想实现一个"梦境的人间世"。他书里的主人翁,一般都是令人同情的,可是生活都有点凄惨,他们要求一个新的人类社会。为此,他建议旧家庭革命,甚至反抗父母,他的人物为达到此种理想不惜以生命为牺牲。

---

[1] [比]善秉仁编:《文艺月旦》(甲集),景明译,燕声补传,导言,北平太平仓普爱堂1947年版,第3—4页。

其他共产主义作家，像丁玲、陈独秀诸人的著作里，则革命精神最为显著。

概言之，新文学作家有种普遍的革命情绪，而且在某些作家中还有共产主义色彩。他们主张解放民众，废除旧家庭制度，建立一个理想的社会。编者一方面承认这些思想是义勇的，不想不假思索而根本反对这类主张；另一方面又认为这些思想是可虑的，担心青年们只记牢"破坏一切"的口号，单记住必须摧毁旧社会旧道德的构造，却忘却了必需的自我牺牲，忘掉本身的重要使命，那就糟了。

要深入地理解这个问题，我们要首先了解天主教相关的基本要理。天主十诫是天主教徒伦理生活的基本准则，其中第四诫是"孝敬父母"，它要求子女对父母尽孝心，在身体方面要满足父母的生活所需，在精神方面要尊敬父母，听从父母的劝告。编者对新文学作品中强烈废除旧家庭制度的要求表示了忧虑和反对，因为中国的旧家庭制度中也是极其讲究孝道的。同时，这一诫也针对下级和上级、学生和老师、公民和国家等这样的关系。

总体而言，天主教对于社会改革一直持审慎态度，《圣教杂志》1932年9月第21卷第9期《教中新闻》中有一则"刚总主教对北平辅仁大学公教学生训词"，其中谈到了天主教的社会改革观以及对天主教青年的要求："……社会服务的责任心，应当建立两个公教原则上。第一服从长权，遵守法律，第二是主持正义公道。公教教友有服从长权的责任，因为长权来自天主。这种的服从，不应有畏惧的性质，应如同圣保禄宗徒所说，从确信爱护而来的。有遵守法律的责任，因为法律是神圣的，是各社会、各国家的保障。国内的混乱，不过是长权的弱点所致，待恢复了长权的原则，实行遵守法律之后，这个弱点自然能无形消灭。你们，公教教友们，应当身先立表，绝对地尊重法律、父权及教规……"此处的"刚总主教"指首任罗马天主教宗座驻华代表刚恒毅（Celso Costantini，1876—1958），其观点无疑是有代表性的。

天主教传教士给中国社会所开的改革药方是天主教的信仰观以及此总原则之下的具体主张。天主教传教士的社会改革观是相对保守的，对激进的社会改革持反对态度。

第二，新文学界普遍的非道德观。

编者认为，包括鲁迅、茅盾、丁玲在内的多数文学界领袖人物无所谓道德观念。尽管不能说一般大作家的所有作品都是这样，但他们的"主要格调"确是如此。在他们的心目中，婚姻只是一个腐朽的制度，他们一致主张自由恋爱。他们让他们的故事中的人物，生活在最彻底的不道德里。同时，他们也率直实验他们的理想，由他们所创造的人物的生活方式，转示出他们对于人生、对于离婚、对于自由恋爱的看法，并显示出他们对于贞操观念的满不在乎。还有一个被编者称为"非文学作家"的流行一时的群体，以张恨水、刘云若等为代表，在道德立场上更加受到指责。编者认为，他们是一些天分有限，写作目的并不为宣传思想，或发动斗争，而专为牟利的人。这些作家往往是多产的。他们认识大众，熟悉他们的偏好，所以他们的著作，只是些揣摩人民心理、投其所好的东西。只要人肯看，能增广销路，能多卖钱就好。他们在不等的程度上，都难免涉入色情。这些文人，虽无材具，却对于一般民众影响很大。

编者之所以不遗余力地批判许多作家的非道德倾向，是因为他们作品中的思想观念与天主教的道德观有极大的冲突。天主十诫中的第六诫是"毋行邪淫"，它命令人在行动和思想上保持"洁德"，正确处理性欲问题，端正两性关系。这一诫禁止在婚姻以外，寻求性欲的满足。因为在天主教来看，性欲和生育有关，负有延续人类生存的使命，在婚姻之外寻求性欲的满足是不正当的。这一诫同时禁止人们在思想上的邪念、邪欲，尽管它并不产生实际的危害。

对于婚姻，天主教是非常尊重的。天主教承认异性间的相互吸引是正常的，而婚姻是使两性满足性欲的合理、有节制的方法。婚姻是一件人生大事，结了婚，则木已成舟，唯有对方的死，才能解除。而离婚就像是断肢手术，把一些本是活活连在一起的割下来。事实上旧约圣经用的"离婚"这个词，就是"断肢"的意思，可以指把树枝从头部砍下解。基于此，编者对新文学界的恋爱婚姻观持批判态度。

当然，编者在批判大多数新文学作家非道德立场的同时，也肯定有一小部分作家的作品，在道德观上是值得肯定的。他们不曾陷入上述的错误，并且能产生良好的影响。他们抗拒了诱惑，在其作品中，流通了些"鲜洁之气"。他们的全部著作，或几乎全部著作，可以让任何人去看。比如皈依天主教的苏梅和张秀亚，基督徒冰心女士和非教徒叶绍钧。另外，还有新文学领袖中的巴金、老舍等几个例外。

第三，大多数作家对彼世的否定观。

编者认为，对于大多数的作家，神是不存在的。不少作家明确否认有神，他们想象不出什么是一个不死的灵魂，天主教也只是一个外来的帝国主义的教门。因而，无神主义在青年群里的侵蚀，是毫不足奇的。在一般的作家著作里，都谈不到宗教问题。本来宗教是人与神之间关系的综合，是人向神缴纳从属的贡献。但在他们那里，尘世只有为己的尘世，大可不必在意自己与自己所从属的另一高级权力间的关联。某些作家还认为，人生在世的目的，无非求个人享受。这是他们反抗既定制度，反抗宗教与贞洁所必定会产生的结论。

另外，编者认为：许多作家倡导革命时，往往是被爱国心、抵御外来暴力的反感所驱使；他们所要求的往往是一种较为合理的人生（例如鲁迅书中的主人公、曹禺笔下的人物等），他们所需要的是一种理想，他们想建造一个新的人类社会，并不惜为此而牺牲生命（例如巴金笔下的人物）。这些，一般都是出于善意。他们的著作天然的意向，是毁灭固有的一切，鼓励青年走进革命的道路；可是，轮到从新建设时，他们却完全失败了。这失败的最大原因，就是在他们的作品里，没有神的存在。因此，他们不能走上康庄大道，也不能替他们的读者指示应遵的正路，因为他们自己没有认识过"真理"。

这个问题关涉天主教的信仰核心,所以编者的批判也是严厉的。天主十诫中的第一诫即为"钦崇一天主万有之上"。天主教对天主的尊崇和对彼世的肯定,必然使编者在面对无神论的或否定基督教的作家时,持批判的态度。但处于灾难深重的近代中国,面对此世的巨大压力和迫切要求,让作家把目光投向彼世,恐怕也不是一件现实的事情。

基于上述几点,编者指出了天主教会之补救方法的必要性和迫切性:

编者认为,除去少数几点高尚的思想外,青年人由阅读现代小说记取较多而较真的,只是推翻一切的革命理论和恋爱自由的原则。他们知道了如何否认彼世,否认宗教信仰,否认自己行为自己应负责,却得不到任何严正的思想。这样,除了混乱与无政府状态外,没有什么好结果。因此,对于他们,读物若不加审择,最终必然是疑念杀死信德,夺去一切道德观念。即时信德没有完全丧失,但对于风化方面也是多有损害。面对如此危急局势,编者认为应该敲响警钟,并由天主教会采取补救措施。具体的建议和措施,编者认为可以是加强公教教师、学者、作家、司铎与非公教知识界著作家、大众小说家之间的联系,并用公教的观点影响之、感染之;可以在报纸杂志、中等以上公教学校天然伦理学的课程里,展开斗争;可以积极训练新人,改善文学创作状况等。

较之编者对于中国新文学特别是小说的主导性的贬斥意见,传教士们对中国的旧文学所持的态度则谨慎得多,原因是"一来我们读过的这类小说太少(只有几十种),难以作成一种判断;二来研究旧小说,比较新的难得多"①。接着,作者表达了对中国旧文学的肯定:

---

① [比]善秉仁编:《文艺月旦》(甲集),景明译,燕声补传,导言,北平太平仓普爱堂1947年版,第21页。

第一章　近现代来华天主教传教士与中国文学研究

即使对于一般西洋人，中国旧文学作品也不是没有兴趣的。就个人说，我们只读了几十本旧小说和几种最著名的戏曲。可是我们凭良心说，不得不承认那好像一种新的发现。当然中国人的才情和我们的不同性质，但我们可以断定关于审美学和情绪表现的技巧上，他们丝毫不下于西洋十七世纪古典文学最灿烂时代的。①

当然，编者也指出"这类书看得太多了，可能对于人的信仰，形成一种危机，尤其对于新信教者"，因为"这些书里，随处有迷信的记述，而且表现得再自然不过"，"信仰不坚的教友，可能因此而发生动摇；所以我们不妨指出这个危机，可是并不想过分张大其辞。"②

《文艺月旦》（甲集）不仅在正文中列了"旧体之部"，评介了诸多中国古典文学作品，而且在"导言"中，比较细致而全面地介绍了中国旧小说史以及中国戏曲史。

"导言"在论述中国旧小说一章中，为免武断，主要摘译了吴益泰所著法文本《中国小说研究》的精华。在编者来看，这本书编得"相当完备"。编者追随作者，概述了中国小说的地位、起源、发展、分类以及各种分类的代表性作品。在概述中国戏曲一章中，编者则简要介绍了中国戏曲的起源以及历代的变迁，并顺便介绍了现代戏剧。其中借鉴引用了王国维、胡适、姚莘农等中国学者的观点，也采纳了蒲贝叶（Poupeye）之《中国戏曲》（*Drame chinois*）以及阿灵登（Arlington）之《中国戏曲》（*The Chinese Drama*）等著作。从中可以看出，编者对此领域颇为熟悉，并有自己的见解与心得。

---

① ［比］善秉仁编：《文艺月旦》（甲集），景明译，燕声补传，导言，北平太平仓普爱堂1947年版，第21页。

② 同上。

编者在论及作品时，一般也先对作品的大致情节做简要介绍，然后进行道德评价。所述情节大多参照鲁迅所著《中国小说史略》及郑振铎所著《插图本中国文学史》。试举几例加以说明：

在谈到《水浒传》时，编者首先介绍了大致的情节，并对每部分做了简要评点，最后结语是："想替这部大书，就道德方面下一个定评，很不容易。在大多数回目里，找不出很刺目的文字来；然而也不能说全书都是无害的。在第二回里，就有淫荡的描写。在第23、24、25、44、45各回里，有更大胆的段落。要说这书任何人不宜看，中国知识分子定会不以为然。我们只能说，散布这书时，务必小心谨慎而已……"① 编者把《水浒传》列为当"限"之书。所谓"限"，即单纯应保留的书，具体是指可以让成熟或有阅历的人（如结过婚的人、受过中等教育的人、年龄大的人等）看的书。在这类书里，读者会偶尔遇到多少有些被编者视为欠含蓄的或相当大胆的词句，稍微不庄重的描写，冒失点的话，不正确的思想（如关于离婚之类）而非原著者所坚持的，某种不大纯洁的氛围等。依此，诸如《三侠五义》《琵琶记》《阅微草堂笔记》《桃花扇》《西游记》《牡丹亭》《灰阑记》等作品，都被编者划归此类。

《红楼梦》所述情节依据《中国小说史略》。最后的道德判语是："本书以气氛柔靡，任何人不宜读。青年人更应绝对禁阅。"② 该书被列为"特限"，所谓"特限"，具体是指加倍应保留的书，指编者认为应该直接劝人别看的书，连成熟的人在内，除非为了特殊原因。但假如一个正派的人，偶尔在看这样的书，也不值得大惊小怪。这类书都是大胆的节段层见迭出的，相当荡人心志的。如大胆轻佻的描写过于细致的；可能危害宗教信仰或社会伦理体制的；

---

① ［比］善秉仁编：《文艺月旦》（甲集），景明译，燕声补传，北平太平仓普爱堂1947年版，第144页。

② 同上书，第153页。

书中氛围不健康,公然反抗权力思想的;等等。依此,诸如《长生殿》《聊斋志异》等作品,都被编者划归此类。

《金瓶梅》简述内容后,结语是:"《金瓶梅》的特长,尤在描写市井人情及平常人心理,行文措语,雄悍横恣之至。但却是一部著名淫书,曾经政府严禁。淫秽的地方很多。公教人稍知自爱的都不该看。"① 该书被列为应禁读的书(禁),指编者认为不但不应该劝人看,而且除有重大原因外,应该禁止一切人看的书。具体来说,就是那些实在猥亵的书,近乎伤风败俗的书,坏人心术的书,臭气熏人的书等。依此,诸如《西厢记》《海上花列传》《野叟曝言》等作品,都被编者划归此类。

而诸如《三国志演义》《官场现形记》《老残游记》《儒林外史》等作品,则被列入大众可读的书(众),具体指书中没有什么伤风败俗的地方,没有大胆的描写,没有荒谬而与天主教教义抵触的理论。所谓大众可读,并非编者劝人去看,也并非他们认为这些书永不害人,而只是说这些书里没有什么被视为坏的地方。

概而言之,尽管在《文艺月旦》(甲集)"序言"中编者说:"有一件我们必须声明的事,就是我们对于评价各书的标准,并非单纯地基于公教伦理思想。我们的准绳,首先是约束一切人类的自然道德定律,亦即是只看作家们所辩护或认定的原理,是否对于社会及个人可能产生恶劣影响。"② 但客观而言,《文艺月旦》体现的天主教传教士的中国文学观,特别是中国现代文学观,仍是笼罩在浓郁的天主教道德伦理观之下的。一方面,它为中国文学提供了一种特殊的观照视角,拓展了我们的认识视野;另一方面,它又过多地受制于天主教道德伦理立场,难以对中国文学做出真正全面而公允的评价。

---

① [比] 善秉仁编:《文艺月旦》(甲集),景明译,燕声补传,北平太平仓普爱堂1947年版,第157页。

② [比] 同上书,第27页。

3. 《中国现代小说戏剧一千五百种》

在 1947 年出版《文艺月旦》（甲集）"序言"中，提到"不久还有一本包括一千种小说批评的乙集出来"。这个乙集应该就是 1948 年出版的英文本《中国现代小说戏剧一千五百种》（1500 Modern Chinese Novels and Plays），由善秉仁、苏雪林、赵燕声合编而成。

1966 年香港再版时，译名为《当代中国小说戏剧一千五百种提要》，并有如下说明：

《当代中国小说戏剧一千五百种提要》一书，一九四八年北京怀仁学会出版，是善秉仁神甫和一班学人共同编成的。书头有苏雪林教授写的《当代小说和戏剧导言》，把近几十年来新文学的历史作一总结。苏教授对于中国文学有深刻的认识，她把这几十年来新文学的源流派别，都说得了如指掌，是一篇很有价值的文章。接着就是赵燕声先生所作当代作家小传，于他们的履历著作和笔名都极力介绍——我说"极力"，因为个人的笔名很难尽知道。第三部就是本书的主体：自第一至一〇一三种（页一九至三三二）是当代中国小说提要；自一〇一四至一一三〇种（页三三三至三五一）是诗歌、散文杂著的提要；自一一三一至一一九六种（页三五二至三六四）是汉译外国小说；自一一九七至一二三三种（页三六五至三八〇）是古典小说；据附注所说，这部分所举的，都是中国历代古典名著，但就大体看来，选得不谨严，如《何典》、《新编白话聊斋》、《绘图儿女英雄传》，并不见得是甚么古典名著；而《三言》、《两拍》等反而不见著录，想不过是"聊备一格"吧。第四部是当代戏剧：自一二三四至一四三九种（页三八一至四五〇）是当代中国戏剧；自一四四〇至一四八八种（页四五一至四五九）是汉译外国戏剧；自一四八九至一五〇〇种（页四六〇至四六五）是中国古代戏剧；这里所选大概也是充数而已。书末还有作者索引，是以英文字母为次序；书名索引则以笔画为序，而且附有每书的伦理评价，颇便检阅。

善神甫在序文里说，编这书的动机一方面是指导青年人于每书的本身伦理价值，知所去取；另一方面则是想向外国读者介绍当代中国文艺。所选各书，据说也是经过详细斟酌才拟定的：凡是认为不合标准的著作，都摒而不录；至于沧海遗珠，有时或且不免，不过此书所载，大体上可说颇为完备了。

新文学运动到如今已经有四十多年了，这时期的著作，可说是琳琅满目，但是要找一本提要钩玄而有系统的册籍来介绍这许多书，除了善神甫这提要外，恐怕没有其他更好的了，因此我们认为它虽然用英语写成，也有重刊的价值。其中所引各著作版本，许多连书局本身也都不存在了。不过，按图索骥，大图书馆中相信尚能物色得到；至于公认为名著的，各地的书店，到今天还不断有重印本，是不难求得的。①

翻阅全书，我们会发现，这个说明是很中肯的。

从书中也可以看到，这本书和《文艺月旦》（甲集）相比，基本上是延续了《文艺月旦》（甲集）的图书检定意图和编写体例。正如《文艺月旦》（甲集）"导言"中所说："驻华宗座代表和若干教区神长，一致决定：让我们的检定图书工作，继续下去。希望依仗全国传教士的帮助，尤其仰赖几位同会神父的特别帮忙，我们能够勉副此种雅意……"这本《当代中国小说戏剧一千五百种提要》就是这种工作的继续的体现。大致也是按照根据道德观点，把所录书目分为大众可读的书（众）；单纯应保留的书（限）；加

---

① ［比］善秉仁、苏雪林、赵燕声合编：《当代中国小说戏剧一千五百种提要》，再版说明，香港龙门书局1996年版。

倍应保留的书（特限）；应禁读的书（禁）等几种，并附于每本书介绍之后加以说明。

但这本书较之《文艺月旦》（甲集），除了借图书批判强调青年德性的维护之外，还有另外一个目的，正如善秉仁在"序言"中一开始所说，是欲向西方读者介绍中国当代文学。这说明了编者不但关注于宗教目的，也试图在中外文学交流方面做出积极努力。应该说，这种努力是十分值得肯定的。

有资料表明，善秉仁在1948年9月，曾携带新出版的《中国现代小说戏剧一千五百种》，从北平到上海，约请留沪作家茶聚。临别时，他应《文艺春秋》主编范泉之约，撰写了一篇题为《和上海文艺界接触后》的感想文章。其中，他用较多的篇幅对上海文艺界表示感谢和敬意，最后表示："此次和上海文艺作家接触后，引起我新兴的情绪和决心，格外加紧努力研究中国现代的文艺，以便介绍到外国去，引起无限的广大的同情。"[①] "中国现代的文艺诞生之后，有不少具有盛名的作家和极有价值的作品，以质量言，均造极峰，是极有地位的。中国文艺应该出现于世界文坛之上，占一个重要的位置，我们不但具有此种正义感，并且以为是极应该如此的。"[②] 而上海文艺家对善秉仁也抱有很大希望。当他离开上海返回北平时，《文艺春秋》的主编说："我们希望他今后的介绍工作，能够依照他的理想，一步步地实现。而且不仅限于典集的工作，还发展到作品的移译，做中国文艺深入到国外读者头脑里去的真正的'桥梁'。"[③]

《中国现代小说戏剧一千五百种》在史料的保存方面，具有显而易见的价值，为中国现代文学研究者们提供了可贵的资源。比如夏志清在《中国现代小说史》"中译本序"中说："宋淇赠我那册《一

---

① 参见孔海珠《法国神父善秉仁的上海之行及其他》，《新文学史料》2007年第3期。
② 同上。
③ 同上。

千五百种中国现代小说与戏剧》（北平，1948），神父善秉仁（Jos Schyns）主编，至今还是极有用的参考书"①。夏志清在《新文学的传统》中也曾具体提及此书作为文学史参考资料方面的价值：

> 文学史的书写应有别于文学史参考资料的编纂。参考资料当然愈齐全愈方便，民国以来所有作家最好每人都有小传，所有文学创作、翻译、研究著述都应该有书目提要，所有文艺杂志，文艺副刊都应备有"索引"，供学人参考之用。1948 年善秉仁神父（Jos Schyns）编的那部英文本《一千五百种现代中国小说和戏剧》，其中赵燕声辑集的《作家小传》部分，虽然不免有错漏失实的地方，至今仍有很高的参考价值。即其《小说戏剧本事简介》部分，虽然评语往往荒唐得离谱，但我们藉以知道每本书的故事情节，和其出版日期与页数，对研究者言，在未看到原书以前，仍是值得参考的资料。②

《中国现代小说戏剧一千五百种》编者之一苏雪林为本书所写的"现代小说和戏剧导言"，对新文学几十年的历史作了一个总结，无疑增加了本书在向西方介绍中国新文学方面的力度。作为一个有影响力的新文学作家和评论家，苏雪林在当时的天主教界颇受关注，所以她和善秉仁的交往与合作也很自然。苏雪林于 1927 年受洗皈依天主教，影响较大的是作品是《绿天》和《棘心》。其中《棘心》是她的长篇自传体小说，真切地展示了她在法国的留学生活，出版后受到天主教会的热烈欢迎，连续发行达 10 余版之多，其中充溢的浓郁的天主教色彩和探讨信仰的深度使之成为"公教文学"的杰作。

---

① 夏志清：《新文学的传统》，新星出版社 2005 年版，第 27 页。
② 同上书，第 8 页。

特别值得一提的是苏雪林曾写了一篇《一千五百种近代中国小说与戏剧》，其中介绍了善秉仁编撰此书的过程，并从三个方面对此书加以肯定。该文极有史料价值，兹录如下：

近代西洋汉学家研究中国文史特著成绩者，有法国之马伯乐、伯希和及瑞典之高本罕等。他们的姓名久已脍炙于中国人之口，而且他们的作品翻译到中国来也已不在少数。但专研中国文学，尤其近代中国文艺问题的学者尚不多见。不过最近数年却有一群外籍天主教传教士以英、法、中诸种文字，介绍近代中国文艺于全世界，使世界人士了解我们的思想感情，认识我们艺术上的创造力。站在中国文艺作者立场的我们，对于这一群斩棘披荆，殷勤垦植，亲手将中国美丽芬芳的花草，移种到世界文艺园地以供世人流连欣赏的园丁们，能不深深致其感谢之意吗？

这一群介绍中国文艺的传教士，我所已知道的有文宝峰神父（P. Uan Boven）、明兴礼神父（P. Monsterleet）、毕保郊神父（P. O. Briere），而用力量勤，著作最富者则为善秉仁神父（P. T. Schyns）。善神父原籍比国，属于慈母会（Scheut）。该会会士以学术湛深、才能卓越，称于世界。善氏早年卒业于比国素负盛名之鲁文大学，神学哲学外，又研究文学，自西洋古典主义迄于现代各种主义之作品，无不博览而精究之。天主教士对于言语学的造诣，每每优于一般人，善氏通拉丁、希腊、英、法、德及佛兰曼（Flamand 比利时通用三种言语，法德之外，某地人民用此种文字）六种语文。来华传教于察哈尔一带，历十八年，又学会了汉文。日本对英美宣战以后，原在华同盟国人士一概拘禁集中营，传教士也不能幸免。善神父既失去自由，不能行使其本来职务，遂和同拘诸神父日夜阅读中国书籍，商讨如何增进中国福利的事务。他们同意促进中国文化、改良道德为诸般福利中之至重要、至迫切者。胜利后，他们释出集中营,遂于北平组织怀仁学会(Verbiest Academy)用以纪念十六世纪时来华传教之南怀仁神父,亦以表示他们欲追踪南怀仁学术传教之意。他们认为文艺作品对于世道人心关系最大,对于青年身心之健康及其将来之趋向,影响更巨。我们要想纳一代思潮于正轨,保障青年形灵两方面的安全,非注意当前的文艺动向不可。西洋各国的宗教家及深谋远见之士,每有各种书目的撰述,指出流行文艺书籍内容的利弊,使身为父母及负责青年训育之责的学校师长,知道有所取舍,用意佳良,极可取法。中国现代这类著作尚未闻有人从事,所以善神父和他同会的人们毅然负起这个责任来。善神父在拘禁时期内即与同囚之诸神父,搜集材料,用法文写了一部《应读和应禁阅的小说》(Romans a' lire et a' Priscrire),中文名《说部甄评甲集》,一九四六年在北平出版。书中包括中国新文学作品及流行之翻译小说戏剧提要共六百种。分为"禁""限""众""特限"四类。本书旋由景明先生译为中文,因有人说此书既兼及戏剧杂文不应冠以"说部"二字,所以改名《文艺月旦甲集》。凡经人指出错误之点均加改正,并附加北平中法大学教授赵燕声先生所作《作家小传》一百余条。自去秋起,善神父又着手将本书译为英语,修正内容,增加篇幅,改名《一千五百种近代中国小说与戏剧》(1500 Modern Chinese Novels and Plays),增拙著《今日中国小说与戏剧》一篇作为导论,赵燕声先生的作家小传也扩充名额至二百七十余人。译笔出于北京大学教授蒯淑平女士之手,流畅优美,极堪吟诵。全书用十六开道林纸精印,共为五百六十余页,无论从内容或外表说起来,都可以叹为洋洋大观。

本书出版以后,赵景深先生即在本年八月五日大公报出版界作文介绍,并指出书中若干讹误及论断欠正确之点,像这样一部大书,又出之于外籍传教士之手,那些份量仅占全书千分之一的小小瑕疵原是应当宽假的,但本书编者素具"从善如流"的雅量，赵先生指导的善意，知道他必能采纳。我现在则愿意将本书的好处，列举几条出来，聊表对本书编者的敬意，并向国人介绍。

第一、前面已说到西洋这类书很多，在法国，有皮士雷教士（Abb'e Bethle'em）《应读和应禁阅的小说》（Pomans a' lire et a' Priscrire）。在比国，有萨齐翁姆（Sagehomme S. T.）《一万五千作家字母顺序索引》（Repertoire alphab etioue de 15000 auteurs），更有某神职界用拉丁文所写的《文学读物索引》（Lectuur Repertowim）。在意大利，有嘉山铁（Gasati）的《小本读物》（Manuale di Letture）。此外在美利坚，德意志这类书也出得不少。但他们仅刊书目，书的内容，则一字未曾涉及。善神父此书除胪列书目之外，更将每书作一提要，并加以简单而正确的批评，使未读某书者，亦能知悉该书内容及其文艺评价的大概，一本书具一千数百本书之用，为上述诸家著作之所不及。对于西洋之欲认识中国文艺之大概者，为功更伟。

第二、本书所有作家姓名均依字母顺序排列，乍看似觉凌乱无序，但在检查上却有莫大的便利。还有一端绝大的好处，即打破文坛系统和派别的限制，扫除偶像及威权的迷信，只介绍作家与作品的本身，使读者的心灵从乌烟瘴气的党争氛围里，牢不可破的门户成见里，释放出来，以纯客观的态度来认识作家，欣赏作品。本来文学的系派的分别是没有多大道理的。过去旧文学界有什么建安七子、初唐四杰、永嘉四灵、前七子、后七子、正统十才子、景泰十才子……不过是当时学者有意自相标榜，或后代文学史家为了称呼便利，辗转相沿，竟成惯例。其实作家各具个性，作风当然各异，努力的目标也未必完全相同，捏合在一处，实不自然，更容易使读者观念混淆。对于尚未盖棺论定的现代作家，此法尤其不适于用。我们于叙述新文学发展时，说某人属于语丝派，某人属于现代派，某人属于创造社，出场后先也以其露脸文坛的迟早为准，原是不得已的办法，至于替作家作传记，则平面介绍，最为相宜。所以我对于本书这一点，认为极有价值。

第三、本书所介绍的作家及作品，尺度甚宽，像惯做旧式章回小说的张恨水，礼拜六派的李涵秋，还有什么评花主人、思瑛馆主、月明楼主、默庵主人的作品与现代茅盾、巴金、沈从文、曹禺等作品并列于一编之内，似乎不伦不类。但文艺优劣标准之难于断定，可以说"自古已然，于今为烈"。像张恨水写作态度没有转变前，大家骂他是鸳鸯蝴蝶的作家，战前徐志摩偶称赞他的啼笑因缘，即为新文坛所齿冷；转变以后，连新华日报都替他出纪念特刊，恭维他是"人民大众的作家"，这又有什么说得响的理由？其实恨水小说，我倒很欢喜，像他的《丹凤街》、《如此江山》，可说是很优秀的作品，何必定要就政治观点来批评呢？至于评花主人等现在虽已销声匿迹，但在敌伪统治时代，他们却是很活跃的，他们的作品有些也是颇有可观的，本书一概为之评介，态度倒不失其为公平。况且本书编者屡次在其书中声明，他们编著此书，完全站在道德立场，文艺价值并不措意，他们所检讨的作品，均系坊间最流行者，电影戏剧选为材料者，一般庸俗读众所最欣赏者，（只有这一类书对于读者心灵影响才算最大）我们视为不值寓目的东西，却正是编者注意的目标。所以本书对于我们文学工作者不失为一部极好的工具书，而对于教会教育机关更是一具优良的选购图书的指南针了。

本书固偏重现代文艺，而旧小说如《封神演义》、《水浒传》、《镜花缘》、《儿女英雄传》等等也曾论及，赵景深先生谓为与题目不符，应归之于附录，当然不错。不过我还想替本书辩护一下。本书题目中的 Modern 这一个字，可以译为"现代"，也可以译为"近代"，西洋人编近代史每从十四纪中叶起，《封神演义》乃明人所著，《水浒传》虽渊源于南宋及元，而明代郭英之润色增删者实为其定本，至《镜花缘》等则其出更晚，故本书虽收罗了若干部旧体小说，与书题并不算冲突。

　　善秉仁神父也是一个同我们一样的清苦文化人，他之撰述和出版这本书，所用并非教会公款，却是靠着自己在国外写文章挣来的稿费。他曾在本书序文里声明，继本书之后，还打算写乙集丙集等，其他介绍中国文学的计划，正在一步一步设法实现。当此书业极不景气的时代，善神父以一人之力，出版这末一部煌煌五百巨页的书，实非易事；他还要绞沥自己一滴一滴的心血来灌溉中国文艺之花，非极爱中国青年及中国文艺也不能如此，我们奉之以"中国文艺好友"的头衔，想不为过份，他也受之无愧。但他的事业究竟太大，独力难支，况且本身又为外籍传教士，进行这类书事困难实在甚多，我希望中国作家，能鉴他这一番诚意，在可能范围内，诚恳与他合作。这就是今天我写此文微意之所在了。①

《中国现代小说戏剧一千五百种》编者之一赵燕声是一个曾经活跃后来却不太为人所知的现代文学评论家，很多作家都曾在他的研究视野之内。作为徐志摩的亲戚，赵燕声曾为徐志摩编年谱，且于1949年自资出版，成为中国现代文学中首部作家年谱。1948年出版了《中国现代小说戏剧一千五百种》之后，赵燕声亦曾打算撰写《现代中国作家传记辞典》，但计划没有完成，1949年后赵燕声离开了北京中法汉学研究所，从此于现代文学中"失踪"。②

---

① 苏雪林：《一千五百种近代中国小说与戏剧》，载《归鸿集》，畅流半月刊社1955年版，第76—80页。
② 参见《香港文学通讯》第66期报道：香港中文大学中国语言及文学系与大学图书馆系统联合举办的"文学版图总览——中国现代文学珍藏选粹暨网站启用仪式"于2009年1月13日在香港中文大学图书馆展览厅正式揭幕。在为配合上述展览举行的"文学版图的勘探与塑形"中国现代文学专题讲座中，陈子善教授主讲了"中国现代文学史上的失踪者——赵燕声"这一题目。李凯琳《文艺纵横·文学版图的建立与数据保存》（http://www.wenweipo.com 2009-01-31）一文中对陈文之提要加以介绍。

赵燕声所做的作家小传涉及作家履历、著作和笔名等,在《文艺月旦》(甲集)和《中国现代小说戏剧一千五百种》两部著作中都出现过。但对照二者,并不完全相同。在《文艺月旦》(甲集)的"作家小传"正文之前,有一句提示——"生平事迹未详者暂付阙如",所涉作家人数为110。《中国现代小说戏剧一千五百种》中的"作家小传"所涉作家人数则为200,有的是在《文艺月旦》(甲集)的"作家小传"中已出现的,有的则是增补的,可见作者对那些因"生平事迹未详"而"暂付阙如"的作家进行了补充。而那些再次出现的作家,介绍的内容并非简单重复,而是更加细致深化。正如1966年香港再版时,出版者所说:"赵燕声先生所作当代作家小传,于他们的履历著作和笔名都极力介绍——我说'极力',因为个人的笔名很难尽知道。"① 当然,也有一些作家出现在《文艺月旦》(甲集)的"作家小传"中,而没有再次出现在《中国现代小说戏剧一千五百种》的"作家小传"中,大概是作者觉得没有增补的必要性。

通过赵燕声写给孔另境的信,我们了解到:赵燕声所写的这200位作家,是他计划写作的《现代中国作家传记辞典》中完成的一部分,先附在《中国现代小说戏剧一千五百种》中发表。"除了这二百个人之外,我计划再写三百人。为了使材料较为精确一点,所以向全国的作家分发了一些表格,将来就根据他们自己填的来写。"② 但这本辞典最后没有编成出版,是很可惜的事。

1948年,善秉仁曾撰文专门介绍过苏雪林③。该文对苏雪林的介绍很全面,既有作家生平经历"小传",又有作家"人格"分

---

① [比]善秉仁、苏雪林、赵燕声合编:《当代中国小说戏剧一千五百种提要》,再版说明,香港龙门书局1966年版。
② 孔海珠:《法国神父善秉仁的上海之行及其他》,《新文学史料》2007年第3期。
③ [比]善秉仁:《公教作家苏雪林》,载曾虚白、尉素秋等《侧写苏雪林》,台南财团法人苏雪林教授学术文化基金会2009年版,第168—177页。该文原刊于1948年《铎声月刊》。

析；既有文学活动整体评价，又有具体作品分析。善秉仁特别从"公教作家"的角度，刻画出一个具有浓郁天主教文化气息的苏雪林。

善秉仁评介的作品包括《绿天》："在这书里，作者往往用比喻重述家庭琐事。歌颂着自己的夫妇之爱。在她笔下，顶小的事件都充满了诗的韵味。她对于静物和动物，都能传达出一种活泼的同情心，让人以为她当真活着草木虫豸的生命，和它们震颤着同样的情感；她对于它们一举一动都发生兴趣，把它们人性化了，和它们对话。总之，她会把她所触及一切都诗境化了。"① 又如《棘心》："这本书在数年中，曾发行八版之多，可见其文学的价值。作者获得青年们的爱戴，并不是由于她像一般普通作家一样，专写些低级的小说，实在是因为她以真挚、写实的文笔描述了她个人的青年时代。在这本书里，她以巧妙的文笔分析她对于母亲和女友'白朗'的爱情，同时也流露出她对素不相识的未婚夫的忠心和倾慕。另外她也描写个人内心情绪的不安和信仰宗教过程中的曲折，情挚意恳，令每一位读者不能不寄予真挚的同情。"② 《屠龙集》："本书前部是作者于中日战争中所写的短篇故事，这里也像在其他作品中，表现作者是描写人类感情的能手。后部则为作者的演讲稿。饶有兴趣的一篇，无疑的是她对于清末宗教思想的检讨，显示当时学者对于西洋宗教——新教和天主教——是如何接近。书中也流露出作者的爱国情绪以及赢得听众注意力的技能。"③ 《蝉蜕集》："这是一部富有历史性的记载，充满着人间趣味和对中国的信心，同时也指出民族性的缺点。前六篇都是同一结构——述说明代学者对满清入关的抵抗。书中描写学者如何爱好自由，在侵略者面前表现了

---

① ［比］善秉仁：《公教作家苏雪林》，载曾虚白、尉素秋等《侧写苏雪林》，台南财团法人苏雪林教授学术文化基金会2009年版，第170页。
② 同上书，第171页。
③ 同上书，第171—172页。

大无畏的精神。"① 《鸠那罗的眼睛》："作者在这部戏剧中十足表现了她的文学天才，描写女人的爱与恨，更显示了她的诗的天才，任何人读后都不能不受感动。但以内容涉及不正常的恋爱，为中学以下的读者似乎不太相宜。"② 《玫瑰与春》："作者以寓言的方式描写人类各种爱的斗争，篇中充满诗意，最后终究为高尚灵感所战胜。"③

值得一提的是，善秉仁还敏锐地捕捉到了苏雪林创作中的法国文学痕迹："笔者对她的作品曾作过深刻的研究，我们以为她是中国作家中一位最接近法文的作家。法文的题裁是世界最精华的文体，以明白简洁著称，而苏雪林最喜欢研究 Jules Lemaitre，那是法国近代作家中辞藻最美的一位，所以在不知不觉中，她也学得了老师的精华。Lemaitre 是一位审美的文学家，苏雪林称得起是亦步亦趋了。"④

4. 比利时传教士文宝峰的《新文学运动史》

通过《在华圣母圣心会士名录》的介绍，我们可以对文宝峰（Van Boven Hubert – Hendrik，1911—2003）有一个大致的了解：1911 年出生于比利时，1936 年派遣来华，传教地区是绥远，传教活动范围是：

  1936—1937：北京学语言

  1937—1938：绥远副本堂

  1938—1947：巴拉盖教师

  1943—1945：被拘留于潍县和北京

  1947—1949：巴拉盖本堂

---

① ［比］善秉仁：《公教作家苏雪林》，载曾虚白、尉素秋等《侧写苏雪林》，台南财团法人苏雪林教授学术文化基金会 2009 年版，第 172 页。
② 同上书，第 173 页。
③ 同上。
④ 同上书，第 177 页。

1949—1952：司各特与鲁汶的中文与传教学讲师
1952—1953：仁丰野学语言（日本）
1953—1962：加古川本堂
1963—1981：笠冈副本堂
1981—1982：在冈山作中国研究
……①

文宝峰对中国新文学有较高的熟悉程度，这一点，我们从善秉仁在《文艺月旦》（甲集）"导言"中的介绍即可以看出——"我们特别致谢文宝峰、傅西雍二位神父，对于撰述本篇导言时，供给了充分的资料。"② 能够最终完成一部中国新文学史，说明他对新文学也有较浓厚的兴趣。

文宝峰的《新文学运动史》（*Historie De La Litterature Chinoise Moderne*）正文共有 15 章，除序言和导论外，分别是：1. 桐城派对新文学的影响；2. 译文和最早的文言论文；3. 新文体的开始和白话小说的意义；4. 最早的转型小说——译作和原创作品；5. 新文学革命：A 文字解放运动，B 重要人物胡适和陈独秀，C 反对和批评，D 对胡适和陈独秀作品的评价，E 新潮；6. 文学研究会；7. 创造社；8. 新月社；9. 语丝社；10. 鲁迅：其人其作；11. 未名社；12. 中国左翼作家联盟和新写实主义；13. 民族主义文学；14. 自由运动大同盟；15. 新戏剧。从该书目录中可以看出，文宝峰叙述中国现代文学史的眼光很关注新文学和中国传统文学的关系，特别是对转型时期翻译作品对新文学的影响有重要论述。由于文宝峰对周氏兄弟的新文学史地位评价很高，该书对鲁迅研究、周作人研究的启示意义也是显而易见的。虽然作者有明显的宗教背

---

① Dirk Van Overmeire 编，古伟瀛、潘玉玲校订：《在华圣母圣心会士名录，1865—1955》，台湾南怀仁文化协会 2008 年版，第 510 页。

② ［比］善秉仁编：《文艺月旦》（甲集），景明译，燕声补传，导言，北平太平仓普爱堂 1947 年版，第 26 页。

景，但他在评价新文学史的时候，还是保持了非常独特的眼光。文宝峰在序言中，还特别感谢常风先生帮助他完成了这部著作，在集中营修改此书的漫长岁月里，常风先生审阅其稿并给他带来必要的信息和原始资料。①

《新文学运动史》力求对中国新文学作综合考察和总体研究。文宝峰在行文中，为了便于读者更准确地理解，在作家姓名、主要作品、专有名词等处采用双语对照的方法。在具体论述中，他也引用了诸多评论家的相关评论，这其中既包括中国评论界也包括一些来华传教士的研究成果。20世纪40年代，一批在中国的传教士，熟知中国文坛情况，发表了系列研究新文学的文章，也开始出版专著。除了文宝峰之外，当时比较著名的还有法国耶稣会士明兴礼（J. Monsterleet，1912—2001）及毕保郊（O. Briere，1907—1978）等。他们在新文学研究方面，作出了自己独特的贡献。

（三）文学研究与传教方式改革之内在联系

明末清初之际，以利玛窦为代表的天主教耶稣会士进入中国传教。面对与西方社会迥然不同的人文环境和社会群体，为了达到更好的传教效果，他们对来华传教的策略和方针做出了重大调整，以适应中国社会的信仰传统和生存现实。概括地讲，利玛窦、汤若望、南怀仁、艾儒略等耶稣会士所采用的是文化传教的手段，积极宣传西方的科学技术，走上层路线，努力与本土文化适应会通。如此，耶稣会士在中国的传教取得了显著成效。但"礼仪之争"之后，天主教在中国的传播与发展大受影响。19世纪末20世纪初，天主教会仍将传教重点放在农村，将注意力集中在增加教会信徒的人数，扩展教会的规模，而不是对急速变动的社会潮流做出回应。

---

① 参见谢泳《一部被遗忘六十多年的中国现代文学史著作重新进入研究者视野——比利时传教士文宝峰的〈新文学运动史〉将影印出版》，《中华读书报》2009年4月29日。

民国之后，天主教在中国的落后状况，日益引起天主教内包括马相伯、英敛之等有识之士的关注、批评和呼吁。他们意识到，在中国，传教士的宣教工作应是自上而下，先赢得民族的领导者，再通过他们赢得下层民众，而不是相反。20世纪二三十年代，天主教在华积极发展教育、促进文化交流。注重文字传教，积极编写、翻译和出版教会书籍。通过教育的发展和人才的培养，天主教扩大了在社会上的影响。虽然由于日本的侵华战争对教会活动的摧残等原因，使得天主教在二三十年代的这些努力没有得到全面深入和持久的发展，但毕竟为传教方式的改革做了一些铺垫性工作。在基本的政策上，力图恢复明末清初以利玛窦为代表的耶稣会士的文化传教方式，从文字传教着眼，以知识阶层为传教重点，自上而下地传播天主教。到1930年，天主教印书馆增加到20所，印行期刊达30余种。1928年，中华公教教育联合会在北平成立，全国天主教的出版事业统一由该会管理。这是为统一天主教教育和印刷事业而设立的一个中枢机构，由宗座驻华代表直接监督。该委员会除指导各地的教会教育和文字出版事业以外，还发行《中华公教教育联合会丛刊》，用中文、拉丁文、英文和法文四种文字刊印。①

以善秉仁和文宝峰为代表的这些来华圣母圣心会士，正是在20世纪二三十年代被派遣至中国传教，所以他们在被关到集中营以前，已经建立了文字传教的观念。而且，在《文艺月旦》（甲集）"导言"中，编者在写于1945年4月的那部分中说："这一本书评集，是我们检核工作的尝试；里面共收六百种读物的评价。我们祝祷着，有一天我们能恢复传教生活时，还能继续工作下去。当我们从事这初步尝试时，曾获致多方赞助；倘若因战事结束，而工作也随之中止，那未免太可惜了。"② 基于内在的主动意识和外在

---

① 参见晏可佳《中国天主教简史》，宗教文化出版社2001年版，第209页。
② [比]善秉仁编：《文艺月旦》（甲集），景明译，燕声补传，导言，北平太平仓普爱堂1947年版，第25页。

的鼓励帮助，在集中营的闲暇时间里，圣母圣心会士们才会着手进行这样评介中国文学的研究性工作。

抗战胜利之后，在华天主教会为了扩大影响，更加积极地改革传教方式，利用影响中国民众千百年的"万般皆下品，唯有读书高"的传统观念，从文字传教着眼，采取学问传教的方式，以知识阶层为传教重点，借助于知识的力量，自上而下地传播天主教。

在这一方面，1945年被梵蒂冈任命中国首任枢机主教的田耕莘之表现最为突出。他出任北京总主教后，加大对传教方式的探索与实践，以加快天主教中国化进程。其主要措施之一即是发展出版事业，撰写相关书籍，利用文字媒介，加快传播。田耕莘在《我对于教会出版事业的热望》中，提出以文字传教是在当时中国最有效的因地制宜的传教方法，"文字能垂久远，人所共知；印刷物影响之大，亦为大众所承认，无论如何顽固，如何保守的人，对此亦决不致有异议"①。而且，田耕莘针对以前天主教出版物注重对内的现象，提出此后天主教的出版事业应三分对内七分对外。1947年5月，全国天主教出版界联席会议在上海召开，会议决定组织统一性的出版机构；建立全国性的发行网；组织专门委员会分工合作，编译教科书、史地资料和修养书籍；创办一份内容广泛的定期刊物等。②

由上可见，1945年之后，以善秉仁、文宝峰等为代表的来华圣母圣心会士能出版一系列关涉中国现代文学的著作，并非偶然或只是出于个人喜好，而是20世纪上半叶天主教会传教方式改革的产物，是天主教在发展出版事业、利用文字媒介加快传播方面加大力度的结果之体现。正如善秉仁在《文艺月旦》（甲集）"导言"中所说："驻华宗座代表和若干教区神长，一致决定：让我们的检

---

① 田耕莘：《我对于教会出版事业的热望》，《上智编译馆馆刊》1946年第1卷。
② 参见秦和平《失败的尝试：关于三四十年代中国天主教会传教方式探讨的思索》，载章开沅、马敏主编《基督教与中国文化丛刊》第3辑，湖北教育出版社2000年版。

定图书工作,继续下去。"① 同时,《文艺月旦》(甲集)、《中国现代小说戏剧一千五百种》和《新文学运动史》等一系列关涉中国现代文学的作品,也为我们今天研究中国现代文学提供了珍贵的史料价值和另类的观照视角。

三 来华耶稣会士与中国文学研究

明末清初之际,以利玛窦为代表的耶稣会士来到中国,致力于西学东渐和东学西传的双向交流,从而使得这一时期成为中西方文化相遇碰撞的第一个确切的起点,也奠定了汉学这一学科的基础。在经历了"礼仪之争"的低谷之后,1842年耶稣会士重返中国,在徐家汇和河间府等地建立传教中心,延续明清之际耶稣会士的学术传统,其中也包括对中国文学的译介研究。

在近现代来华耶稣会士中,法国耶稣会士的学术成就尤为突出。其中关涉中国文学者,值得一提的有明兴礼(J. Monsterleet,1912—2001)、毕保郊(O. Brière,1907—1978)、戴遂良(Léon Wieger,1856—1933)、顾赛芬(Séraphin Couvreur,1839—1919)、禄是遒(Henri Doré,1859—1931)等几位。戴遂良、顾赛芬和禄是遒主要译介中国古典文学,明兴礼和毕保郊则致力于中国新文学的研究。除了法国,其他国家如意大利耶稣会士晁德莅等也在译介中国文学方面成绩显著。

笔者试图探讨近现代来华耶稣会士在中国文学研究方面的成绩,并对其影响加以总结。

(一)来华耶稣会士对中国文学的研究概况

戴遂良是法国阿尔萨斯人,1887年来华,在直隶耶稣会任职,

---

① [比]善秉仁编:《文艺月旦》(甲集),景明译,燕声补传,导言,北平太平仓普爱堂1947年版,第26页。

大部分时间是在河间府。他以医生的身份在中国传教三十年，并致力于汉学研究，是19世纪汉学家"最卓著者之一"①。编著有《中国近代民间传说》（*Folk-lore Chinois Moderne*）、《中国宗教信仰与哲学思想史》（*A History of the Religious Beliefs and Philosophical Opinions in China from the Beginning to the Present Time*）、《中国的道德原则与习俗》（*Moral Tenets and Customs in China*，译自其 *Morale et Usages*，1905）、《中国的哲学与宗教》（*Philosophy and Religion in China*）、《汉字》（*Chinese Characters*）以及十卷本的《现代中国》等书，还译有《庄子》《淮南子》等书。虽然有学者说他的三十几卷汉学作品"无所不包又浅尝辄止"②，但他1909年由河间府出版的《中国近代民间传说》是值得一提的专门研究，采用每页中法对照翻译的体例。而他对中国神话故事和民间传说的兴趣也常常体现在他论述中国宗教、哲学等过程中，比如《中国宗教信仰与哲学思想史》一书（*Histoire des Croyances Religieuses et des Opinions Philosophiques en Chine Depuis L'origine Jusq'à nos Jours*）。该书1917年在献县出版，1927年由倭纳（Edward Chalmers Werner）转译为英文（*A History of the Religious Beliefs and Philosophical Opinions in China from the Beginning to the Present Time*）。书中在介绍中国的宗教信仰与哲学思想同时，也介绍了一些受宗教与哲学思想影响的文学作品。中国文以载道的传统，使得文学与宗教哲学、伦理道德等密切相连，所以戴遂良在译介中国文学时，总是将它们置于更广阔的大背景之下。

上面所说情况也适用于另一位耶稣会士禄是遒。禄是遒1884年来到中国，在上海和江南一带传教三十多年，在上海、江苏、安徽和全国各地调查中国民间的迷信习俗，并收集了大量包括中国年

---

① 参见许光华《法国汉学史》，学苑出版社2009年版，第128页。
② ［法］戴密微：《法国汉学研究史概述》，胡书经译，载阎纯德主编《汉学研究》第一集，中国和平出版社1996年版，第40页。

画、符咒在内的民俗图片资料。后因健康受损，回徐家汇藏书楼工作，从事著述、研究和教学活动。《中国迷信研究》（法文本）是禄是遒花费毕生精力，结合文献研读和田野调查，并吸收了同在徐家汇研究中国民间宗教的黄伯禄神父的中文文献研究成果，撰写而成的巨著。该书图文并茂，对中国社会生活中的信仰活动，做了迄今为止最为完整的收集和描述，其中亦多涉中国古代文学作品的神鬼因素，堪称巨著。后由爱尔兰籍耶稣会士甘沛澍和芬戴礼翻译成英文十卷本（Researches into Chinese Superstitions）通行于世，集中国和西方学者早期研究中国民间宗教之大成。1966年至1967年，台湾成文出版社再版了英文版。2009年上海科学技术文献出版社据英译本翻译出版了十卷本的中文版《中国民间崇拜》（本书仍取其直译名称《中国迷信研究》）。

顾赛芬也是19世纪的大汉学家，他和戴遂良都在直隶河间府著书立说，留下重要的汉学著作。他用法文、拉丁文译出了《四书》《诗经》《书经》《礼记》《春秋左传》《仪礼》等书，译文忠实可靠。

明兴礼"原是法国的一位哲学博士，后来又在巴黎大学获得文学博士学位"①。他曾在中国待过14年，对汉语有极好的掌握，对中国新文学也有充分的研究。② 明兴礼对中国新文学的整体研究成果，主要体现在他1947年在巴黎大学文学院的文学博士论文《中国当代文学：见证时代的作家们》。该论文后来改写成专著《中国当代文学的顶峰》，1953年在巴黎出版。后来由香港耶稣会士朱煜仁将部分内容译成中文，并由香港天主教真理出版社于1953年出版，名为《新文学简史》。③ 1957年由香港新生出版社再版。除了对中国新文学的整体性研究之外，明兴礼还对著名作家巴

---

① 陈丹晨：《巴金的梦：海外巴金研究热》，《文汇报》2003年8月21日。
② John C. H. Wu, "Foreword", *Martyrs in China*, London: Longmans, Green, 1956.
③ Pino, Angel, Rabut, Isabelle "Les Missionnaires Occidentaux, Premiers Lecteurs de la Littérature Chinoise Moderne", *D'un Orient l'autre*, Louvain: Poeters, 2005, p.490.

金进行了精当深入的研究，著有《巴金的生活和著作》（1947）。这本第一次全面评述巴金的专著曾产生广泛的影响，对巴金的后续研究起了很好的推动作用。本书稍后将对明兴礼与中国现代文学研究之关系作专门探讨。

另外一位法国来华耶稣会士毕保郊1934年夏离开马赛来到中国，在上海徐家汇学习汉语及神学，并在那里于1936年被授予神甫圣职。1947年年初他开始在震旦大学教书，1953年遭驱逐离开中国大陆。①

毕保郊是一位神父，也是一位哲学家。他同时还发表了好几篇关于中国哲学、马克思主义思想和中国共产主义的研究，这些也证明了他对理论主题和思想史的偏好。他在哲学方面的代表性作品是《中国五十年来的哲学思潮（1898—1950）》（《震旦大学学报》上海，系列3，10卷，40期，1949.10，第561—654页）的长篇研究，此文后来印有美国版 *Fifty Years of Chinese Philosophy, 1898—1948*（Praeger，纽约，1965）。②

在1942—1948年，毕保郊为《震旦大学学报》和《中国传教》刊物发表了关于中国现代文学的一系列文章。其中很出色的一篇是论巴金的——《一个当代的中国作家：巴金》（《震旦大学学报》系列3，t3，No.3，第577—598页，1942年③）。在该文中，毕保郊先是介绍了巴金的生平，继而着重谈了巴金的三个重要的"三部曲"——"革命三部曲"（实际上只包括《灭亡》和《新生》）；"爱情三部曲"（《雾》《雨》和《电》）和最重要的《激流三部曲》（《家》《春》和《秋》），并简要介绍了巴金的短篇小说。最后，从"无法愈合的忧郁症""然而他确有信仰""巴金

---

① Pino, Angel, Rabut, Isabelle, "Les missionnaires occidentaux, Premiers Lecteurs de la Littérature Chinoise Moderne", *D'un Orient l'autre*, Louvain: Poeters, 2005, pp. 491 – 492.

② Ibid., pp. 492 – 493.

③ Ibid., p. 492.

与基督教：旗帜鲜明的无神论""他的信仰：人道主义""他的生命狂热及作品中人物的激情""爱情与革命的冲突""革命者的生死观"以及"巴金受到的影响"等方面，较为全面深入地探讨了巴金的创作特点。

除了对巴金的评介，毕保郊还撰文对其他中国著名现代作家加以关注：《时代的画家：茅盾，小说家与理论家》（《震旦大学学报》，t4，No. 1 和 13，第 236—256 页，1943 年）；《苏梅（绿漪），其短篇小说及其文学批评》（《震旦大学学报》，t4，No. 4 和 16，第 920—933 页，1943 年）；《中国的思想家：胡适》（《震旦大学学报》，t5，No. 4 和 20，pp. 871—893，1944 年；t6，No. 1 和 21，第 41—73 页，1945 年）；《一位大众作家：鲁迅》（《震旦大学学报》，t7，No. 1 和 25，第 51—78 页）；《林语堂：小品文作家与幽默家》（《震旦大学学报》，t9，No. 33 和 34，第 58—86 页，1948 年 1—4 月）；《两个中国作家（茅盾与郭沫若）对于苏联的证词》（《中国传教》第一卷 No. 7、第二卷 No. 8，1949 年，第 9—10、42—47、117—120 页①）。

除了对个别作家的研究之外，毕保郊也试图中国现代文学进行整体性的观照，这主要体现在他的《中国当代文学的主流》（该文载《震旦大学学报》系列 3，t9，No. 35，1948 年 7 月，第 234—265 页②）一文中。另外，他还有一次匿名书评，题为《中文小说的世界（1940—1949）》（《震旦大学学报》系列 3，10 卷，37 期，1949 年 1 月，第 73—103 页③）。

毕保郊对中国现代文学的关注，我们借助善秉仁主编的《文

---

① Pino, Angel, Rabut, Isabelle, "Les Missionnaires Occidentaux, Premiers Lecteurs de la Littérature Chinoise Moderne", *D'un Orient l'autre*, Louvain: Poeters, 2005, pp. 492 -493.

② Ibid., p. 492. 又见 *A Bibliography of Studies and Translations of Modern Chinese Literature*, 1918—1942（《中国现代文学目录》）/ by Donald A. Gibbs and Yun - chen Li, with the Assistance of Christopher C. Rand 页 19 之条目 "Les Tendances Dominantes de la Littérature Chinoise Contemporaine", *BUA*, Série 3, 9.2 (1948), pp. 234—269。

③ Pino, Angel, Rabut, Isabelle "Les Missionnaires Occidentaux, Premiers Lecteurs de la Littérature Chinoise Moderne", *D'un Orient l'autre*, Louvain: Poeters, 2005, p. 492.

艺月旦》（甲集）之"导言"及书评中的介绍，还可以了解到如下一些法文文章的线索：关于巴金的详细研究，参见《上海光启社汇报》1944年第382期；"关于巴金，有两篇很好的评介"，其中之一参见1942年《震旦杂志》第577—598页；关于茅盾《三人行》，参见1943年《震旦杂志》第4卷第1期，《描写自己当代的作家：茅盾》一文；关于苏雪林（苏梅、绿漪女士）《棘心》的评介，参见《震旦杂志》1943年第920—933页，关于苏梅一文；关于苏雪林《绿天》，参见《光启社刊》第369期，第3页；关于田汉、洪深的剧本，也提及毕保郊的意见。

除了法国，其他国家中最值得提及的就是意大利耶稣会士晁德莅。晁德莅也是著名的汉学家，精通汉语及拉丁文。晁德莅于1848年来华，终身寓居徐家汇，历任徐汇公学校长、初学院院长，后来中国天主教著名人士马相伯、马建忠和李问渔，皆出其门下。他所编撰的《中国文化教程》共五卷，上海长老会印刷所1879年至1909年陆续出版和再版，是一部供来华传教士学习中国语言及文化的很有价值的学术巨著，采用汉语与拉丁语双语对照排印、每页有注释的体例，辑录内容极其系统而广泛，从四书五经到三字经、百家姓、千字文、诗、词、歌、赋、杂剧、小说、古文、简牍、八股文、对联等无一不包，1879年出版第一、二册，1880年出版第三、四册，1882年出齐。

（二）来华耶稣会士译介中国文学的全面拓展

近现代来华耶稣会士继承明清之际耶稣会士的传统，对中国文化进行深入研究，并做出了卓有成效的译介工作。在此基础上，他们也对中国文化中的重要组成部分，即中国文学进行了全面而有系统的研究，无论是在中国古典文学还是中国新文学方面，都有卓见功力的宏观把握，并试图在某些领域作精深的探讨。

18世纪法国耶稣会士令此前来华耶稣会士不重视中国纯文学的态度有了不少改观，因为他们从实践中认识到中国人文以载道的特点，认识到中国文学与文化是水乳交融的，在文化要义的传达上，文学是一个极佳的手段和工具。所以他们在介绍四书五经的同时，也译介了《诗经》《今古传奇》《赵氏孤儿》等诗歌、小说和戏剧作品。不过总起来说，18世纪耶稣会士对中国文学的译介只是处于起步阶段。到了近代，随着传教的便利，来华耶稣会士在对中国文学的译介方面，无论是数量还是深度，都有了明显的提高。

1. 抒情类

18世纪耶稣会士对中国抒情类的译介主要体现在《诗经》方面。作为"五经"之首，《诗经》受到传教士们的青睐，也是很自然的。在中国古典诗歌的研究领域，近代来华传教士固然是继承先贤开辟的道路，但也有自己的新贡献。近代来华法国耶稣会士顾赛芬以法文、拉丁文、中文对照排印的《诗经》全译本于1896年由河间府出版。顾赛芬在其《诗经》全译本的序言中称："《诗经》可能是最能向人们提供有关远东古老人民的风俗、习惯和信仰方面资料的书，它无疑会使伦理学家、历史学家产生特别的兴趣，对传教士也大有裨益。"[①] 在他为此译本所写的长篇导言中，不仅对《诗经》中的历史、风格、寓意和文学成分作了总体介绍，还对全书308首诗作了具体分析归纳，从中了解中国古代社会各个层面的知识，了解中国社会风貌的突出特征。[②]

晁德莅则在其巨著《中国文化教程》第三卷中译介了《诗经》（含《国风》《小雅》《大雅》《颂》）；第五卷中则更广泛译介了中国的诗词歌赋，选译内容如下：

五言诗。其中含五绝50首、五律50首、五排20首、五古20首、试帖60首。其中20首五古分别是：张九龄《感遇》（兰叶春葳蕤）、张九龄《感遇》（江南有丹橘）、李白《月下独酌》、李白《春思》、杜甫《望岳》、杜甫《赠卫八处士》、杜甫《梦李白》、

---

① 钱林森：《中国文学在法国》，花城出版社1990年版，第52页。
② 同上。

王维《送别》、王维《渭川田家》、綦母潜《春泛若耶谿》、常建《宿王昌龄隐居》、元结《贼退示官吏》、韦应物《初发扬子寄元大校书》、柳宗元《溪居》、孟郊《游子吟》、苏轼《东坡》、范成大《鄱阳湖》、黄庭坚《题竹石牧牛》、黄庭坚《跋子瞻和陶诗》、陆游《东西家》；

七言诗。其中含七绝 100 首、七律 50 首、七排 5 首、七古 15 首、今诗 10 首。其中 15 首七古分别是：宋之问《下山歌》、王维《答张五弟》、杜甫《短歌行赠王郎司值》、杜甫《贫交行》、李白《金陵酒肆留别》、李白《将进酒》、高适《人日寄杜二拾遗》、岑参《韦员外家花树歌》、岑参《喜韩尊相过》、柳宗元《渔翁》、张籍《送远曲》、王建《望夫石》、王维《赠徐中书望终南山歌》、王维《送友人归山歌》（山寂寞兮无人）、王维《送友人归山歌》（山中人兮欲归）；

辞赋方面，则包括赋 24 首，分别是：宋玉《风赋》、祢衡《鹦鹉赋》、王粲《登楼赋》、江淹《别赋》、唐太宗《小池赋》、骆宾王《萤火赋》、宋璟《梅花赋》、李白《惜余春赋》、白居易《荷珠赋》、朱子《感春赋》、章藻功《盆梅赋》、黄之隽《白燕赋》、黄基《三顾茅庐赋》、顾元熙《漂母辞金赋》、杨棨《秋虫赋》、蒋尚梓《诗史赋》、陶然《木兰从军赋》、陶然《强项令赋》、陶然《欧阳子方夜读书赋》、陶然《李太白救郭汾阳赋》、盛石卿《虎负子渡河赋》、盛石卿《武陵渔父入桃源赋》、盛石卿《柳絮赋》、盛石卿《老见异书犹眼明赋》；

词 40 阕，分别是：李后主《怀旧》、李后主《秋月》、秦观《春思》、王建《宫词》、秦观《春景》、白居易《别情》、李后主《秋思》、戴复古《别情》、朱淑贞《元夕》、万俟雅言《春怨》、苏轼《别意》、朱藻《春暮》、蒋子云《初夏》、吴城小龙女《题柱》、黄庭坚《晴春》、欧阳修《春景》、叶清臣《留别》、毛滂《伤别》、李清照《重九》、李后主《怀旧》、李后主《感旧》、寇准《春暮》、范仲淹《秋思》、范仲淹《怀旧》、宋祁《春游》、张先《送春》、谢适《夏景》、张升《怀古》、孙洙《秋怨》、萨都剌《金陵怀古》、元好问《咏怀》、苏轼《中秋》、萨都剌《石头城》、苏轼《赤壁》、柳永《秋别》、吴礼之《闹元宵》、张炎《红叶》、程垓《春暮》、折元礼《凯旋舟次》、陆游《有感》；

在介绍具体的词之前，还介绍了100个词牌名，分别是：忆江南、捣练子、忆王孙、调笑令、宴桃源、长相思、相见欢、醉太平、生查子、昭君怨、点绛唇、子夜歌、卜算子、减字木兰花、丑奴儿、谒金门、诉衷情、好事近、双荷叶、更漏子、荆州亭、清平乐、误佳期、阮郎归、画堂春、山花子、人月圆、桃源忆故人、眼儿媚、贺圣朝、柳梢青、西江月、惜分飞、南柯子、醉花阴、浪淘沙、思佳客、虞美人、南乡子、鹊桥仙、一斛珠、踏莎行、临江仙、蝶恋花、一剪梅、河传、渔家傲、苏幕遮、锦缠道、青玉案、感皇恩、解珮令、天仙子、千秋岁、离亭燕、河满子、风入松、祝英台、御街行、蓦山溪、洞仙歌、潇湘夜雨、满江红、玉漏迟、江南好、满庭芳、凤凰台上忆吹箫、烛影摇红、暗香、声声慢、双双燕、昼夜乐、锁窗寒、瑶台聚八仙、陌上花、解语花、换巢鸾凤、念奴娇、东风第一枝、庆春泽、桂枝香、翠楼吟、瑞鹤仙、水龙吟、齐天乐、雨霖铃、喜迁莺、绮罗香、永遇乐、南浦、望海潮、夺锦标、薄幸、疏影、过秦楼、沁园春、摸鱼儿、贺新郎、春风袅娜、多丽。

此外，还有对联（含故事、应制、庙祀、廋字、胜迹、格言、佳话、挽词、集句、杂缀等类别）。

单从内容上看，《中国文化教程》实可谓一项浩大的系统工程。但总体而言，《中国文化教程》的译介尚属于文字层面的对译，编者虽然在某些部分前面加以简要说明，但并未做深入探究。另外，编者的译介有时失之散乱，比如在介绍40阕词时，同一作者如李后主、苏轼在编排上较为随意，这或许说明参与编译者可能不止一人或编译时没有统筹规划好。

中国新文学中的一些著名诗人的诗歌也得到译介研究。如明兴礼在其著作《新文学简史》中，分别从"徐志摩——热情浪漫的诗人""闻一多——注重规律的诗人"等角度加以细致分析。后文对明兴礼的个案研究中会加以较详细介绍。

2. 叙事类

明清之际耶稣会士主要译介中国儒家典籍，而儒家"不语怪力乱神"的态度，也使得儒家典籍中少涉神话作品。近代来华传教士在中国神话故事和民间传说等方面，虽然译述的成分较多，分析评论的成分较少，但较之以往研究，还是有所拓展。通常作者在译述之前，会对其中所涉及的中国宗教观念做整体介绍，使读者明白支配这些神话故事的大致思想。

以戴遂良的《中国宗教信仰与哲学思想史》一书为例。该书对中国各教派及哲学思想的主要观点和发展演变作了全方位的梳理和探索。在介绍佛道思想的同时，他也介绍了一些受佛道思想影响的民间故事，以及包括《西游记》《三国志演义》《红楼梦》和《聊斋志异》《新齐谐》《太平广记》等在内的小说作品。《中国近代民间传说》一书也在具体翻译介绍中国民间传说之前，先对中国民间宗教观念作一简要介绍，之后所涉故事来源包括《列仙传》《神仙传》《搜神记》《西游记》《异闻总录》《神仙通鉴》《列仙通纪》《聊斋志异》《红楼梦》《新齐谐》《古今图书集成》《阅微草堂笔记》等80多个中国作品集，并从中选译了222个故事。

禄是遒的《中国迷信研究》共十卷，其中与中国文学相关者主要出现在后五卷，即《中国众神》《佛教传说》《佛界神祇》《道界神祇》和《道教仙话》。作者在介绍中国的所谓"迷信"现象时，涉及《山海经》《搜神记》《重增搜神记》《太平广记》《西游记》《封神演义》等作品。如第八卷《佛界神祇》中根据《西游记》描述了有趣的猴王传奇，以及引述了《西游记》中对佛教地狱的描写：唐太宗身亡后，魂灵降入阴间，见到十位阎王，并与阎王有一番交谈，且在掌管生死簿的崔珏帮助下增添了二十年阳寿。

晁德莅的《中国文化教程》第一卷中，小说的译介内容包括：《孝弟里》《双义祠》《薄情郎》和《芙蓉屏》，分别出自《今古奇观》卷一、十一、三十二、三十七。才子书的译介内容包括：《三国志》（第一、三、四、二十五、四十一、四十五、四十六、四十七、四十九、五十三、五十六回）；《好逑传》（第四、五回）；《玉娇梨》（第五回）；《平山冷燕》（第十、十三、十四回）；《水浒传》（第二十二、二十七、二十八、二十九、三十回）；《西厢记》（卷一、二）；《琵琶记》（第三十七、三十九、四十、四十一、四十二出）；《白圭志》（第七回）；《三合剑》（第二十六、二十七回）等。

而在中国新文学的研究领域，近代来华耶稣会士无疑是一支不可忽视的队伍。像明兴礼、毕保郊等人对法国学界研究中国新文学小说的贡献，可以说是有目共睹的。特别是明兴礼对巴金的精到研究，已经突破了传教士研究领域，在整个西方的巴金研究领域中，都有着广泛的影响力。此外，明兴礼、毕保郊等人对新文学小说家鲁迅、老舍、苏雪林等的研究，除在《新文学简史》等专著中论及之外，还有一系列单篇文章，如明兴礼所撰之《两个种族，两代人：老舍笔下的〈二马〉》《从母爱到上帝之爱：时代的见证人苏雪林（苏梅）》等，毕保郊所撰《时代的画家：茅盾，小说家与理论家》《苏梅（绿漪），其短篇小说及其文学批评》《一位大众作家：鲁迅》①等，也对中国新文学小说家在西方的传播，起到了积极的推动作用。

3. 戏剧类

戴遂良的《中国宗教信仰与哲学思想史》一书介绍了元朝以后受社会流行信仰及道德观念影响的戏剧 20 部，即《珠砂担》《神奴儿》《吕洞宾度铁拐李岳》《三封书》《倩女离魂》《孟良盗

---

① Pino, Angel, Rabut, Isabelle, "Les Missionnaires Occidentaux, Premiers Lecteurs de la Littérature Chinoise Moderne", *D'un Orient l'autre*, Louvain: Poeters, 2005, pp. 491—493.

骨》《两世姻缘》《告阎神》《窦娥冤》《乌盆记》《双槐树》《探阴山》《目连救母》《天雷报》《马义救主》《五花洞》《红梅阁》《王家庄》《骂阎罗》《思凡》。

晁德莅则在其巨著《中国文化教程》第一卷中，译介了如下杂剧：《杀狗劝夫》（楔子、第三折）《东堂老》（楔子、第一折、第三折、第四折）、《潇湘雨》（楔子、第四折）、《来生债》（楔子、第一折）、《薛仁贵》（楔子、第一折、第二折）、《马陵道》（楔子）、《冤家债主》（楔子）、《慎鸾交》（第二十出）、《风筝误》（第六出、第七出、第八出）、《奈何天》（第二出）。

在中国新文学的研究领域，明兴礼、毕保郊等人对曹禺、田汉、洪深等戏剧家的研究，除在《新文学简史》等专著中论及之外，还有一系列单篇文章，如明兴礼所撰之《曹禺的世界》《文明的官司：曹禺的〈北京人〉》[①]，毕保郊对田汉和洪深剧本的研究等。[②]这些研究，重点不在译述而在于评论，因而在很大程度上突破了以往的浮泛性介绍。

（三）来华耶稣会士对中国文学的研究之影响

19世纪后期，来华传教士、外交官或供职于驻华外交机构如海关等一批所谓"实践型汉学家"著作的问世，很大程度上丰富了法国乃至欧洲汉学研究的成果。[③]

从以上考察中可以看出，近现代来华耶稣会士继承了18世纪来华耶稣会士的汉学研究传统，将文学作为考察中国文化的重要窗口，并较以往研究有所拓展和深化。他们的研究成果推动了西方对中国文学及文化的深入了解。

---

① Pino, Angel, Rabut, Isabelle, "Les Missionnaires Occidentaux, Premiers Lecteurs de la Littérature Chinoise Moderne", *D'un Orient l'autre*, Louvain: Poeters, 2005, pp. 491—493.

② [比] 善秉仁：《文艺月旦》（甲集），景明译，燕声补传，北平太平仓普爱堂1947年版，第20页。

③ 许光华：《法国汉学史》，学苑出版社2009年版，第129页。

比如顾赛芬的《诗经》全译本于 1896 年由河间府出版后备受好评，他的"法文、拉丁文准确优美，无可挑剔。他的翻译严格忠于当时中国官方推崇的朱熹学派的诠注；没有做任何独出心裁的解释或个人评论的意图……在这个限制性相当强的范围内，顾赛芬的译文是可靠的，至今仍有很强的实用价值"①。

又如禄是道的《中国迷信研究》出版后，曾获得法兰西学院所授予的一个特别奖，此举表明法国主流学术界对教会学术界的认可。1939 年，法兰西学院的外围学术机构北平法国汉学研究所成立，民俗学组的研究人员在拟定研究项目的时候，选择《中国迷信研究》，结合哥罗特的《中国的宗教制度》等书，编制人名、书名通检及研究卡片，作为首要课题。② 这些都说明近代来华耶稣会士的汉学研究对法国汉学研究发展的积极意义。同时，我们注意到，在《中国迷信研究》的英译本中，译者引用当时诸多汉学家如沙畹、庄士敦、盖蒂等的研究资料加以详尽注释，使得英译本本身就成为一种近代来华耶稣会士的汉学研究成果③，也说明包括英译本在内的《中国迷信研究》成为当时汉学研究互动中的积极参与者。

再如明兴礼，作为杰出的中国新文学研究者，既有对中国新文学的整体研究，又有对单个作家的专门研究。明兴礼对中国新文学的整体研究，如前所述，主要体现在 1953 年出版的《中国当代文学的顶峰》，该著是在其博士论文《中国当代文学：见证时代的作家们》（1947）基础上改写的。这部著作早于王瑶的《中国新文学史稿》（1954），后者被视为中国现代文学学科的奠基之作，也是 20 世纪 50 年代国内最具代表性的一部新文学史著作，并奠定了之

---

① ［法］戴密微：《法国汉学研究史概述》，胡书经译，载阎纯德《汉学研究第一集》，中国和平出版社 1996 年版，第 40 页。
② 李天纲：《禄是道和传教士对中国民间宗教的研究》，《中国民间崇拜》之"中文版序"，上海科学技术文献出版社 2009 年版。
③ 同上。

后主流新文学史的研究脉络。明兴礼的著作比较而言，少了些意识形态的成分，多了些文学自身的价值判断。除对中国新文学做出整体研究之外，明兴礼对单个作家特别是对巴金研究成就突出。他曾经两次到中国作访问研究，对巴金非常熟悉和了解。在1946—1948年，他曾多次与巴金通信讨论巴金与西方文化思想的关系。1946年，他在完成了博士论文后在回法国之前，曾到巴金家中访问过，并把自己的论文稿送给巴金看。① 1947年，明兴礼出版《巴金的生活和著作》，开巴金研究以专著形式出版之先河。1950年上海文风出版社出版了由王继文翻译的中文版《巴金的生活和著作》，译者在"后记"中称这本书是明兴礼在巴黎大学所写博士论文中有关巴金的部分。② 该书"是研究这位中国新文学巨匠第一部有分量的论著，在海内外产生了广泛的影响"。③ 该书在评析巴金的生活和著作时，着重在比较中凸显巴金的创作特色。具体而言，一方面是"把巴金的创作放到中国文学发展中加以考察，从而论述了巴金在中国新文学史中所具有的独特性"；另一方面"将巴金放到中法文学比较中去研究，因而在研究方法上有新的拓展"④。

从以上研究中可以看出，近现代来华耶稣会士继承了18世纪来华耶稣会士的汉学研究传统，将文学作为考察中国文化的重要窗口，并较以往研究有所拓展和深化。如果说早期那些译介中国古典文学的耶稣会士的研究尚有些浅尝辄止的浮泛之感，他们的译介主要还是停留在单纯的翻译层面，或者是将文学作品作为其研究中国宗教、哲学、伦理道德思想时的佐证材料，那么后期以明兴礼为代表的耶稣会士对中国新文学的研究则已具备了相当的理论深度和专业水准，在很大程度上丰富了汉学研究的成果。作为长期生活在中

---

① 陈丹晨：《巴金的梦：海外巴金研究热》，《文汇报》2003年8月21日。
② [法]明兴礼：《巴金的生活和著作》，王继文译，上海文风出版社1950年版，第211页。
③ 钱林森：《中国文学在法国》，花城出版社1990年版，第208页。
④ 同上书，第208—210页。

国、广泛涉猎中国文化各个方面的"实践型汉学家",这些来华耶稣会士所提供的丰富的一手资料,对其他相关研究者也是有益的借鉴。当然,较之于当时的专业汉学家,这些传教士汉学家的研究也不能过于高估。

四 来华法国耶稣会士对中国文学中他界书写的译介

任何宗教都有"他界"信仰,中外文学中多有对地狱、天堂等他界的书写。他界书写是来华传教士与中国文学研究中一个饶有兴趣的话题,涉及传教士对中国本土信仰的看法这一关键性问题。为此,笔者特意探讨了近现代来华法国耶稣会士对中国文学中他界书写的译介,以此作为了解来华传教士与中国文学之关系的窗口。

(一)译介概况及译介原因

自16世纪起,天主教传教士为了能在中国顺利传教,纷纷对中国进行各种观察与记录。到17世纪末叶,法国君王路易十四派遣一批学识渊博的耶稣会士到中国,除传播宗教外,还能以观察员的身份详细观察中国科技之长,并加以效法,借此发展法国的科技及加强国力。在此有利基础上,来华传教士将中国研究从传教"业余"转向"职业",取得了卓越成就。不仅奠定了法国汉学研究的基础,也使法国汉学研究在西欧独占鳌头。[1]

1842年耶稣会士重返中国,1847年在上海徐家汇正式建立传教中心。到1950年,共有913名耶稣会士在中国传教。[2] 其中法国

---

[1] 参见何寅、许光华主编《国外汉学史》,上海外语教育出版社2002年版,第67—74页。

[2] 参见朱秉欣《耶稣会士献身台湾五十年》(http://webcache.googleusercontent.com/search?q=cache:8OzMwx-vJkUJ)。

耶稣会传教士"在中国有两个主要中心：一是中国北方直隶河间府（在今河北省献县），另一个在上海附近的徐家汇。……在这两个中心耶稣会会士全力以赴，使他们 18 世纪学术先辈们的学者传统重放光辉。"①

1. 译介概况

近现代来华法国耶稣会士中，在译介中国文学方面，值得一提的有明兴礼、毕保郊、戴遂良、顾赛芬、禄是遒等几位。而这其中，涉及中国文学中他界书写之译介的主要是戴遂良和禄是遒，分别是河间府和徐家汇两个传教中心的重要成员。

如前所述，戴遂良对中国的历史、哲学、宗教、习俗等均有浓厚兴趣，编著有《中国近代民间传说》《中国宗教信仰与哲学思想史》《中国的道德原则与习俗》《中国的哲学与宗教》等书。其作品中在介绍中国的宗教信仰与哲学思想同时，也介绍了一些受宗教与哲学思想影响的文学作品，其中亦有部分关涉他界书写。

禄是遒在上海和江南一带传教达三十多年之久。《中国迷信研究》（法文本）是其花费毕生精力撰写而成的巨著。该书图文并茂，极其广泛而细致地涉猎中国社会中的各种信仰成分，其中亦多涉中国古代文学作品的神鬼因素，堪称巨著。从书中我们可以了解到，作者曾从诸多中国文学作品中摘取有关神鬼之故事，借此查考中国的宗教及迷信观念，其中亦涉及一些他界书写的文学作品。

2. 译介原因

对中国文学中他界书写的译介可能出于以下几种原因：出于传教目的了解中国文化中的这一重要组成部分；站在天主教的立场批评中国的迷信观念以及客观的学术研究等。这些原因也与耶稣会士对中国宗教、哲学等整体研究的动机相通。

（1）出于传教目的了解中国文化

18 世纪开始，来华耶稣会士们开始译介中国文学。但其主要

---

① ［法］戴密微：《法国汉学研究史概述》，胡书经译，载阎纯德主编《汉学研究》第一集，中国和平出版社 1996 年版，第 39 页。

目的并不在于文学本身,而是试图借助文学来了解中国文化。到19世纪末20世纪初,传教士们对中国文学的译介数量大大增加,但在很大程度上仍是这一研究方式的继承。

作为中国文化中的重要组成部分,与西方基督宗教迥异的宗教他界观念也吸引了近代来华耶稣会士们的关注。要想在中国传播基督教,要想让基督教的天堂地狱引发这片土地上的人们对于灵魂归宿问题的思考,知己知彼是必需的。正如《中国迷信研究》第一卷的英文版序言中所称,作者出版该著作的主要目的,是帮助那些新近从西方到达、还不了解中国人宗教状况的乡间传教士同事。这些人总有一天要碰到民众的宗教信仰问题,因此,他们必须对中国人的思想、信仰和崇拜方式有一些了解。有此准备后,他们就会少冒犯一些当地人的成见,可以更好地推进将基督教真理植入这块土地的伟大工作①。在英文版第十卷《中国民间崇拜·道教仙话》"英译版序"(1932)中,译者芬戴礼更明确表示:"禄是遒司铎倾其余生完成的这部鸿篇巨制,并非出于对中国陈风旧俗的业余玩赏,而纯粹为其肩负耶稣会使命所使然。在他留存给徐家汇光启社的遗文中,明确表白了自己的心迹:这部巨著每一卷的撰写,都希冀对他的传教弟兄们有所教益,帮助他们了解有意皈依天主的中国人的生活习俗、思想意识及其宗教信仰等。"②

(2) 站在天主教立场批评异教"迷信"观念

由礼仪之争所引发的西方天主教会对中国佛道二教与民间宗教信仰习俗的大批判,历经18、19世纪直到20世纪30年代都曾代代延续下来。李天纲指出在这长时段内都有批判中国民间"迷信"的汇辑出现,如19世纪80年代有华籍耶稣会士黄伯禄(1830—1909)撰的《训真辩妄》,20世纪初至30年代则有法籍耶稣会士

---

① 参见〔法〕禄是遒《中国民间崇拜·婚丧习俗》"英文版序",李天纲译,上海科学技术文献出版社2009年版。

② 〔法〕禄是遒:《中国民间崇拜·道教仙话》"英文版序",上海科学技术文献出版社2009年版。

禄是遒汇辑的十几卷本《中国迷信研究》。他们二人都属于天主教江南教区的教士，其传教地区都以徐家汇为中心而向四邻省县展开，对中国民间信仰的批判都可追溯到明末清初的天主教文本，内容均不外为"民间习俗"和"神明信仰"两大类。《训真辩妄》中对神明信仰的批判部分，还曾连续刊在1896年《益闻录》上，以作为对当时发生的民教冲突事件的回应。①《中国迷信研究》虽然不似《训真辩妄》具有较为强烈的批判意味，但其书名亦反映了作者的主观倾向，文中也有批判性的表述。如《中国民间崇拜》之"出版前言"中所称："原书名 Researches into Chinese Superstition（应译为《中国迷信研究》），现改译为《中国民间崇拜》；为免教众误会，书中一些批评用词也做了稍许删改，尚祈读者体恤见谅。"②

戴遂良"是改信天主教的耶稣教徒，对宗教的虔诚使得他的思想变得狭隘，他从不错过机会表示他对中国'异教徒'的蔑视和无知"③。应该说，戴密微的这个评价不无偏颇，甚至夸张，因为戴遂良当年是一个很有争议的人物。相对于那些对中国主要持消极批判性看法的传教士而言，戴遂良更愿意让西方了解真正的中国以及中国的变化④。当然，我们也不能否认，戴遂良作为一个来华传教士，肯定带有传播自己宗教主张的意图。尽管在这种传播中，可能会出现身份转换的问题。

（3）客观的学术研究

明末清初来华的耶稣会士出于传教需要，采取了"扬儒抑佛"等策略，译介中国佛教道教的资料也很少。与此相对照，19世纪

---

① 参见路遥《中国传统社会民间信仰之考察》，《文史哲》2010年第4期。
② ［法］禄是遒：《中国民间崇拜》，出版前言，上海科学文献出版社2009年版。
③ ［法］戴密微：《法国汉学研究史概述》，胡书经译，载阎纯德主编《汉学研究》第一集，中国和平出版社1996年版，第40页。
④ 参见魏若望（John Witek）《在中国的汉学》，2007年"北京世界汉学大会"选读论文，未发表新浪网（http://edu.sina.com.cn/l/2007—03—28/1133137837.html）。

后期至20世纪初来华的耶稣会士们非常明显的一点,就是对中国佛、道等教派开始有了较为客观的研究。

比如禄是遒的《中国迷信研究》,之所以成为一部划时代巨著,作者除了审慎传教的目的之外,还有两个实用目的:一是为从事"比较宗教学"的学者,提供一套研究东方信仰的范本;二是给一般读者提供一种读物,用以了解下层民众信仰中的"中国的真宗教"①。而要达到这些实用目的,首先须有客观之研究态度。

戴遂良在《中国宗教信仰与哲学思想史》一书中,则对中国各教派及哲学思想的主要观点和发展演变作了全方位的梳理和探索。他把中国宗教与哲学发展历史分为四个时期:①第一时期:远古神话(从起初至公元前500年);②第二时期:哲学与政治(公元前500年至公元65年);③第三时期:佛教与道教(公元65年至1000年);④第四时期:理性主义和冷淡主义(公元1000年至1912年)。这种全面而客观的分析无疑具有开创性和启发性。②

随着对中国佛道的客观研究,那些受到佛道宗教思想影响的中国文学作品,也受到了来华耶稣会士的关注,并加以译介。戴遂良的《中国近代民间传说》《中国宗教信仰与哲学思想史》以及禄是遒的《中国迷信研究》都体现了这一点。

由上看出,以戴遂良、禄是遒为代表的近现代来华耶稣会士在译介包含有他界书写的中国文学作品中,所包含的因素是复杂的。异质文化的相遇、碰撞本身就是一件复杂的事情,这也提醒我们,要尊重历史本身,而不能简单化地处理相关问题。

(二)戴遂良与禄是遒的译介分析

明清之际耶稣会士主要译介中国儒家典籍,而儒家"不语怪

---

① 参见李天纲《禄是遒和传教士对中国民间宗教的研究》,《中国民间崇拜》之"中文版序",上海科学技术文献出版社2009年版。

② 许光华:《法国汉学史》,学苑出版社2009年版,第132—133页。

力乱神"的态度，也使得儒家典籍中少涉神鬼故事。近代来华传教士在中国神话故事和民间宗教传说等方面，虽然译述的成分较多，分析评论的成分较少，但较之以往研究，还是有所拓展。通常作者在译述之前，一般会对其中所涉及的中国宗教观念做一整体介绍，使读者明白支配这些神鬼故事的大致思想。戴遂良与禄是遒译介的他界书写主要出现在一些受佛道观念影响的文学作品中。如戴遂良的《中国近代民间传说》《中国宗教信仰与哲学思想史》以及禄是遒的《中国迷信研究》中多涉《封神演义》《西游记》等诸多作品中的天庭与地狱他界书写。

先以戴遂良的《中国近代民间传说》为例。1909年由河间府出版的《中国近代民间传说》采用每页中法对照翻译的体例。该书在具体翻译介绍中国民间传说之前，先对中国宗教观念作了简要介绍，所涉汉语名词如"天""上帝""玉皇""真宗""关帝""圣帝""武帝""城隍""土地""灶君""阴""阳""雷公""阎王""煞神""鬼国""酆都""鬼""冤鬼""妖怪""夜叉""魂""神""魄""僵尸""扶乩""张天师""符""妖人""魅""祟""魇""泰山"等。该书所涉故事来源包括《列仙传》《高士传》《博物志》《神仙传》《搜神记》《神异经》《搜神后记》《灵应录》《幽明录》《冥祥记》《异苑》《还冤记》《述异记》《西游记》《异闻总录》《神仙通鉴》《列仙通纪》《聊斋志异》《红楼梦》《通俗编》《新齐谐》《古今图书集成》《阅微草堂笔记》等80多部作品，并从中选译了222个故事。其中他界书写的作品主要源自《新齐谐》等。

《新齐谐》为清代袁枚所撰之笔记小说集，初名《子不语》，取意于《论语·述而》所谓"子不语怪力乱神"，表明所记正是孔子所"不语"者。书成，发现元人新部中已有此书名，遂改为《新齐谐》，本于《庄子·逍遥游》"齐谐者，志怪者也"之意。如袁氏自序所言，这是他从事文史之余，"广采游心骇耳之事，妄言妄听，记而存之"的自娱之作。共二十四卷，又有续集十卷，共约一千则。记叙作者听闻之鬼神怪异之事，意在讽喻社会之弊病及人性之丑恶。文笔自然流畅，章法变化多端，读之令人回味无穷。涉及他界书写的部分故事如：

故事14选自《新齐谐》卷一之"酆都知县"，内容涉及知县下阴间为民请命，并与包阎王、关公相见等，亦有讽喻现实之意。故事47选自《新齐谐》卷六之"常熟程生"，内容涉及阴司审断鸡奸致死一案。故事52选自《新齐谐》卷五之"城隍替人训妻"，内容涉及城隍在阴司惩戒悍妇。故事54选自《新齐谐》卷二之"山东林秀才"，内容涉及虽然有些隐秘恶事他人不知，但阴司已记过并予以惩戒。故事70选自《新齐谐》卷二之"鬼借力制凶人"，内容涉及阎罗差鬼拘悍妇。故事83选自《新齐谐》卷五之"洗紫河车"，内容涉及四川丰都县皂隶丁恺误入阴界一事。故事88选自《新齐谐》卷三之"土地神告状"，内容为苏州城隍审问徐氏家私买土地庙建造亭台一事。故事94选自《新齐谐》卷十之"狮子大王"，围绕一起冤案，广涉天神、土神、东岳阴府、烈火地狱等他界书写，同时借一出阴府作弊引发的冤案，针砭时世，内容丰富，形象生动，入木三分。故事95选自《新齐谐》卷二之"刘刺史奇梦"，内容为陕西刘刺史梦中捉鬼奇遇，所涉包括观音、金刚神、阴府、阎王等。情节曲折，叙述生动。故事97选自《新齐谐》卷二之"妖道乞鱼"，内容涉及神明斥责小鬼为道士驱遣，骗人钱财。有佛道争斗痕迹。……这些他界书写故事，皆有着浓厚的现实痕迹，如冥府断案依据仍为世间之法。

戴遂良的《中国宗教信仰与哲学思想史》一书第613—656页中，作者介绍了受佛道思想影响的民间故事（1000年之前）。该部分先是介绍了一些相关民间宗教观念，所涉汉语名词如天、城隍、土地、灶君、阴、阳、雷公、阎王、丰都、冤鬼、伥、妖怪、夜叉、魂或神、魄、僵尸、扶乩、符、妖人、魅等，此部分大致同《中国近代民间传说》中的有关内容。接下来作者便介绍了与此宗教观念相关的56篇故事的概要。在故事结束后的说明中，作者提到：关于故事的来源，他曾在《中国近代民间传说》中引用了80多部作品，而作于10世纪的《太平广记》补充了其他故事的需要。其中第一个故事便与他界书写有关。大致内容是明万历年间，一位郭姓长官游历酆都冥府，并见到了关帝，且与之有一番交谈。

在第731—752页中，作者又简要介绍了元朝以后（1000—1912）受社会流行信仰及道德观念影响的小说及戏剧。小说包括《西游记》《三国志演义》《红楼梦》和《聊斋志异》《新齐谐》《太平广记》等。其中《西游记》的介绍中涉及了玉皇、普陀、观世音、老君、妖怪、阎王、土地、城隍等他界书写中常见的形象，并详细介绍了第10回中"二将军宫门镇鬼 唐太宗地府还魂"的情节：魏徵托唐太宗捎一封信给冥府中的好友崔珏，后者在冥府中掌管生死簿，希望他念在友情的分上帮助唐太宗。崔珏见信后，果然帮助唐太宗，私下将其作王年限加了两横——由原来的十三年改为三十三年，阎王于是准其返阳继续执政。在介绍《红楼梦》时，涉及第98回中宝玉听闻黛玉已死，哭倒在床，神思恍惚，为寻黛玉来到阴司泉路，并有一段关于阴司的对话。《聊斋志异》《新齐谐》和《太平广记》是作为一组介绍的，在这些作品中，都涉及中国人的信仰和道德，最重要的是一些人人皆知的道德判决。作者特别介绍了中国人对阎王的普遍而绝对的信仰，这其中涉及地狱中的可怖景象、阎王对灵魂的审判以及灵魂的转世等。

戏剧介绍了《珠砂担》《神奴儿》《吕洞宾度铁拐李岳》《三封书》《倩女离魂》《孟良盗骨》《两世姻缘》《告阎神》《窦娥冤》《乌盆记》《双槐树》《探阴山》《目连救母》等20部。其中也有对他界书写的译介，如《珠砂担》中所述货郎王文用路经泰山神庙，被强盗所害。王文用临死前呼喊要到地狱中控告强盗，且有泰山神为其见证，但强盗并不怕神，且来到王家，杀害其父，霸占其妻。后来强盗在阴府中受到应得之惩罚，一切难逃神之眼目。又如《探阴山》，叙述少女柳金蝉元夜观灯，为无赖李保诱至家，逼婚不从，被缢而死。李保移尸，被书生颜查散发现；颜遂被逮并被知县处死，颜仆告状于包公。包公乃下阴曹，令判官张宏代查生死簿，而簿上注明柳被颜所缢，包不信，再至阴山，访问柳鬼魂，更由柳鬼口中得知判官为李保姆舅，因祖李私改生死簿。包公告知阎王，李保与枉法者都受到应有惩罚。《目连救母》中则提及目连之母死后在地狱中变成饿鬼及目连与母亲的一段对话。

禄是遒的《中国迷信研究》中涉及《山海经》《搜神记》《重增搜神记》《太平广记》《西游记》《封神演义》《玉历钞传》等作品。图文并茂，对中国神话传说和民间故事中的各路神仙极尽罗致，其中也包括他界书写场面。

如第六卷《中国众神》论述了在中国受到膜拜的男神和女神、妖怪、文化英雄、神话人物等，换言之，即"中国的万神殿"①。其中在介绍"仁慈女神观世音"一节中，提及妙善公主的传奇故事，见于普明禅师创作的《香山宝卷》。她拒绝结婚，喜欢过一种隐居的生活，由此达到佛的境界。②由管夫人即赵孟頫之妻创作的传奇故事《观世音传略》中，也提到与妙善的传奇大致吻合的情节。③禄是遒对这个创作于宋徽宗年间的故事进行了详尽的描述，其中也涉及妙善游览阴间、念诵阿弥陀佛经文使地狱瞬间变成天堂、最后被阎王送回阳间的情节。④

第七卷《佛教传说》的"英译版序"中提到，该卷分为两部分，一为佛教诸神，二为佛教名人。信息收集有三处来源，即道教著作《神仙通鉴》（包括八百个圣者、贤人、神灵绝大部分的神话事迹，主要选自道教人物，也附带一些被认可的佛教人物）、《搜

---

① 参见［法］禄是遒《中国民间崇拜·中国众神》"英译版序"，王定安译，上海科学技术文献出版社2009年版。

② ［法］禄是遒：《中国民间崇拜·中国众神》，王定安译，上海科学技术文献出版社2009年版，第81页。

③ 同上书，第125页。

④ 同上书，第81—98页。

神记》和《封神演义》。

在第一部分"佛教诸神"中，禄是遒介绍了地狱的最高主宰地藏王以及与其相关联的冥府（地狱）。中文名"地藏王"来自"大地内部之王"或者"大地宝藏"之义，其经幡上的题字是"幽冥教主地藏王菩萨"。有关他的事迹来自存在于中国公元7世纪末的《地藏经》。他有时也被称为"地之精神"，因为他引领灵魂离开地狱。在图画中，他一手执一根仗棒，仗棒顶上有六个圈，一手持无穷法力的念珠。前者是他用来打开地狱之门，后者是用来点亮受难灵魂的黑暗住所。尽管与地狱有联系，但他不是地狱的统治者，也不被看成和阎罗一样。他的作用是拯救和超度，他带着爱和慈悲的使命降临地狱，带领亡灵去往阿弥陀佛的天堂。在中国，特别是在安徽，他被尊奉为地狱的王上王，十位判官阎罗则是他的下级。禄是遒引用《西游记》中的情节证实以上描述。孙猴子下到地狱，搅乱了整个幽冥王国，十位副王无奈之下，最后只好向他们的最高长官求助以撵出这位入侵者。接下来作者还引用了《目连记》这本记载地藏王中国化事迹的书，介绍了其中目连地狱救母的离奇传说。目连之母因为肆意杀生吃肉，死后被判转世成为地狱中的饿鬼，日夜受折磨。目连凭借天眼得知后，为子女孝行所感召，下到地狱各殿为其母求情，但仍不能减轻其痛苦。到了第十殿，她被判投生为狗。后经佛陀教导，目连借用十方僧人之力，使其母实现超度，脱离接连不断的轮回。①

地狱的细节来自道士淡痴的《玉历钞传》，据说他经历了灵魂出窍，然后带回了地狱的见闻以饶益众生。禄是遒详细介绍了佛教地狱的一般概念、佛教地狱的位置以及十殿阎罗的具体情况。在佛教中，地狱是与轮回转世紧密相连的。它只是一个阶段，而不是一个最终报应的地方。佛教最终目标既不是地狱也不是天堂，而是涅

---

① 参见［法］禄是遒《中国民间崇拜·佛教传说》，邬锐译，上海科学技术文献出版社2009年版，第1—8页。

槃，即存在的熄灭。地狱这个阴暗王国的统治者是阎罗王，住在一个金碧辉煌的宫殿里，由几个小鬼仆役侍奉着。道教论述地狱的《玉历钞传》一书，将地狱确定在四川省酆都县城。在"地狱的十殿及殿主"一节中，禄是遒介绍了各殿位置、各殿殿主、各殿遭惩罚之犯人以及避免进入各殿的方法等，也简要涉及与之相关的文学作品，比如《西游记》中对佛教地狱的描写：唐太宗身亡后，魂灵降入阴间，见到十位阎王，并与阎王有一番交谈，且在掌管生死簿的崔珏帮助下增添了二十年阳寿。①

第八卷《佛界神祇》主要分为两部分，第一部分述及佛教知名人士以及圣僧；第二部分简要给出中国各佛教派别创始人的传记，结尾处列有各佛教教派。所涉资料主要来自《神仙通鉴》以及《搜神记》。在第一部分中，包括有趣的猴王传奇，多涉他界书写。禄是遒主要是根据《西游记》来描写孙猴子的。其中有一处提到当孙猴子处在醉梦中时，地府的阎王听龙王抱怨孙猴子骚扰龙宫一事，就把他的魂魄捉住，紧紧捆住带到阴间。当孙猴子恢复知觉时，发现自己已在幽冥界的门口。他打破锁链，杀了两个勾死人的守卫，舞着金箍棒进了阎王的森罗殿，威胁说要毁了那里。他命阎王取来生死簿，在上面见到自己的名字，以及众猴的名字，他便将之撕个粉碎，让阎王明白他不再受制于死期。阎王被迫屈服，孙猴子便从阴间凯旋。孙猴子大闹冥府一事很快传到玉皇那里，玉皇试图招安，任命他为弼马温，结果孙猴子又大闹天宫，回到花果山大本营。天兵天将最后奈何他不得，还是佛祖出面，将他压在五行山下。整个天宫拍手称快，玉皇为此请诸仙赴宴奉谢。孙猴子后来被观音解救出来，条件是陪唐僧去印度取回佛经。②

第九卷《道界神祇》中也提到一些关于中国文学中的他界书

---

① 参见［法］禄是遒《中国民间崇拜·佛教传说》，邬锐译，上海科学技术文献出版社2009年版，第29页。

② 参见［法］禄是遒《中国民间崇拜·佛界神祇》，王定安译，上海科学技术文献出版社2009年版，第36—39页。

写，如《重增搜神记》第一卷中描写道教神玄天和鬼王打斗，取得胜利，将恶魔们投掷到四川酆都的无底洞中，这个深渊被称为地狱的入口。这场胜利使玄天升到天宫的金銮宫殿，元始天尊赐予他"玄天上帝"的称号——天宫的统治者①。另外，明代洪自诚所撰的《仙佛奇踪》中记载周穆王曾拜访住在昆仑山群的西王母，并与西王母在瑶池有一场著名的会面。西王母的宫殿建造在被白雪覆盖的巍巍昆仑之巅。黄金做的城墙，围绕着全都是用宝石建成的多层建筑，城墙长达千里，覆压了三百里地面。左右两侧分别是男性神仙和女性神仙之所，那里也举行一年一度的神仙宴会。②

第十卷《道教仙话》内容涉及天府各部的职能和管理，极其详细地介绍了中国人所敬畏和崇拜的对象。该卷主要引用了《封神演义》这部集神怪故事之大成之书，如风部和雷部由二十四名天宫天军组成，他们的名字可从《封神演义》第十卷第九十九回"姜子牙归国封神"中找到。③ 在介绍马元帅时，禄是遒借鉴了《搜神记》（下卷）的描写：马元帅入地狱，步灵台，过酆都，入鬼洞，战哪吒，窃仙桃，敌齐天大圣，最后被释迦佛降伏。④ 该卷也介绍了酆都判官，即"阴曹地府主掌生死之判官"，并参阅《西游记》第10回，从崔珏的角度再次讲述了唐太宗年寿增加的故事：唐高祖年间，磁州（河北省）刺史崔珏，后官至礼部副尚书，乃唐太宗谏臣魏徵之密友。崔珏死后，曾告知他说在阴间掌管生死簿。在崔珏的关照下，唐太宗的寿命得以增加。⑤

从以上戴遂良和禄是遒对中国文学中他界书写的译介中，我们不难看出，中国文以载道的传统使得文学常常与宗教、道德、政治

---

① 参见［法］禄是遒《中国民间崇拜·道界神祇》，李信之译，上海科学技术文献出版社2009年版，第14—15页。

② 同上书，第21页。

③ 参见［法］禄是遒《中国民间崇拜·道教仙话》，王惠庆译，上海科学技术文献出版社2009年版，第1页。

④ 同上书，第23页。

⑤ 同上书，第125页。

等层面密切相连,同时文学也为后者提供了有效的传播方式。佛道融合及佛道相争,中国社会中的等级观念,贪赃枉法等现象,都在文学中得到了再现。所以"从文学作品表现的实际内容看,所谓天上、冥界,不过是现实世界的曲折的反映"①。特别是地狱这一轮回业报的场所,极大地体现了惩恶扬善之功能,因而在文学中得到充分表现。近代来华耶稣会士们对中国文学中他界书写的译介中,地狱较之天上,着墨更多。冥界游历这一重要题材,也在传教士们的笔下得到了再现。

(三) 译介的意义

近代来华法国耶稣会士对中国文学中他界书写之译介的意义是多方面的,这些意义也与耶稣会士对中国宗教、哲学等整体研究的意义相通。概言之,一是对汉学研究的贡献及对后来相关研究者的借鉴价值。二是作为一种跨文化的宗教思想的传递,有助于当时的西方读者进一步更全面地了解一个真实的中国。

1. 对汉学研究的贡献

19世纪后期,来华传教士、外交官或供职于驻华外交机构如海关等一批所谓"实践型汉学家"著作的问世,很大程度上丰富了法国汉学研究的成果②。这些长期生活在中国,广泛涉猎中国传统文化各个方面的传教士,其研究成果不容忽视。他们所提供的丰富的一手资料,对其他研究者也是有益的借鉴。

《中国迷信研究》出版后,曾获得法兰西学院所授予的一个特别奖,此举表明法国主流学术界对教会学术界的认可。1939年,法兰西学院的外围学术机构北平法国汉学研究所成立,民俗学组的研究人员在拟定研究项目的时候,选择《中国迷信研究》,结合哥罗特的《中国的宗教制度》等书,编制人名、书名通检及研究卡

---

① 孙昌武:《佛教与中国文学》,上海人民出版社1988年版,第274—275页。
② 参见许光华《法国汉学史》,学苑出版社2009年版,第129页。

片,作为首要课题。① 这些都说明近代来华耶稣会士的汉学研究对法国汉学研究发展的积极意义。

同时,我们注意到,在《中国迷信研究》的英译本中,译者引用当时诸多汉学家如沙畹(Chavannes)、庄士敦(Johnston)、盖蒂(Getty)等的研究资料加以详尽注释,使得英译本本身就成为一种近代来华耶稣会士的汉学研究成果②,也说明包括英译本在内的《中国迷信研究》成为当时汉学研究互动中的积极参与者。

另外,传教士的这些研究对后来相关研究者也有借鉴意义,正如《中国迷信研究》第一卷英译版序中说:该著"无疑会在远东和欧洲达成一个实用和科学的目的……对于人数还在增加的对'比较宗教学'感兴趣的学者们来说,这项工作也将证明其价值。在这一辛苦的研究领域,传教士一贯被证明是最有用的帮手。对人民有熟识的知识,生活在人民之中,他能够透彻地欣赏他们的宗教观念,抓住在他们习俗和行为中所包含的隐秘含义和意图。"③

2. 跨文化的传递者——参与中国真实形象的塑造

无论是出于主观传教还是客观研究之目的,无论对中国持肯定还是否定之态度,以戴遂良和禄是遒为代表的近代来华耶稣会士们,以置身其中的热情和努力,参与了对中国真实形象的塑造。

当代美国耶稣会士汉学家魏若望(John W. Witek, S.J.)在2007年"世界汉学大会"(北京)上认为:像戴遂良这样的汉学家,他们做的研究可称为"在中国的汉学",即从中国内部研究中国,而不是一般性的旁观者的研究。戴遂良强调,让外国人了解中

---

① 参见李天纲《禄是遒和传教士对中国民间宗教的研究》,《中国民间崇拜》之"中文版序",上海科学技术文献出版社2009年版。
② 同上。
③ 参见[法]禄是遒《中国民间崇拜·婚丧习俗》"英文版序",李天纲译,上海科学技术文献出版社2009年版。

国人自己的观点,用中国的眼睛来了解中国。①

《中国迷信研究》英译者亦称:"本书第三个,但非次要的作用,是提供公众智性的阅读,给他们展示在中国民众中间的宗教生活状况和其真实侧面。人们常常会问传教士:'什么是中国的真宗教?人们信仰和崇拜的是什么?他们对真神、神灵和人之宿命的知识是什么?他们相信死后世界吗?他们的死后世界是怎样的状况?'这部著作,给公众的这些问题提供了最好的回答。"②《中国迷信研究》堪称一部中国民间宗教的资料大全,存真价值极高。它不仅对西方人了解真实的中国极有帮助,甚至成为一百年"移风易俗"后今日中国人了解自己祖先生活的来源。③

当然,若以今天的眼光来看,当年这些来华耶稣会士的著作到底在多大程度上反映了真实的中国,可能还是个问题。但正如有学者指出:"现代学者批评禄是遒的著作中有'可怕的西方化意象'(Horrible Westernized Illustrations)。这样的批评,表达了当代西方学者对于自己过去历史上的'殖民主义'的深刻反省,是一种可贵的良知。扬弃旧时代'基督教中心论'的宗教研究,对于今天众教平等的宗教学研究是非常必要的。但是,我们也不能过于'以今律古'。要看在一百多年以前,禄是遒是否比其他人有更多的'西方化意象',如果不是,相反还比他人更多些客观,则要承认在华耶稣会士和新教传教士对中国宗教研究的开创之功。……上海徐家汇的耶稣会士们,他们还在继承利玛窦以来的'汉学'传统,比较尊重中国文化,从而超越欧洲19世纪强烈的'基督教中

---

① 参见魏若望(John Witek)《在中国的汉学》,2007年"北京世界汉学大会"选读论文,未发表,新浪网(http://edu.sina.com.cn/l/2007—03—28/1133137837.html)。

② 参见[法]禄是遒《中国民间崇拜·婚丧习俗》"英文版序",李天纲译,上海科学技术文献出版社2009年版。

③ 参见李天纲《禄是遒和传教士对中国民间宗教的研究》,《中国民间崇拜》"中文版序",上海科学技术文献出版社2009年版。

心主义'和'西方中心主义',容纳东方,接受中国。他们研究中国宗教的目的之一,主要还是希望西方的基督徒们能够正视中国文化,这种态度,值得肯定。"①

---

① 参见李天纲《禄是遒和传教士对中国民间宗教的研究》,《中国民间崇拜》"中文版序",上海科学技术文献出版社2009年版。

第二章　近现代来华新教传教士与中国文学研究

近现代来华新教传教士也继承了明清之际来华耶稣会士的汉学传统以及文字传教策略；同时，较之近现代来华天主教传教士，他们对中国社会及文化、文学的介入更为积极主动。

一　来华新教传教士对中国新文学的参与及影响

利用文学对民众的强大感染力，加强基督教事业的宣传与发展，历来是基督教重要的传教手段之一。一部基督教的教义典籍《圣经》之所以能流传广远、深入人心，与其在文学上的经典性是密不可分的；而1919年《官话和合本圣经》的成功翻译，不仅对基督教在中国的发展产生了重大影响，而且对中国新文学的发轫起到了积极的促动作用，并为发展中的新文学提供了新的内容和精神，在某些文体上也为新文学作家所借鉴。

（一）《官话和合本圣经》的成功翻译及其对新文学的影响

1. 《官话和合本圣经》的成功翻译

《圣经》不仅是所有信奉耶稣基督为救主的人们的一部宗教经典，也是世界文化和知识宝库中的一部杰作，是迄今为止在全世界印数最多、流行最广、翻译语种最多的一部书。汉译《圣经》经历了一个漫长的过程。基督教传入中国后，便出现了许多《圣经》

的中译本。最早的《圣经》中译本可追溯到 7 世纪的"景教本",此后随着传教的需要,不断有各种译本出现。19 世纪下半叶,汉译《圣经》开始有"浅文理"和"官话"译本。"'浅文理'是'句式归于传统记略,而语汇较为常用的文体'(Britton,1933:57)。所以它在古典语言(传教士所称之'深文理')与白话之间起了承前启后的作用。"① 官话(今日称国语或普通话)是清末中国朝廷及各地官员使用的语言,也是中国全境日常使用的语言。为了切合广大群众的需要,传教士便尝试用这种普及的语言来翻译圣经。

1890 年在上海召开的宣教大会,决定英美新教传教士成立三个委员会分头负责《圣经》深文理、浅文理和官话和合译本三种中文和合版本的翻译工作。其中官话本于 1891 年开始,《新约》汉译由狄考文负责,于 1907 年出版。《旧约》汉译由富善负责,1919 年初与新约合订出版官话和合译本《新旧约全书》,有"神"和"上帝"两种版本。该译本面世不到十年,销售量已超过了其他所有中文译本圣经并逐渐取代了其他中译本,为中国教会普遍接受,这也是外国传教士在华集体翻译的最后一版中文《圣经》。其中"和合"二字"不是指着中文说的,而是指着新教各教派对《圣经》中一些关键的词的正确译法及人名的标准音译达成的一致意见而说的"②。

可以说,《官话和合本圣经》在翻译上基本达到了"信、达、雅"的较高成就。这个成就的取得不是偶然的,首先值得一提的是它对原文意义的忠实。而这,是与它所采用的白话语言息息相关的。"采用高深的文言译经,容易掉进儒家常用的一套词语和典故里去,而这是必须避免的,因为沿用儒学的术语有时候非但无法阐

---

① [美] 魏贞恺:《和合本圣经与新文学运动》,吴恩扬译,《金陵神学志》(复) 1995 年,第 22—23 页。
② 同上。

明基督教的真理，甚至可能曲解了它的含义。"① 《圣经》的汉译在中国历史上曾出现过"以佛老释耶"和"以儒释耶"两种模式，前者如早期的景教文典（如将上帝译为"佛"，"受洗"译为"受戒"）；后者如明末清初耶稣会士利玛窦等人的"合儒"做法。为了反拨这种做法，后来的译经活动都强调对于圣经原文的忠实。但对于文理译本特别是深文理译本来说，由于文言语句中儒教含义的渗透，语言本身造成了意义传达的障碍。在这样一种背景之下，"白话文的出现使原有传统的语言载体发生了断裂，从而为异质文化得到了前所未有的诠释空间。因而汉语语境与圣经文本之间的鲜明的异质性，也正是在'白话译经'的文本中才真正得以彰显"②。

有了白话语言仅仅是成功的第一步，其次还要有熟练掌握白话语言的翻译者。我们先来看两位负责人的语言能力：《新约》汉译的负责人狄考文（Calvin Mateer, 1836—1908）是美国长老会传教士，在中国近代传教史上和教育史上可谓大名鼎鼎。此外，他的汉语水平也非常高，他编的《北平官话教程：以方言为基础》是当时西方传教士和汉学家首选的汉语入门书之一。《旧约》汉译的负责人富善是美国公理会传教士，在中文方面也有深厚造诣。1891年富善累积了丰富的中文知识，出版了一本《中英袖珍字典》，内里包括10400个汉字。另外又出版了一本《官话特性研究》，更包罗了39000句汉语。这两本书成为当时西方宣教士和各国外交人员学习普通话必备参考书。

除了两位负责人以外，其他参与翻译的传教士如白汉理、杨格非、文书田、海格思、伍兹、鲍康宁、仲钧安及鹿依士等人也都无一不是既精通圣经原文，又真正通晓中文。译经工作历时28年，到

---

① 许牧世：《经与译经》，香港基督教文艺出版社1983年版，第140页；转引自杨慧林《圣经"和合本"的诠释学意义》，载梁工、卢龙光编选《圣经与文学阐释》，人民文学出版社2003年版，第42页。

② 杨慧林：《圣经"和合本"的诠释学意义》，载梁工、卢龙光编选《圣经与文学阐释》，人民文学出版社2003年版，第42页。

1918年才正式完成。在1919年出版时，原来的译经委员，只有富善一人得看见这本中文和合译本圣经的问世，他也已是82岁的高龄了。

即使有了这样一批对中文颇有造诣的传教士，《官话和合本圣经》的翻译仍然是有很多困难的。"当时译经的困难，超过我们今天所能想象的。那时，还没听说有拼音这回事，更没有所谓国语；除了康熙字典之外，没有方便辑成的词书如辞源，辞海可查，可能要索求五方元音，圣经中有关农事农具的用语，则要查日用庄稼杂字之类的僻杂小书。这当然不容易而缺乏标准。在此之外，就得问来自中国各地的助手们。"① 因此可以说，1919年出版的《官话和合本圣经》，是西方传教士和华人助手合作的成果。这些华人一般都是传教士的语言教师或抄录员。有一个掌故可以让我们更直观地了解双方在翻译中的工作关系以及超越文化樊篱的工作态度："所有或几乎所有希腊原文中的比喻都破天荒地出现在中文译本中。像'穿上新人'、'披戴基督'就是大胆译出的比喻。从前的译本都是意译这类比喻，或者照译但留下小注。但是这次委员会讨论中有一个中国学者突然插了一句：'你们以为我们中国人不懂得欣赏这些比喻吗？这在我们的书里随处可见，新的比喻必会受到欢迎的。'事情就这么定了。"② 当然，我们不能过分强调中国助手的作用，因为"不论如何，直至二十年代末，《圣经》的翻译与定稿的大权还是掌握在传教士手中的"，直到"二十年代后期至三十年代，一批中国神学家和教士登上了历史舞台，其中有些人做翻译是游刃有余的，传教士们遂结束了译经事业"③。

2. "欧化的国语的文学"：白话文的适时范本

这本包含诸多人心血的卓越的汉译圣经出版以后，深受教会乃

---

① 杨慧林：《圣经"和合本"的诠释学意义》，载梁工、卢龙光编选《圣经与文学阐释》，人民文学出版社2003年版，第42页。

② [美]魏贞恺：《和合本圣经与新文学运动》，吴恩扬译，《金陵神学志》（复）1995年，第22—23页。

③ 同上。

至教外一些人士的欢迎。当然，因为当时客观环境的困难，并不能完全达到"国语"化的标准，有些区域性的语词，对非北方人较难理解。不过，这类的方言，在圣经中并不多。从翻译角度而言，这无疑是一本成功之作。

汉译白话圣经目的虽不在文学，而在于宣传宗教，可是因《圣经》本身是极佳的文学书，特别是它成功的白话文翻译，为五四新文学的发轫提供了良好的范本意义和借鉴价值。

《官话和合本圣经》的最后定本是1919年2月印行的，对中国文学的现代语言转型有着不容忽视的意义。周作人在1921年发表的《圣书与中国文学》① 一文中谈及了白话《圣经》汉译本对新文学语言建设上的积极促进作用。身为新文学领袖人物的周作人的意见，无疑值得我们重视。由于中国学者最早的汉译《圣经》从1922年才开始出现（萧静山于1922年出版其《新约全书》译本），所以周作人此处所指的应该是传教士的译本。而通过查考其中引文，我们则可以肯定，周作人所说的译本就是1919年的《官话和合本圣经》。

作为中文圣经翻译中运用白话文最成功的尝试，《官话和合本圣经》与力废文言大倡白话的"文学革命"几乎同时出现，并被周作人视为新语言创作的典范，不是一种偶然。周作人在该文中认为，文学革命的主张时已提出两三年且在社会上已经占了优势，但破坏之后的建设实绩却"几乎没有"，究其原因，"思想未成熟，固然是一个原因，没有适当的言词可以表现思想，也是一个重大的障碍"。周作人在经过一番比较之后，得出圣经汉译本之于新文学语言建设的借鉴意义：

前代虽有几种语录说部杂剧流传到今，也可以备考，但想用了来表现稍为优美精密的思想，还是不足。有人主张"文学的国语"或主张欧化的白话，所说都很有理：只是这种理想的言语不

---

① 周作人：《圣书与中国文学》，《小说月报》1921年第12卷第1期。

> 是急切能够造成的,须经过多少研究与试验,才能约略成一个基础;求"三年之艾"去救"七年之病",本来也还算不得晚,不过我们总还想他好的快点。这个疗法,我近来在圣书译本里寻到,因为他真是经过多少研究与试验的欧化的文学的国语,可以供我们参考与取法。……白话的译本实在很好,在文学上也有很大的价值;我们虽然不能决怎样最好,指定一种尽美的模范,但可以说在现今是少见的好的白话文,这译本的目的本在宗教的一面,文学上未必有意注重,然而因了他慎重诚实的译法,原作的文学趣味保存的很多,所以也使译文的文学价值增高了……

由上可见,周作人所肯定的语言是"欧化的文学的国语",而这正是和合本圣经所具备的,因此可供"参考和取法"。显然,这个关键词中包含了三个义项,即"欧化""文学"和"国语"。"国语"自不待言;文学性作为《圣经》的一个重要特征也是有目共睹的。在古今中外的文学作品中,《圣经》无疑是第一流的杰作。关于《圣经》文学的伟大性、《圣经》文学的特质以及《圣经》对于后世文学的影响,基督教文学研究专家朱维之在他那本被称作"中国基督教文学史中的第一部参考书"(刘廷芳语,见《基督教与文学·序》)的《基督教与文学》(初版于1941年)中,进行了详细精辟的论述。朱维之认为,伟大的作品应具有如下条件:第一是要有感人的力量;第二是要抒写感情,鼓荡感情;第三是要有活泼的想象;第四是形式方面的美丽。而《圣经》,在这几个方面都堪称典范。《官话和合本圣经》尽管不能说是尽善尽美,但仍在整体上很好地传达出圣经文学的艺术性,正如周作人所说:"这译本的目的本在宗教的一面,文学上未必有意注重,然而因了他慎重诚实的译法,原作的文学趣味保存的很多,所以也使译文的文学价值增高了。"① 夏晓虹曾谈到晚清的白话文运动虽然为五

---

① 周作人:《圣书与中国文学》,《小说月报》1921年第12卷第1期。

四白话文学的诞生做了准备,但晚清作者的白话文因为其倡导者的观念而缺乏美质,因而不具备现代文学的质素:"白话作文既然以宣传、教育为重要用途,文章便不必写得有文采,'辞达而已'于是成为引述最多的警言。白话文运动的理论家还经常指责文言以'外美'掩其'陋质','静言思之,未有不丑态立见者'。此语固然深中肯綮,但晚清作者因此反其道而行之,完全放弃了对文学美感的追求,则是十分遗憾的事情。"① 而传教士所翻译的白话圣经,之所以能与文学革命发生贡献性的关联,恰恰在这方面具备了必要的条件。

似乎有疑义的是"欧化"这一义项。其实从1930年代左翼作家提倡大众化运动一直到1980年代,关于语言的欧化都是一个引起争论并遭到批评的问题。这是一个需要辩证看待的问题。五四时代的知识分子曾自觉地学习欧化语言,并把它与学习西方的思维方式乃至文化精神相联系。中国传统的语言比较短,且传达主要靠意会,虽然读来容易、内涵丰富、富于张力,但缺乏逻辑的清晰性和意义的明晰性。西方语言则有一整套逻辑严密的语法体系,大句子里面套有小句子。这种结构复杂的语言范式,实际上反映了思维方式的严密性。鲁迅在《关于翻译的通信》里,曾谈到翻译的目的:"不但在输入新的内容,也在输入新的表现法。"② 因为在他看来,中国的语言太贫乏,太不精密,而语法的不精密,就证明了思路的不精密。所以他认为中国现代语言应该引进大量新的成分,包括欧化的语法结构。作为中国新文学的第一篇白话小说,鲁迅的《狂人日记》在语言上就体现了不同于传统语言风格的欧化特点。陈思和在分析《狂人日记》时专门提到了这个问题,认为鲁迅的语言在中国传统语言的生动性多义性的基础上,融会了西方语言的精确性,开创了一种可称为"欧化语"的新语言,并肯定了鲁迅的

---

① 夏晓虹:《晚清社会与文化》,湖北教育出版社2001年版,第120—121页。
② 鲁迅:《鲁迅全集》第4卷,人民文学出版社1981年版,第382页。

欧化语言在表达其深刻思想上的积极意义。①

　　笔者认为，语言适度的欧化是值得肯定的，因为它确实有助于表达较为精密、深邃和复杂的思想，应该否定的是那种食洋不化的令人读来云山雾罩的所谓欧化。而且，较之于新文学伊始，今天语言的欧化已经渗透到我们的文学语言中，并被自然而然地接受了。在这个意义上，周作人肯定《官话和合本圣经》语言的欧化就容易理解了。周作人不但肯定《官话和合本圣经》语言的欧化，说它"是经过多少研究与试验的欧化的文学的国语，可以供我们参考与取法"，而且在《圣书与中国文学》中肯定了它的首创性："我记得从前有人反对新文学，说这些文章并不能算新，因为都是从'马太福音'出来的；当时觉得他的话很是可笑，现在想起来反要佩服他的先觉：《马太福音》的确是中国最早的欧化的文学的国语，我又预计他与中国新文学的前途有极深的关系……"《马太福音》作为《官话和合本圣经》中《新约》的第一篇，1906年便已问世，虽然到1919年最后全书出版时文字有所改动，如加强了文字的流畅性，但仍是译文准确的白话文，所以周作人称之为"中国最早的欧化的文学的国语"。若在此意义上，我们似乎可以说，《狂人日记》的语言并不能算是对"欧化语"的"开创"。

　　《官话和合本圣经》除了语言之外，在形式上还有一点是周作人在《圣书与中国文学》中特别肯定的，即标点符号的应用所体现出的慎重诚实的翻译精神以及对于新文学翻译的示范意义：

　　　　……人地名的单复线，句读的尖点圆点及小圈，在中国总算是原有的东西；引证话前后的双钩的引号，申明话前后的括弓的解号，都是新加入的记号。至于字旁小点的用法，那便更可佩服；他的用处据《圣书》的凡例上说，"是指明原文没有

---

① 参见陈思和《中国现当代文学名篇十五讲》，北京大学出版社2003年版，第67页。

此字,必须加上才清楚,这都是叫原文的意思更显明。"

我们译书的时候,原不必同经典考释的那样严密。使艺术的自由发展太受拘束,但是不可没有这样慎重诚实的精神;在这一点上,我们可以从《圣书》译本得到一个极大的教训。

总之,对于力废文言大倡白话的"文学革命"而言,《官话和合本圣经》成了适时的范本。

值得一提的是,白话文运动的领袖胡适曾经就《官话圣经》与白话文运动的关系有过似乎与此相反的说法:"照我所知,《官话圣经》在预备白话文为现代文字媒介的事情上,没有过丝毫的功绩。在新文学运动初年的一切辩驳文字里面,从没有提出过这些译本。那被提倡来做文字媒介的白话是伟大的小说的白话。这小说的白话也就是翻译圣经者为他们的《官话圣经》取来做文字媒介的来源。"① 细细探究,这段话与周作人的说法并不是完全相反。因为胡适所指仅在"白话"这一层面上,而周作人的说法则强调1919年《官话和合本圣经》在"欧化""文学"与"国语"三个层面的综合因素对新文学所提供的范本意义。所以,若仅看白话文一个层面,胡适所说自然不无道理,即五四白话文学受到了此前白话文学传统的影响;但从三个层面综合考察具有现代意义的白话文学,周作人的说法也是成立的。

3. 新的文学"作风"与"实质":新文学发展的异质资源

周作人将白话圣经视为新文学初期的文学翻译乃至白话创作的范本,无独有偶,1940年,基督教文学的研究专家朱维之在《中国文学底宗教背景——一个鸟瞰》② 一文中,也视《官话和合本圣经》为新文学运动的先驱,且赋予新文学以新的内容和实质:

---

① 转引自杨慧林《圣经"和合本"的诠释学意义》,载梁工、卢龙光编选《圣经与文学阐释》,人民文学出版社2003年版,第43页。

② 《金陵神学志》1940年12月10日。

《圣经》底"官话和合"译本,是在新文学运动初发生时完工的,它底影响不仅是用白话文,完成一部最初的"国语的文学";并且给新时代青年以新的文学作风,新的文学实质……

朱维之在文中提到:五四运动以后,青年文学者如饥似渴地读起外来作品,《圣经》也渐渐被他们注意到了。许多青年作家喜欢用圣经的新词、新观念。"乐园""天使""灰色马""末日""十字架""洗礼""灵魂"等新词络绎于行间,《圣经》中的典故如失乐园、出埃及、浪子回家、犹大卖友等也常被采用。

考察新文学作家的创作,我们会发现,朱维之所提到的现象的确大量存在。不仅在一些基督徒作家的作品中,《圣经》的意象、观念和精神得到了充分彰显,就是在一些对基督教感兴趣的非基督徒作家那里,《圣经》的影响也是很明显的。概括起来,《圣经》作为一种异质资源,在新文学中主要表现为以下几点:一是对《圣经》语言和意象的引入和移植;二是对《圣经》所体现的基督精神的认同与体现;三是对《圣经》文体的借鉴和吸收。前两点前人所谈较多,故略论。

(1)对《圣经》语言和意象的引入和移植

新文学作家对《圣经》语言和意象大量的引入和移植丰富了文学的表现能力和意义空间,也形成了不同于传统话语的语言风格与审美意识。除了上面朱维之所提到的那些圣经语言和意象之外,其他的还有如"上帝""耶稣""光""爱""圣母""圣子""天国""永生""圣诞""福音""亚当""夏娃""禁果""受难""魔鬼""沉沦""悔改""安息""牧者""羔羊""新生"等。冰心的创作可谓这方面的一个代表,其诗集《繁星》中多次使用"光"的意象,如星光、月光、阳光、霞光、灯光、烛光。"光"在《圣经》当中是一个核心概念。《旧约·创世纪》第一章中记载,上帝创造万物之前,先创造了光;《新约·约翰福音》第一章中则强调真理之光之于人的重要性。耶稣在世时教导他的门徒说:

"你们是世上的光"①,冰心将作品置于一个充满光的世界里,从而营造了一个温馨、理想、美好的艺术氛围。

新文学作家对《圣经》语言和意象大量的引入和移植,还有一个值得一提的现象,就是对《圣经》原文的引用。这种引文或者置于文前,或者放入文中,或者附于文后,用来表达某种引申或象征的意义。基督徒作家们的创作,对《圣经》原文的引用自是熟稔,如许地山的小说《缀网劳蛛》中,多次引用《圣经》原文刻画主人公尚洁的爱心与信心,如"不要为明日自夸,因为一日要生何事,你尚且不能知道"②;"为义受逼迫的人是有福的"③。张资平的小说《上帝的儿女们》则引用了16段《圣经》,借以凸显教会人士信仰行为与《圣经》教训之间的反差,从而起到鲜明的讽刺效果。非基督徒作家们的创作中,对《圣经》原文的引用也很普遍。如曹禺戏剧《日出》引用了7段《圣经》原文,既代序言,又起象征的作用。巴金的小说《生命》《罪与罚》《田惠世》中也多处引用《圣经》。

(2) 对《圣经》所体现的基督精神的认同与体现

对《圣经》所体现的基督精神的认同与体现,在许多作家那里都可以找到。试举几例加以说明:

冰心《一个不重要的兵丁》中的福和,虽然是一个没有职位、时常遭受亲人冷淡和他人嘲笑鞭打的小人物,但他始终保持着一颗喜乐之心,怜悯之心,最后因为救护一个被打的孩子受重伤而死。"他是一个不重要的军人,没有下半旗,也没有什么别的纪念,只是从册上勾去他的名字。然而这营里,普遍的从长官,到他的同伴,有两三天,心灵里只是凄黯烦闷,如同羊群失了牧人一般。"④《圣经》中将基督与信徒的关系比喻为牧人与羊

---

① 《圣经·马太福音》5:14。
② 《圣经·箴言》27:1。
③ 《圣经·马太福音》5:10。
④ 冰心:《一个不重要的兵丁》,载《冰心全集》第一卷,海峡文艺出版社1994年版,第346页。

群，由此可见冰心有意将福和塑造为一个富有基督精神的现实化人格形象。

许地山《缀网劳蛛》中的尚洁，面对受伤的窃贼，拿出基督"爱仇敌"的情怀为之疗伤，因此被丈夫怀疑并被刺伤。在被丈夫和教会遗弃之后，她依然有着一颗饶恕别人的心。靠着莫大的爱心和信心，最终赢得丈夫的悔改，谣言也不攻自破。

老舍的《黑白李》则鲜明地体现了基督的舍己牺牲精神。黑李读了《四福音书》之后，"总是劝人为别人牺牲"。当他猜出白李有个具危险性的计划、怕连累他时，他决意要去为白李而牺牲。于是，他将眉上的黑痣烧去，代替白李投身工运，最后被捕献身了。

（3）对《圣经》文体的借鉴和吸收

新文学对《圣经》文体的借鉴和吸收，其实也是周作人在《圣书与中国文学》一文中的希望："希伯来古文学里的那些优美的牧歌（Eidyllid = Idylls）及恋爱诗等，在中国本来很少见，当然可以希望他帮助中国的新兴文学，衍出一种新体。预言书派的抒情诗，虽然在现今未必有发达的机会，但拿出来和《离骚》等比较，也有许多可以参照发明的地方……"周作人的希望，随着新文学的发展，可以说得到了一些实现。

周作人所说的"恋爱诗"是指《圣经》中的《雅歌》。《雅歌》在《圣经》66卷书中是很独特的一卷，因为其中心是讲男女之间爱情的欢愉和相思的苦楚。此卷书希伯来原文用书前的标题sir hassirim为书名，意思是"歌中之歌"，即最好且最美丽的诗歌。"sir"通常指口唱的欢悦歌曲，说明《雅歌》中的歌不但美丽，且富喜乐情怀。中文称之为《雅歌》，可能与《诗经》有关。《诗经》中有乐歌《雅》，其中不少是描写农家生活、男女爱情之作。这些作品所描绘的思妇怀人，吉士求爱，桑间陌上，男女相与咏歌，与《雅歌》的葡萄园中、苹果树下男女相悦之咏唱极为相似。"雅"也有正的意思，说明虽为男女相悦之歌，但却是孔子所说的

"思无邪"之作。传统认为此书是所罗门所作或后人为他而作,以志他和牧羊女书拉密之间的爱情。自成为《圣经》正典后,释经家也赋予了《雅歌》多种寓意的解释。①

周作人对《雅歌》的文学成就是很推崇的,他认为:"《雅歌》的价值全是文学上的,因为他本是恋爱歌集,那些宗教的解释,都是后人附加上去的了。"② 现代作家中喜爱《雅歌》的还有不少人,并借鉴《雅歌》写诗作文。许地山曾重译《雅歌》,发表在《生命杂志》上。沈从文的小说《月下》在表现爱情时引用了《雅歌》中的名句:"'求你将我放在心上如印记,带在你臂上如戳记',我念诵着《雅歌》来希望你,我的好人。"《我喜欢你》则模仿《雅歌》的善用譬喻:"你的聪明像一只鹿/你的别的许多德性又像一匹羊/我愿意来同羊温存/又担心鹿因此受了虚惊/故在你面前只得学成如此沉默(几乎近于抑郁了的沉默)/你怎么能知?"冰心也曾模仿《雅歌》赞美她中学时代美丽和蔼的老师"T":"那时我们在圣经班里,正读者《所罗门雅歌》,我便模仿《雅歌》笔调,写了些赞美 T 女士的句子,在英文练习薄的后面,一页一页的写下叠起。积了有十几篇,既不敢给人看,又不忍毁去。"③

另外,新文学中的赞美体、祈祷体等文学样式,也是受《圣经》有关文体影响而产生的新抒情文体。

赞美体文学在《圣经》中以《诗篇》表现得最为突出。《诗篇》收纳了精选的诗歌150篇,其中许多是赞美体的佳作。《圣经》之后,基督教文学中出现了大量的赞美诗(亦称圣歌),且不乏名篇。中国的赞美诗可以分为两大类:一类是翻译的,一类是创作的。就已有的赞美诗而言,翻译的远多于创作的。1936年《普天颂赞》的问世,标志着中国教会编纂赞美诗的新纪元,出版后

---

① 参见《圣经启导本》,中国基督教协会1996年版,第978页。
② 周作人:《〈旧约〉与恋爱诗》,载《知堂书话》,岳麓书社1986年版。
③ 冰心:《我的老师》,载《冰心全集》第3卷,海峡文艺出版社1994年版。

成为国内最负盛名、销路最广的一本赞美诗集。

中国现代著名作家许地山在燕京大学期间，曾参加教会活动，并参与基督教文字工作。其中《神佑中华歌》（1935）是他按着英国国歌的格律填词而作。在编辑《普天颂赞》时，许地山以他所创作的这首诗寄投，经杨荫浏谱了中国曲调，调名《美地》，于是这首爱国诗歌也就有了新的形式和乐谱，表达了中国信徒的爱国热诚：

神佑中华歌

（1）神明选择赐与，一片荆原棘地，我祖开辟；

子孙继续努力，瘦瘠变成膏腴，使我衣食无亏，生活顺利。

（2）旧邦文化虽有，许多消灭已久，惟我独留；

求神永远庇佑，赐我一切成就，使我永远享受，平等自由。

（3）恳求加意护庇，天灾人患，永离中华美地；

民众乐业安居，到处生产丰裕，信仰、道德、智慧，向上不息。

（阿们）①

祈祷体文学（含诗歌与散文）在《圣经》中是很多的，因为祈祷在宗教崇拜中是非常重要的一项活动。祷辞常以诗歌的形式传达出来，《圣经·诗篇》中有很多祷诗，占半数之多，且是合乐协律的，有些还注明所用调名。如第22篇，注明"大卫的诗，交于伶长。调用朝鹿"。这是一首著名的祷诗，表达了诗人在痛苦煎熬中向神呼求的心境。《圣经》之后的在基督教文学中，也产生了许

---

① 王神荫：《赞美诗（新编）史话》，中国基督教协会1993年版，第295—296页。

多祷诗。其中有合乐的,也有不合乐的,后者在数量上更多。中国基督教文学中亦不乏祷诗,如冰心的《晚祷(一)》:"浓浓的树影/做成帐幕/绒绒的草坡/便是祭坛——/慈怜的月/穿过密叶/照见了虔诚静寂的面庞‖四无人声/严静的天空下/我深深叩拜——/万能的上帝/求你丝丝的织了明月的光辉/作我智慧的衣裳/庄严的冠冕/我要穿着它/温柔地沉静地酬应众生‖烦恼和困难/在你的恩光中/一齐抛弃/只刚强自己/保守自己/永远在你座前/作圣洁的女儿/光明的使者/赞美大灵‖四无人声/严静的天空下/只慈怜的月/照着虔诚静寂的面庞。"① 其他如梁宗岱的《晚祷》、闻一多的《祈祷》、穆旦的《祈神二章》以及王独清的《圣母像前》等也都是祈祷诗体的风格。

用散文诗的形式写成的祷辞更为普遍。其中最有代表性的莫过于赵紫宸,他在《生命月刊》《真理与生命》等刊物上发表了大量的祷文。赵紫宸被称作"神学家诗人",他的祷文有很浓的诗意,如关于复活节的祷文:"生命的主,慈悲的天父,你将自己的生命赐给我们;因为我们是你爱的海里掀起的波浪,是你爱的藤上结实的葡萄,是你爱的杯中漫溢的新酒。你的爱永无穷尽,我们相信,凡是属于你的,永不至于消灭,永不至于毁坏。求你使我们大胆的爱你爱人……"②

由于成功的翻译,《官话和合本圣经》对新文学的发轫起到了催化、先驱和示范的作用,同时白话文在文学领域的胜利也提高了白话圣经的地位,二者之间呈现为一种相辅相成的关系。正因为此,五四时期,作为文学领袖的周作人高度评价《官话和合本圣经》对新文学的示范作用,而他对《官话和合本圣经》所做出的预测——"我又预计他与中国新文学的前途有极深的关系"——也通过它在诸多现代作家那里留下或深或浅的印迹加以证实。当

---

① 冰心:《冰心诗集》,开明书店1943年版,第26—28页。
② 赵紫宸:《祷文》,《真理与生命》第4卷第18期。

然，与此同时我们也应该客观而辩证地看待白话圣经与新文学之间的关系。由于20世纪20年代爆发的"非基督教运动"，特别是随着新文学的政治化与功利化色彩的加深，以《官话和合本圣经》为代表的基督教文化对新文学的影响受到挫折。因此，对《官话和合本圣经》之于中国新文学演变中的影响，不能给予过高的估计。

（二）汉译圣歌集的编辑出版

基督教的圣歌是诗歌与宗教契合的典型。在中国基督教文学中，圣歌占据了一个突出的位置，不仅为世界圣歌文学作出了一定贡献，也为中国新诗的发展提供了一定的借鉴意义。1950年11月《金陵神学志》第26卷第1、2期合刊上，曾发表了一篇由黄素贞教授授意、邵逸民编的文章——《中国教会的诗歌和绘画》，其中对中国圣歌的发展史有较为详细的介绍：

中国的圣歌可以分为两大类：一类是翻译的，一类是创作的。就已有的圣歌而言，翻译的远多于创作的。犹如中国的基督教是从西洋传入的，中国教会的圣歌，先期全是由西洋教会的圣歌翻译过来的。新教第一位来华的传教士马礼逊也是编译中国教会诗本的第一人，1818年出版了一本27页的《养心神诗》，计30首，书内还有小引一篇。这些诗都是译自英文的韵文诗篇和当代英国教会所通用的颂诗，由马礼逊先译为英文散文，再由华文助手转译华文。也有人说是由马礼逊先把英文原诗译成华文散文，再由华文助手改成韵文。《养心神诗》于1822年印行了第二版，此外，1833年，马礼逊在澳门又印行了一本60页的诗集，名曰《祈祷文赞圣诗》。1840年之际，麦都思（W. H. Medhnrst）在爪哇巴达维亚刊印了一本华文颂诗集，也名《养心神诗》。是石印的，计46页，共译71首，多系大诗人窝兹（Isaac Watts）的作品。1856年，在上海再版印行。同年，怜牧师（Dr. Dean）又编了一本颂诗集，名叫《祈祷神诗》，在滨角城出版。用洋纸两面排印，内有颂诗32首，另有一些祈祷文。1842年，理雅各（James Legge）在马六甲出版了一本《养心神诗》。1852年在香港再版，再版修正及增加之处不少。共计30页，颂诗79首，颂文7首。10年后再修正，名《宗主诗章》，共70页，内有颂诗85首，颂文7首。1860年，伦敦会的湛约翰（John Chalmers）在广州出版了一本颂诗集，尽量采用理雅各的颂诗而配以琴谱，这是中国教会颂诗集中最先附有琴谱的一本。内有颂诗81首，颂文7首。以上所举的这几本圣歌集，都是早期西教士单独努力的结晶，这也可说是中国教会编纂圣歌的第一个时期。

  鸦片战争以后，来华传教士日益增多，在各地寄居的传教士便对方言土白的圣歌大用功夫。1850年至1870年间，中国教会成就了许多圣歌集的工作。在这时期中，全国约有30种圣歌集出版。其中大半是用土白写成的，有上海土白、宁波土白、潮州土白、厦门土白……在这些土白的圣歌中，还有用罗马字印刷的。首先介绍罗马字拼音法到中国的是丁韪良（W. A. P. Martin）。因其容易学，老年妇女不需多时亦可学会，所以在民间收效很大。1885年，应思理牧师（Inslee）出版了一本很有趣味的宁波圣歌，此诗印上琴谱，琴谱下有文理颂诗辞，下面又有罗马字拼出之宁波方言颂诗辞。这可说是中国教会编纂圣歌的第二个时期。

  但方言圣歌只限于通一地方言的人使用，不能传流到远方。方言圣歌中又多无意义的字，令不通方言的人看了莫名其妙，且语句多鄙俚，所以便慢慢地被淘汰了。但是最重要的原因在于随着教会传教范围的扩张，各公会为了使自己的信徒有同一的圣歌可用，而各编圣歌，于是代替了方言圣歌的地位。其中最著名的，如华北公理会的颂主诗歌、华北长老会的赞神圣诗、内地会的颂主圣歌、监理会的江南赞美诗、浸礼会的颂主诗集、信义会的颂主圣诗等。这可说是中国教会编纂圣歌的第三个时期。

  《普天颂赞》的问世，标志着中国教会编纂圣歌进入了第四个时期。《普天颂赞》是当时国内六大公会——中华基督教会、中华圣公会、美以美会、华东浸礼会、华北公理会、监理会——合作的结晶，显示了国内各大公会的大团结。虽然这本圣歌集还有若干缺点，但它无疑为中国教会在圣歌编纂上开了一个新纪元。出版后成为国内最负盛名，销路最广的一本圣歌集。"我国初期的圣歌多半是外国人所译的，他们对于中国语文的修养，只够译散文，译诗歌却差。他们拿散文的笔来译诗歌便成问题，'通俗'容或作到了，可是诗的'韵味'却丧失了。《普天颂赞》里的著译五百首，其中大多数是世界最著名的名歌，译出来之后，要不失原意外，还要能保留原作的韵味，原作的音节，用原谱唱起来要能合板，顺口。虽不能首首作到这标准，合于这标准的却不少。"①

编纂《普天颂赞》的动机，是从圣公会引起的。原来圣公会在各教区所用的圣歌本，各不相同。所以1928年，中华圣公会全国代表大会（总议会）在上海召开时，便议决请代表院委派一特殊委员会起草编一公用之颂主圣歌。该委员会除选择各教会习用之圣歌和自行翻译各国著名圣歌外，更悬赏征求中文创作圣歌。获奖的有江苏武进监理会杨镜秋、云南新平陈文安、湖南平江循道会吴斌、河北交河卫理公会王近溪等人。1931年，产生了一本《颂主诗集》，内含圣歌466首，先印出文字版本。这时美以美会也正进行编订一本新圣歌集，其他中华基督教会、监理会等也觉得需要一本新的合式的歌集。于是中华基督教会发起联合编订一本新的圣歌集之议，致函全国多数公会，征求意见。经美以美会、华北公理会、中华浸礼会、监理会等相继接受，于是成立了联合圣歌编辑委员会，决定采纳圣公会的《颂主诗集》作为新诗集的底本。自1931年9月起，至1935年3月止，联合圣歌编辑委员会每年召集一次会议，商讨有关事宜。历时4年，方

---

① 朱维之：《漫谈四十年来基督教文学在中国》，《金陵神学志》1950年第26卷第1、2期合刊。

才告成。由出版委员会负责交广学会发行。1936年，《普天颂赞》遂正式问世。

《普天颂赞》共刊圣歌512首，其中62首系国人自作，其余均为译作。共548阕音调，72阕系国化的音调。书末另有礼拜乐章数十首，包含颂歌、圣餐乐章、信经、主祷文、阿门颂及其他随时备用之乐章，可称为中国圣歌之空前巨集。据广学会总干事胡祖荫报道，截至1949年年底，此书各种版式的版次和总销额如下：1. 线谱本，已出至第9版；2. 数字谱本，已出至第16版；3. 文字本，已出至第20版；4. 四声数字谱本，初版；5. 四号文字本，初版。（以上4、5两种暂停再版）上面5种版本之《普天颂赞》，历年销售总额，截至1949年年底，共销售442000本。此外，为了适应一般教会团契之需要，广学会在1949年4月，又出版了一种《普天颂赞数字谱简本》，是在精简的原则下编印的。1949年在交通极不方便的情况下，也销售了近2000本。①

朱维之在《漫谈四十年来基督教文学在中国》一文中称："若有人问我：中国基督教文学最伟大的成就是什么？我毫不犹疑地说：'五四'以前，《国语和合本圣经》是最伟大的成就；'五四'以后，《普天颂赞》是最伟大的成就。"②

《普天颂赞》的出版，标志着"中文圣歌底美质提高到水平线上"③，也连同《官话和合本圣经》一起，为中国基督教文学的形成打下了切实的基础。正如学者所说："二者虽不能说是十全十美的本子，但至少可以说已经打定了基督教文学底根基，而且作为中

---

① 参见黄素贞教授授意、邵逸民编《中国教会的诗歌和绘画》，《金陵神学志》1950年第26卷第1、2期合刊。

② 朱维之：《漫谈四十年来基督教文学在中国》《金陵神学志》1950年第26卷第1、2期合刊。

③ 朱维之：《基督教与文学》，上海书店出版社1992年版，第141页。

国新文学底先驱,这是值得大书特书的。"①

由上可见,近代来华传教士对中国圣歌的发展乃至对中国基督教文学的发展作出了积极贡献。

二 来华新教传教士对中国新文学的译介及研究
——以《教务杂志》为例

《教务杂志》(*The Chinese Recorder*)是19世纪来华的美国基督教新教传教士创办的一个著名的英文教会刊物。初名 *Missionary Recorder*,后数次改称,1938年改今名。其宗旨是:在来华传教士之间交换信息,加强联系。清同治六年(1867)在福州美以美印刷所出版。十一年,一度停刊。十三年在上海美华书馆继续出版,改为双月刊。光绪十二年(1886)又改为月刊。1941年12月因太平洋战争爆发而停刊。共出版72卷。先后担任编辑者有:美以美会鲍德温(S. L. Baldwin)、美部会杜利特尔(Justus Doolittle)、美以美会惠勒(L. N. Wheeler)、美国长老会菲奇(G. F. Fitch)、美国南浸礼会罗林森(J. Rawlinson)、伦敦会巴尔(John S. Barr)等。较完整地保存了来华新教传教士的档案资料,详细记述各差会传教历史以及传教工作的大量统计数字,并报道日本、朝鲜、东南亚、南亚、西南亚和太平洋地区各差会的情况,以及罗马天主教修会和东正教传教士团的状况。还记载近代中国历史上许多重要事件,如义和团运动、辛亥革命等。另外,也刊登有大量传教士研究中国传统文化的文章。②

考察1917—1940年的《教务杂志》,曾刊登过传教士撰写的关于"五四"时期"文学革命"的介绍(1919年第5期)、关于

---

① 朱维之:《基督教与文学》,上海书店出版社1992年版,第141页。
② 参见卓新平主编《基督教小辞典》,上海辞书出版社2001年版,第475—476页。

中国新诗的评介（1926年第1期）、关于"创造社"及郭沫若《落叶》的评介（1928年第5期）。尽管文章数量有限，但通过对这几篇文章的分析，我们也可以大略了解当时新教传教士对中国新文学的某些认识和看法。

（一）对"五四""文学革命"的介绍

这是1919年第5期上一篇由编辑所写的介绍性的短文："1919年4月19日的 *Millard's Review* 上刊登了一篇有关中国文学革命的有趣的文章。作者是胡适先生，北京大学的一名教授。我们愿意把它推荐给每一位能看到这篇文章的人。文章强调产生一个用白话创作的文学的必要性，并指出许多报纸和杂志在这方面所做的尝试。文章也特别注意反对那些企图赢得政府支持而树立一种宗教或道德体系、从而作为信仰和行为唯一标准的做法。它又进一步指出：迷信正为科学所判断，这对迷信而言是一个可悲的前景。文章还坚持认为，所有宗教教义都应服从批评检验，这当然也包括基督教。作为孝道的对立面，即父母对子女的责任这一问题也被提出来。同时，清楚地提倡性道德的'独一标准'。所有这些及其他一些事情，都据说是中国目前正在进行的智识革命这一'更大运动'的一个部分。整个文章都呼吁，言论及出版自由是真正的民主之根本。"

这篇编辑短文虽然只是客观的一般性介绍，没有对"文学革命"的明晰的见解，但它至少表现出了传教士对当时中国所发生的这场轰轰烈烈的运动的关注和兴趣。

（二）对中国新诗的介绍与评价

关于中国新诗的介绍与评价，出现在1926年第1期Sophie S. Lanneau.所写的《中国诗歌》一文中。作者既论及了中国古典诗歌，也谈到了新诗。在此，我们主要是关注他对新诗的认识和看法。文章中谈道：中国诗歌的历史没有随着唐宋及其以后几个世纪的结束而结束,"我们现在不是生活在古代的黄金时代,而是生活在一个真正的文艺复兴的奇迹中。"作者对文学革命表示了热切关注和欣赏。他在谈到圣经翻译对欧洲文学发展的促进作用时,也提及了官话和合本圣经,并相信有一天它将会对中国文学革命的最后胜利发挥作用。关于这一点,通过对 1919 年出版的《官话和合本圣经》的翻译出版状况的考察,以及包括新文学领袖周作人等在内对其的高度评价,我们可以说作者的信心不是没有根据的,他的判断也是有合理性的。

作者接下来提到,他有一卷由上海浸会大学的中方成员编辑的《新诗》,出版于 1920 年,包括胡适和他人所写的带有富于价值的介绍性文章的五百首诗。作者举了其中的几首加以说明:

首先是胡适自己的一首诗,即《人力车夫》:

人力车夫

车子!车子!
车来如飞。
客看车夫,忽然心中酸悲,
客问车夫,你今年几岁?拉车拉了多少时?
车夫答客,今年十六岁,拉过三年车了,
你老别多疑。
客告车夫,你年纪太小,我不坐你车,
我坐你车,我心惨凄。
车夫告客,我半日没有生意,我又冷又饥,
你老的好心肠,饱不了我的饿肚皮。
我年纪小拉车,警察还不管,你老又是谁。
客人点头上车,说拉到内务部西!

其次是一首《卖布谣》:

卖布谣

(1) 嫂嫂织布
　　哥哥卖布
　　卖布买米
　　有饭落肚

(2) 嫂嫂织布
　　哥哥卖布
　　小弟裤破
　　没布补裤

(3) 嫂嫂织布
　　哥哥卖布
　　是谁买布
　　前村财主

(4) 土布粗
　　洋布细
　　洋布便宜
　　财主欢喜
　　土布没人要
　　饿倒哥哥嫂嫂

第三首是《劳动歌》。从这首诗中，作者注意到，八小时工作日的概念已经侵入了中国诗歌领域：

劳动歌

(1) 你种田
　　我织布
　　他烧砖瓦盖房子
　　哼哼！呵呵！哼哼！呵呵！
　　作工八点钟！休息八点钟！
　　教育八点钟！
　　大家要求生活才劳动

(2) 认识字
　　好读书
　　工人不是本来粗
　　读书识字识字读书
　　教育八点钟！休息八点钟！
　　作工八点钟！
　　大家要教育才劳动

作者谈到对这些诗的感受："在以上这些诗行中，有的有美妙的韵律，有的押韵，有的则是自由诗中的最自由者。你还可以感受到某种精神，它绝不同于单一的文学革命。我几乎是随便选了这三首诗，后面我也希望能够让你看到和听到其他的。我希望能使你感受到它们中一些诗的力量。有一首称为'起劲',似乎是短语'加快生产'的对应物,用来指称资本对劳动者的无情剥削。最后一节给我一种恐怖感,但又有些狂喜。我希望能象我脑中感受到的那样大声读出来。"

作者随后就举出两节来:

起劲

起劲起劲!
起劲做工。
起早做到黑。
十四五点钟!
起劲复起劲!
起劲做到"老""死""穷"
从此更起劲!
起劲做工。
切断工人颈子上的锁链。
打破资本家所建筑的牢笼,
什么是现实的文明!
把他来"粉碎虚空"。
没有"富"
没有"穷"
没有"私"
没有"公"
腕力十分雄!
心花十分红!
"起劲复起劲"?
从来不做国家人种的糊涂梦。

作者接下来还提到一首题为《阿门》的英文诗,大概发表于

《教务杂志》1922年2月第75页的反面。它激烈地讽刺了在上海一所体面的教堂里，布道者对那些出门后就饿死冻死的穷人们宣扬上帝的旨意。在谈及这部分涉及下层劳动者的新诗时，作者表现出一种深切的同情和理解："当我读这些诗时，它们充满了暴风雨来临前的低沉的轰隆声，充满了资本和劳动者之间的斗争，特别是对基督教无理或部分有理的仇视。我想起我曾读过的一首小诗，现在只能记得最后两行。它呈现了一幅斗争中的大众迈步前行的图景。一人带领，其他人紧随其后。问题是：'谁引导前行？'回答道：'我想是一个工友，一个木匠，他们说来自加利利。'他们要是知道就好了，这些我们的中国朋友——也是上帝的！"①

无疑，中国的新诗不同于古诗。但在中国新诗和古典诗的比较中，作者还看出了不同中的相同："我想我看到了一种自然的、不可避免的、而且令人满意的相似性。我想它们有一种相同的精神上的东西，一种寥寥几笔就能勾画出令人难忘的画面的天赋。"② 在新诗与旧诗被大多数人视为截然对立的当时，一个传教士却看到了它们之间的相似性，看到了一条割不断的精神气脉。

作者注意到新诗中对外来文化素养的借鉴和吸收，并对这种异质文化间的交流持肯定态度。除此，作者还简略地比较了中西诗歌的不同："Waley说：'毫不夸张地说，汉语中半数的诗都是关于离别的。'离别是我们人类生活寻常的经历，对于我们这些传教士尤其如此。那些古代的诗人们都是政府官员。几年之后，在趣味相投的几个朋友中，总有人会被安排到一个遥远的职位或者被流放。对他们来说，友谊就是一切，朋友之间的离别不仅仅是一种'甜蜜的忧伤'，淡淡的遗憾。而欧洲诗最明显的特征是对爱的投入。我再次引用Waley。中国人并不指望从妻子或情人那儿得到理解、同情和陪伴，因而友谊在他们的生活中非常重要。西方诗歌尽管主题

---

① Sophie S. Lanneau：《中国诗歌》，《教务杂志》1926年第1期。
② 同上。

强调爱，但并未适当处理爱。它们太关注年轻人的过度激情，而中国诗则有关长者的智慧，不是激情，而是友谊。这就解释了主题的单一性，正如 Bynner 所说：'友人的别离以及永在青山的安慰。'

尽管我希望我能有时间自己得出这个问题的结论，但目前我还是以 Witter Bynner 的话来结束：'理解生死的环境，知道人这种存在能期望什么，然后去思考这些知识——这就是艺术所能达到的不变的快乐了。这也就是唐诗一千年前所达到的。唐代诗人们在他们看到的事物中找到美，并将高深、永恒的东西与转瞬即逝的东西联系起来。他们了解美的无边的耐心——那里面有伤感，但那是一种诚实的甚至令人喜爱的伤感。中国人的独特之处就在于，尽管过的是一种心灵的生活，孩子的生活，但他们有头脑和理智的力量，这些是你在中世纪欧洲的基督徒或其他初民身上找不到的。与其说中国人是一个没有充分发展的民族，不如说他们是一个永远不会变老的民族。中国人的精神是永恒青春的精神，是民族不朽的精神。'"①

这种对中西诗歌的比较使得该文具有了比较文学的性质，而且具有了一定深度，从中西诗歌谈及中西文化的差异以及中西民族精神的不同。对一些研究者观点的引用也显示了作者对中西诗歌比较领域研究状况的了解，并说明作者不俗的文学修养。

文章最后，作者将话题从诗歌领域扩展到整个人类精神领域。他相信，基督教"自由""平等""博爱"的含义适用于全世界。并引用 Bynner 的话说："在世界实现政治平等之前，必须先停止种族间的无知和歧视。无论东方西方，世界上只有一种人类精神，尽管小人和愚人总想将它分裂。这也是我们所知道的最接近于圣灵的东西。当它处于最好的状态时，它是美的精神，无论在自然中，艺术中，还是人类行为中。多少个世纪以来，诗人们一直都是它的

---

① Sophie S. Lanneau：《中国诗歌》，《教务杂志》1926 年第 1 期。

使者。"①

将文学与宗教结合在一起，固然体现了作者的传教士角色意识，但一个传教士对中国诗歌的感悟能力和中西诗歌比较的宽阔视野仍值得关注，特别是他对新诗及其传达出的新时代精神的欣赏，至今看来仍是难得的。在20世纪来华的新教传教士中，不少人都是出色的汉学家，这篇文章让我们大致领略了传教士的汉学才华。

（三）关于"创造社"及《落叶》的评介

1928年第5期由George Kennedy所写的这篇《"创造社"文学中的基督教》，除大致介绍了"创造社"在当时的有关状况之外，主要谈的是郭沫若的一篇书信体小说《落叶》，因为这篇小说中的基督教因素引起了作为传教士的作者的兴趣。

作者一开始介绍道：

> 现代中国小说是个广泛的领域。尽管有个作家曾悲叹"这个文学一钱不值的中国"，创造仍在高效进行着，上海的几家出版公司也在源源不断地出版新书。沿着河南路西面的福州路走一走，就会看到即使在世界其他地方也很难见到的景象……
>
> 在中国文学界赢得很高地位的一个团体是"创造社"，由郭沫若、张资平、郁达夫领导。这个团体出版的作品被广泛阅读并获得很高的评价。它们的备受欢迎以及文学品质，使得其中所包含的基督教相关信息具有一定的价值。

接下来，作者便开始谈到郭沫若的书信集式的小说——《落叶》。他说，这本书在当时很受重视，书的夹页里提到，在一年半内共印了六版，达到一万册。随意翻一下，就会发现里面有很多像

---

① Sophie S. Lanneau：《中国诗歌》，《教务杂志》1926年第1期。

"最亲爱的,我在为你祈祷""我祈求上帝保佑你""最亲爱的,你也祈祷吧"等词句。如果人们对它感兴趣,这本 154 页的小册子在当时花三毛五就可以买下,而用几个小时就可以将它读完。

文章的主要内容是作者以书中的女主人公为主要视点,就关乎基督教信仰与道德的三个问题,进行了较为细致的解读:

首先,是女主人公对父母的责任。在一封日期为 9 月 17 日的长信中,她描述了她父亲的一趟东京之行,目的是要带她回家。他是牧师委员会的主席,当他面对其他的传教士时,女儿所做的体力劳动让他难堪。此外,他对女儿的婚事也有自己的打算。但他的恳求只能使女儿流泪,却不能使她屈服。与传统的孝道相并列的是新的服侍观,以及她自己正在苏醒的个性意识的呼唤。这是基督教与儒家学说相对立的一个例子。

其次,是关于那个中国学生的第一个妻子的问题。虽然就传统而言,接受一个已婚男人的爱情并不是大罪,但从基督教角度而言呢?那个中国女孩没有被爱并被忽视了,她仅因父母之命就成为别人的妻子。但什么是权利?难道她不是他的妻子吗?这份自发的新爱还有存在的余地吗?这又是一个个性权利与制度要求之间相对立的例子。

再次,就是他们在一起度过的那个假期的问题。从基督教的道德教义角度来看如何呢?她回想起它时,感觉他们犯了极其可怕的罪,在那如此快乐的生活中,只留下可怕的罪的痕迹。这种负罪感重重地压着她,她在祈祷以及《约翰福音》第 8 章第 3—11 节中寻找安慰。她相信无论他们的过犯是什么,如果伴随着内心的痛苦呻吟以及眼泪真正的懊悔,毫不隐瞒,就可以到达完全的救赎,并得到丰富救恩的完全宽恕。但这一安慰只是暂时的,在这一时期的信中,她在爱的呼唤与基督教严格的道德规条之间的矛盾中饱受折磨。

很难说这三个问题是以什么比例结合在一起的,但整体作用是导致她经历心灵深处痛苦的低谷。她的信整体上是悲伤的,有时是病态的。信中充满了她在教会医院生活的细节,充满了哲学上的思考,这些因为爱与柔情而显得温情脉脉,但同时它们又浸透了伤感。看起来似乎无法使她内心渴望的旋律与基督教理想的声音和谐起来。她的爱人加入了基督教会,但这似乎只是加增了她的痛苦。她感到她在失去救恩的同时他却找到了它,结果他们的道路比以往离得更远了。

最后,在一个圣诞之夜,她坐下来给他写最后一封信。在这封信中,情感的哀婉和措辞的优美都达到了极致。这时来了一个去东印度某偏远医院的机会,她决定抓住这个机会,通过逃避来解决她的所有问题。

作者总结道:"这就是目前已经或正在被各处数以千计的中国人阅读的那本小书的大概。它基本上是一个爱情故事,但它也是一个有关基督教理想在东方生活中运用的故事。"①

文章最后,作者还谈到了这本小书的现实真实性,并认为如果读者不了解这一点就无法完全欣赏它。他在稍微地调查了郭沫若的生平后,发现这些信只是部分的虚构。《落叶》中的中国学生便是郭沫若,而信的作者是一个真实生活中的真实女孩。作者认为,这会在一定程度上增加我们对此书的兴趣。当我们意识到是一个真实的人经历过那些挣扎和痛苦时,它们会因此呈现出新的意义。但这也会迫使我们稍微修改一下这个故事的悲剧结局,因为真正的安娜没有离开郭沫若,而是成为他的妻子。而这,也许就是小说与现实之间的不同。

从这篇《"创造社"文学中的基督教》文章中,我们可以看到作为传教士的作者对当时中国文坛状况以及创造社的大致了解,他对《落叶》的解读也是很到位的。《落叶》堪称中国基督教文学史上的一篇佳作,体现出男女情爱与基督教伦理道德的冲突,于自责、忏悔、祈祷中勃发的精神洗涤和灵魂呼唤,都达到了较高的文学水准。这部作品也产生于郭沫若基督教意识比较浓厚的时期,佐

---

① George Kennedy:《"创造社"文学中的基督教》,《圣教杂志》1928年第5期。

藤富子的理想主义和对宗教的笃信颖悟对郭沫若产生了极大的影响，郭沫若甚至曾在1916年11月给她的信中宣称自己要皈依基督教。由此可见，作者的考证也是合乎事实的。

总之，较之天主教传教士在有关书籍刊物（如《文艺月旦》中对新文学所做的过多的道德评价），新教传教士在评价中国新文学作品时，更多的是一种客观的介绍，更符合文化交流的规律。可以说，新教传教士对新文学的评介，也是其极力提倡的文化传教策略的体现。而中国新文学作为中国现代文化中的一个层面，通过这样一种方式，获得了更为广泛的意义。

三　来华新教传教士对中国古典文学的译介
——以《教务杂志》《中国丛报》为例

近代来华新教传教士创办了诸多刊物，并在其上刊登译介中国古典文学的文章。包括《中国丛报》《教务杂志》等在内的著名刊物影响深远。

（一）《教务杂志》

如前所述，《教务杂志》是19世纪来华的美国基督教新教传教士创办的一个极有影响力的英文教会刊物，传递出当时主流传教士的思想和看法。《教务杂志》曾刊载一系列译介中国古典文学的文章，其中小说受到传教士特别的关注。

在《来华新教传教士眼中的中国小说——以〈教务杂志〉刊载的评论为中心》一文中，有学者指出："在所刊载的15篇对中国古代小说的评论中，既有《论〈封神演义〉》《见证》《论〈好逑传〉》《一部中国小说中的警句》（《儿女英雄传》）、《中国小说随览》《中国小说中的神学观和末世论》等专论，也有对《红楼梦》《金角龙王，皇帝游地府》（《西游记》选译）、《白蛇精记：雷峰塔传奇》《三国志演义第四十三回》《好逑传》《出使天国》

(《西游记》节译)、《聊斋志异》《今古奇观》《三国志演义》等小说的译本或汉语读本的书评"。① 该文进一步指出，传教士在《教务杂志》上所刊登的有关中国古典小说的论述，主要是基于实际的传教意义，包括将小说作为学习汉语的工具、将小说作为认识中国人思想观念特别是宗教观念的途径以及将小说情节作为传福音布道的佐证材料等。

笔者认为，就像前面谈及近代来华法国耶稣会士对中国文学中他界书写的译介时所指出的那样，《教务杂志》中传教士所涉猎的中国古典小说大多也是与中国人的宗教观念特别是他界观念相关的，因为这关乎传教士们在中国传教的核心问题。如同来华天主教传教士一样，新教传教士们要用基督教的天堂地狱观取代中国传统信仰中的灵魂归宿观念，首先要对其有所了解。而大众喜闻乐见的小说，是反映中国风土人情和历史文化、传递中国普通民众观念的绝佳载体。因此，传教士们首先出于传教目的了解中国，将目光投向古典小说，也是很自然的。

如英国传教士高葆真（W. A. Cornaby）细致分析了《封神演义》中的神之谱系，并将其归纳为自上而下六大类，并认为"小说是研究中国普通大众神学观及末世观的良好途径"，而"对于那些来到中国，怀着明确目的，欲将高贵而神圣的观念注入中国平民思想与信仰的人来说，这是一项很重要的调查"②。《教务杂志》在论及中国小说时，非常值得一提的是刊于1920年第51卷上的长文《中国小说中的神学论和末世论》（Theology and Eschatology of the Chinese Novel）。

该文指出，中国小说中的神学论有6个不同寻常的规则，包括：（1）一个最高掌权者即位于遥远的天庭之中；（2）命运是和

---

① 孙轶旻、孙逊：《来华新教传教士眼中的中国小说——以〈教务杂志〉刊载的评论为中心》，《学术研究》2011年第10期。

② 同上。

最高掌权者同等的，它是一个独立的实体，或是自身的放射；（3）最高掌权者的代理人，即所谓的阎王，在他的档案中详细记载着所有中国人的优缺点；（4）阎王的地方代理人，惩罚人世间的不公正行为。他们可能是城隍或关羽，为满足女性的恳求，地方的庙里还会有观音或仙女；（5）其他的一些神灵和手下，作为各种正义灵魂法庭中的警察和行政执行官；（6）祖先的鬼魂可能是代表着受迫害人的调停者。该文举出一些中国小说，分别就这些神学规则加以说明。比如《东周列国志》中的上天、《孝义雪月梅转》中的宿命观、作为阎王的包拯、《三国演义》中的关羽、《孝义雪月梅转》中的仙女等。

作者指出，中国小说中所含有末世论的主要原则是建构在大众道德信念的基础之上，关注人去世后需受到的因果报应——就像许多小说中含有的阴间报应丝毫不爽。因此《书经》中的"天道福善祸淫"以及《道德经》中的名言"天网恢恢，疏而不失"，常出现在中国小说中，用来表达人间的因果报应。中国民众相信不论在什么地方，都会有一个关于补偿的因果报应体系，死后来校正人间中明显的不公正。同人世间正义缺失的情况有关联的因果报应教条也否定了死即迅速灭亡的观点，因此中国人通常对死后能否复活持肯定态度，这种想法在中国小说中随处可见。作者接下来花了较大篇幅，论及《红楼复梦》这篇体现中国末世的小说，特别是凤姐在阴间的场景。作者指出，这篇小说中描述的阴间法则，是其他中国小说所认可的。而中国人想象出的阴间世界，是以中国人世间的体系制度为依据的。在很多情况下，两者是一样的。

除了出于传教目的，通过小说了解中国之外，传教士们也试图借助中国小说批判中国的宗教观念。如前所述，由礼仪之争所引发的西方天主教会对中国佛道二教与民间宗教信仰习俗的大批判，历经18、19世纪直到20世纪30年代一直延续下来。不仅是天主教传教士，就是新教传教士也常常站在基督教立场批评中国人的"迷信"观念，如美国传教士甘路德（J. C. Garritt）认为《封神演义》这类小说"揭示了中国人的思想，不仅让我们了解了中国人的愚昧无知，也让我们认识并与其迷信活动作斗争"①。

（二）《中国丛报》

《中国丛报》（*The Chinese Repository*，1832.05—1851.12）是美国传教士裨治文（Elijah C. Bridgman）在广州创办的一份英文月刊，历时20年，共刊出20卷，是中国近代影响最大的英文期刊之一，所刊内容涉及中国政治、经济、军事、历史、地理、宗教、文化、习俗等各个方面。就文学而言，《中国丛报》在办刊近20年的时间里，刊载了如《三国演义》《聊斋志异》《红楼梦》等在内的近十余部中国小说的译介；以及包括《诗经》《春园采茶词》等在内的中国诗歌的译介，此外还有对戏剧的译介，如《中国戏剧评论》一文。其中关于古典小说的译介较之其他体裁而言，更为丰富。这种情况与近代来华传教士对小说的态度有切实关联。近代来华传教士并未像古代中国文人一样，对小说抱有偏见，反而对小说表现出了特别的兴趣。《中国丛报》刊载的一篇郭实腊（Charles Gutzlaff）译介《智囊补》的文章曾谈及对小说这一文体的认识，译介者说："小说选取了一条截然相反的路径，对于时代、国家和人民给予生动的描绘，而不是像那些严肃的历史学家那样纠缠于姓名、阴谋、愚蠢的故事、典礼及仪式。"② 译者认为小说远比史书可读，给予小说高度的认可。本书根据小说的主题内容将传教士所译介的小说大致划分为历史演义小说、神怪小说、世情小说三类，并进而分析其译介的目的、特点及不足。

1. 译介内容

（1）历史演义小说

在众多小说题材中，《中国丛报》对历史演义小说表现出了特

---

① 孙轶旻、孙逊：《来华新教传教士眼中的中国小说——以〈教务杂志〉刊载的评论为中心》，《学术研究》2011年第10期。

② *The Chinese Repository*, Vol. 10. 10, p. 553.

别的关注，这背后其实是传教士对中国历史走向的关注。《中国丛报》第三卷第二期曾在关于中国历史评论的文章中写道："如果我们不对他们的历史形成透彻的了解，便不能解决他们长期存在的政治问题，不能发现他们无法与世界其他民族相融合的秘密。这个民族与世隔绝的原因不被发掘出来，则将来他们与世界其他民族隔绝的万里长城就不能被连根拔除。"① 而小说，是传教士了解中国历史文化的一个重要途径。《中国丛报》译介的历史演义小说有《三国演义》《五虎平南狄青后传》《南宋志传》和《大明正德皇帝游江南》。

《中国丛报》刊载的对《三国演义》一书相关的译介共三篇，分别见于《中国丛报》第七卷第五期"《三国演义》的评介"、第十卷第二期"黄巾起义"及第十二卷第三期"孔明的介绍，一位中国英雄"。前一篇译介作者为郭实腊，后两篇译介作者为美魏茶（William Charles Milne）。译介虽偏重曹操，对刘备和孙权提及较少，但几乎涵盖了三国兴起至衰落中的关键事件，称得上是对《三国演义》一书的完整介绍。

《五虎平南狄青后传》的译介见于《中国丛报》第七卷第六期，小说名字被简译为《平南后传》，译者为郭实腊。译者对小说前十回内容按顺序依次介绍，较为详细。从第十回开始，即孙振陷害狄青的阴谋未得逞，直接过渡到对孙振投南蛮王的介绍，后又返回来介绍宋仁宗派兵救援狄青一军及狄龙、狄虎前去救父等情节，译文对南蛮王最后的失败也有介绍。狄龙、狄虎出场之后，译者重点译介了狄龙与段红玉的爱情纠葛。

《大明正德皇帝游江南》的译介见于《中国丛报》第九卷第二期，译者为郭实腊。译者译介这部书的原因之一，在于其是最新出版的书，即1832年出版。因之前《中国丛报》上译介的许多中国文学作品年代久远，且已被前人译介过，所以译者在此选取这本全

---

① *The Chinese Repository*, Vol. 3.2, p. 54.

新的还未被人评论的小说进行译介。译文篇幅较长，对《大明正德皇帝游江南》一书共四十五回进行了完整的介绍。小说前半部分的译介较为详细，尤其是对小说前三回进行了几乎完整的复述，且中间夹杂有译者自己的评论，但对小说后半部分的译介之力则略显不足，尤其是对小说战争部分的译介，较为混乱且常常一笔带过。

《南宋志传》的译介见于《中国丛报》第十一卷第十期，译者为郭实腊。《南宋志传》一书共五十回，译者对这五十回的内容几乎都有介绍，译介篇幅较长。但从整体上来看，译者只对小说第一回即"董节度应谶兴王　石敬瑭发兵征蜀"的故事有较为详细的介绍，而对其他回目的介绍则略显简单，且译者在译介过程中常会把描写战争的几个回目放在一起来进行介绍。不过从整篇译文来看，译者把握住了小说的中心人物赵匡胤，对其两次出逃的前因都有较为详细的介绍，且对于小说中其他重要的情节内容都给予介绍。所以，译者虽对小说中的战争情节介绍极简，但因其着力关注战争的前因后果及重要情节，故总体上对该书译介较为完整。

（2）神怪小说

除历史演义小说外，《中国丛报》中刊载的另一类数量较多的小说，为神怪小说。"我们这里所论述的神怪小说，主要是指演述神、仙、魔、怪及其修行、飞升、斗法等诸如此类故事，用以折射社会现实的小说（其中包括文言小说和通俗小说两种形式）。"①《中国丛报》译介的神怪小说，有《香山宝卷》《子不语》《历代神仙通鉴》《三教源流搜神大全》《聊斋志异》等。

《香山宝卷》的译介见于《中国丛报》第二卷第五期，译者为郭实腊。其实此篇译文主要是介绍佛教及普陀岛上的僧侣，文章标题直接命名为 Budhism，即佛教，且其被划分在杂记一类，文章只是在结尾部分对《香山宝卷》一书进行了介绍。译者在文章中提及，

---

① 胡胜：《神怪小说简史》，山西人民出版社 2005 年版，第 2 页。

《香山宝卷》是他在普陀山旅行结束时高僧所赠。当时高僧赠予他四卷书，前三卷是关于普陀岛的描写，第四卷便是《香山宝卷》一书。译者从《香山宝卷》一书的序文部分开始译介，对此书的创作缘由，即宋时上天竺寺普明禅师受神人指点，遂感悟而作进行了介绍。接着对全书的主要故事情节进行了简要而不失完整的译述。

《子不语》（又名《新齐谐》）的译介见于《中国丛报》第六卷第九期，译者在文章开头对《子不语》一书进行了简单介绍，译文称"怪、力、乱、神"是此书四大主题，而这些正是孔子所不语者，对原书主题把握较为准确。译文选取《子不语》中的四篇故事进行译介，分别是《良猪》（卷二十）、《铁匣壁虎》（卷十七）、《黑柱》（卷十）、《十三猫同日殉节》（卷二十三）。此文对四篇故事的情节进行了英文复述，文字通俗易懂，且忠实于原作。

《历代神仙通鉴》译介见于《中国丛报》第七卷第十期、第七卷第十一期及第十八卷第九期。前两篇译者为郭实腊，后一篇译者为美国传教士威廉·斯皮尔。郭实腊的两篇译文并未对书中故事情节逐一译介，因他关注的是其浓厚的宗教色彩。他用了很长篇幅，对道教的产生和演变、道教与中国政治、社会的关系进行了细致探究。威廉·斯皮尔的译文则侧重《历代神仙通鉴》中关于基督的记载，并对古代经中亚通往中国之路，以及其在基督教传播中的作用进行了介绍。整体上看，对于《历代神仙通鉴》这样一部宗教小说，郭实腊和斯皮尔都基于自己的传教立场，关注其中的宗教因素。

《中国丛报》刊载有关《三教源流搜神大全》一书的译文共五篇，分别是第十卷第二期关于妈祖的介绍、第十卷第四期关于观音的介绍、第十卷第六期关于玉皇上帝的介绍、第十八卷第二期关于玄天上帝的介绍，以及第十九卷第六期译介的《三教源流搜神大全》一书包括《天妃娘娘》《观音菩萨》《玉皇上帝》等在内的11个故事，另在玉皇上帝译文篇末附有关于三元大帝的介绍。

《中国丛报》第十一卷第四期选译《聊斋志异》中的《祝翁》《张诚》等九则故事，译者为郭实腊。在译述故事之前，郭实腊先用很长篇幅来阐述中国民众所信仰的佛教和道教只是一种迷信，进而说明基督教对于中国民众的益处。此外，《中国丛报》第十八卷第八期，卫三畏译介了《聊斋志异》中《商三官》一篇，即《商三官小姐复仇记》。

（3）世情小说

"所谓世情，实际是世态人情的简称，而世情小说则是指那些主要以普通男女的生活琐事、饮食大欲、恋爱婚姻、家庭人伦关系、家庭或家族兴衰以及社会各阶层众生相等为题材，来反映社会现实（所谓'世相'）的小说。"① 《中国丛报》译介的世情小说，有《王娇鸾百年长恨》《谢小娥传》《红楼梦》《灌园叟晚逢仙女》等。这些关于世情小说的译介文章，《红楼梦》《谢小娥传》是译者对中文原本进行的介绍，而《王娇鸾百年长恨》《灌园叟晚逢仙女》则是译者转译自他人。

《中国丛报》第八卷第一期是有关明代短篇小说《王娇鸾百年长恨》的文章，作者为裨治文。此篇文章并非裨治文对《王娇鸾百年长恨》自身文本的译介，而是介绍汤姆·罗伯聃于1839年发表的英译本。裨治文对罗伯聃的译本给予肯定，并选取其译文序言中的两段，附在文章最后。

《谢小娥传》的译介见于《中国丛报》第八卷第七期，译者为卫三畏。卫三畏译文所依据的版本乃是蓝鼎元所著《女学》，谢小娥的故事见于《女学》妇德篇中第八十九章。译者在译介这个故事之前，对古代中国为亲人复仇的习俗进行了简单介绍，并提及这种习俗因为法律的严格执行，在当今中国已经不存在了。

《红楼梦》的译介见于《中国丛报》第十一卷第五期，译者为郭实腊。郭实腊从《红楼梦》第一回女娲炼石补天开始讲起，继

---

① 萧相恺：《世情小说简史》，山西人民出版社2005年版，第1页。

而对《红楼梦》前四回的内容按照原书顺序进行了较为详细和准确的译介。但之后的译介中，译者认为故事开始变得错综复杂了，便不再循序渐进地按小说章回进行介绍，而是选取了小说中的一些情节进行个别译介。其中包括宝玉神游太虚境、元春才选凤藻宫、金钏跳井、宝玉挨打、宝玉祭晴雯等情节。与前四回的译介相比，译者对这些个别情节的译介不仅简单粗略且错漏百出。

《灌园叟晚逢仙女》的译介见于《中国丛报》第二十卷第五期，译者其实是介绍帕维1839年于巴黎出版的《中国故事与小说选译》一书，并对该书中《灌园叟晚逢仙女》一篇进行了详细介绍。

除了历史演义小说、神怪小说、世情小说外，《中国丛报》还刊载了一系列有关道德劝谏及中国人智谋的译介文章。这其中有《二十四孝》《女学》《明心宝鉴》《醒世宝言》《智囊补》等，在此不一一赘述。

近代来华传教士在《中国丛报》上对中国古典小说的译介有的具有首发性。如《中国丛报》1842年4月刊载的郭实腊对《聊斋志异》中9篇小说的译介，是目前所知《聊斋志异》最早传入西方的文章，而同年5月，《中国丛报》中刊载的郭实腊对《红楼梦》的译介，虽然存在不少明显错误，却是《红楼梦》第一次被介绍给西方读者；历史演义小说《大明正德皇帝游江南》《南宋志传》等也是经由近代来华传教士之手，第一次被介绍到西方；《三教源流搜神大全》《历代神仙通鉴》等神怪小说也是目前所知由近代来华传教士最早译介到西方的。另外，一些古典小说的译介虽非首译，但传教士在《中国丛报》上加以进一步介绍，使西方读者对中国古典小说的了解更加全面完整。如新教传教士马礼逊（1782—1834）曾对《三国演义》有过论及，但马礼逊只有"首倡之功而乏译介之力"，①汤姆斯在《亚洲杂志》上曾发表有关

---

① 王燕：《马礼逊与〈三国演义〉的早期海外传播》，《中国文化研究》2011年（冬之卷），第206页。

《三国演义》的片段译文,即《著名丞相董卓之死》,但二人对《三国演义》的介绍都称不上完整详细。《中国丛报》第七卷第五期郭实腊对《三国演义》译介篇幅较长,对其一书进行了整体性译介,美魏茶于《中国丛报》第十卷第二期发表的《三国演义》中所载"黄巾起义"故事的译文,以及第十二卷第三期对《三国演义》一书中英雄之一诸葛孔明的介绍,皆较为详细,卫三畏则曾对《三国演义》第一回中"桃园三结义"的故事有详细介绍。

2. 译介目的与特点

(1) 译介目的

其一,为传教服务。

近代来华传教士在译介中国古典文学作品时,因其身份特征,总会自觉不自觉地带有宗教色彩。除了《中国丛刊》,传教士创办的其他刊物,如《教务杂志》(*The Chinese Recorder*),也曾刊载诸如《中国小说中的神学论和末世论》(1920)这样的文章,专门探讨中国小说中的宗教信仰,同时表明基督教的优越性。

《中国丛报》创刊之初,曾明确表示该刊目的之一即是传教:"人子的伟大之处在于把尘世当成是自己暂居的场所,现在,他将向更高处攀登,他指引人们应该去布道并教导他的同类,去把福音传给每一个生命。"① 这种传教意识尤以译介鬼神志怪小说之时为甚。

如《中国丛报》第十一卷第四期所载关于《聊斋志异》的译文,在开头用很长篇幅来说明中国民众信仰的道教和佛教是一种迷信,以此证明在中国传播基督教的必要性,即"除了基督教真理,没有什么能够把人民从这些迷信及梦魇的束缚中解救出来"②。且译者之后所选取的《聊斋志异》的九则故事也是为了服务于此前提出的观点。又如《历代神仙通鉴》的译文,译者并未对此书所

---

① *The Chinese Repository*, Vol. 1.1, p. 4.
② Ibid., Vol. 11.4, p. 204.

记载的神仙故事进行详细介绍,也未对此书进行过多评论,而是着眼于探究书中所包含的宗教色彩。译者在正式介绍该书之前说:"尽管多神教的荒谬已经被完全地承认了,但是这种多神论的印记很难从中国人的头脑中移除,他们仍旧坚持古老的迷信。只有上帝可以改变这种状态,并打开他们的心扉,使他们理解并发觉基督耶稣的真理。"①

其二,学习汉语。

近代来华传教士为了有效传教,达成与中国民众的沟通,一个亟须解决的问题便是突破语言障碍。而中国古典文学,成了传教士学习汉语的一个重要载体。

《中国丛报》第八卷第七期《学习中国语言》一文,给初学者推荐了9种书籍,其中文章在介绍《好逑传》时说:"这是一部通俗流行小说,作者以通俗易懂的风格写成,全书主要由简洁的叙述与对话构成,非常容易理解,包含了大量正处于学习中文阶段的学生急需掌握的语汇。"②《大明正德皇帝游江南》译文最后写道:"汉语的初学者,能够容易且较好地读懂此书,与那些使语言学习者感到苦恼的经典书籍相比,这本七卷本的小说能够给其带来益处。"③《南宋志传》译文最后也写道:"这本书非常适合学习者,最优秀的汉学家也可以从这本书中学到风格流畅的写作秘诀。"④《王娇鸾百年长恨》译文中介绍了传教士学习汉语的一些情况,并倡导西人借助中国文学作品去学习汉语:"我们真诚地希望,在中国的每一个外国人,闲暇时间,能够学习并提高自己的汉语水平。尽管汉语学习很难,但一旦学成,将令人愉快,并十分有益——黄小姐的故事是中国人浅易作品的一个范本。"⑤ 另外,《中国丛报》

---

① *The Chinese Repository*, Vol. 7.10, p. 507.
② Ibid., Vol. 8.7, p. 343.
③ Ibid., Vol. 9.2, p. 73.
④ Ibid., Vol. 11.10, p. 540.
⑤ Ibid., Vol. 8.1, p. 54.

第十一卷第五期刊载的《红楼梦》的译文也在结尾部分谈道："如果给这个冗长乏味的故事作一个总结，就该书的文学成就表达我们的观点，那么我们可以说运用北方诸省上流阶层的直白口语，其文体毫无艺术性可言……但读完一卷后，其语感很容易把握，无论谁想熟悉北方官话的表达方式，都可以精读这部小说以汲取营养。"①

其三，构筑"中国形象"。

近代来华传教士在译介中国古典小说时，除关注文学本身之外，也借助译介中国小说来展现"中国形象"。他们借助历史小说来了解中国历史，借助神怪小说来了解中国宗教信仰，借助世情小说来了解中国风土人情。

譬如，在译介《大明正德皇帝游江南》时，译者说："这本书涵盖了正德统治期间前六年的历史，且此书与历史相当的符合，不过要比枯燥无味的历史细节有趣得多。"②又如，在《灌园叟晚逢仙女》译文开头，译者写道："搜集这些故事，以为了说明这个国家的民族特征及历史或者是道德规范。"③郭实腊在谈及中国佛教时，曾以《香山宝卷》一书加以补充说明，并借《历代神仙通鉴》一书，来介绍中国民众的道教信仰："对中国和中国人最有分量的评价往往是出自官员和传教士之手……传教士的机会要多一些，他们与人民的交往要多，而且向他们提供情况的人与统治者们没有多少联系，但是，从他们自己的立场上，所能见到的中国人又与绝大多数其他观察者的角度不同。"④

（2）译介特点

其一，有意误译。

就翻译策略而言，《中国丛报》的译者们常常采取今日所谓

---

① The Chinese Repository, Vol. 11.5, p. 273.
② Ibid., Vol. 9.2, p. 73.
③ Ibid., Vol. 20.5, p. 225.
④ ［英］约·罗伯茨：《十九世纪西方人眼中的中国》，蒋重跃、刘林海译，中华书局2006年版，第7—8页。

"有意误译"的手法。有意误译通常是指译者为了迎合本民族读者的文化心态和接受习惯，对原著加以删节、补充或改写，不拘原文句段。晚清时期，因为中国传统小说与西方小说的不同，原封不动的直译往往被斥为味同嚼蜡，故林纾采用有意误译的翻译策略，这成为林译小说中的特色。《中国丛报》译介中国小说，远早于林译西方小说。其中译作或者增添原作中所没有的内容，或者减少原作内容，目的是解除读者阅读障碍，以便于读者更好地理解作品。这种"创造性叛逆"，是值得肯定的，主要体现在以下三点。

①夹译夹注

所谓增添，常表现为夹译夹注，即译者在对原文的译介中常夹杂自己的注释和评论。有时是对书中人物情节的进一步说明，有时是对某一现象的进一步阐释。特别值得一提的是，译者还常常借用西方读者熟识之人/物，通过对照比附，加深读者的理解。

在《中国丛报》第十卷第二期译介黄巾起义的故事中，有多处对人物身份的进一步说明。如在译介刘备等人青州大胜黄巾军，后又前往广宗帮助卢植时，译者对卢植的身份进一步说明："刘备曾经的导师，且是我们之前提及的中郎将中的一位。"①

译者在注解书中人物时，常会用西人熟知的人物对书中人物加以比附说明。如同样是黄巾起义译文，译者在提及曹操时说："曹操（被一位西班牙作家称作'中国的波拿巴'）"②，如此便使西方读者更易了解曹操在当时的才干与地位。与此类似，在《中国丛报》第七卷第六期刊载的《五虎平南后传》译文中，译者把段红玉比作是法国少女英雄贞德。③ 又如第十一卷第五期《红楼梦》译文在开篇译介原书第一回时说："作者在多次申明无力使主旨正确无误后，像《纽约外史》一样，从世界的创造，开始了他的故事。

---

① *The Chinese Repository*, Vol. 10.2, p. 101.
② Ibid.
③ Ibid., Vol. 7.6, p. 283.

即曾经有个人，被称为女娲，至今也不能确定其是男是女，顺便提一句，有些作者认为，他们已发现女娲很像我们的母亲夏娃。"①译者把《红楼梦》与华盛顿·欧文的《纽约外史》进行比附，把女娲比作是西方的众生之母夏娃。这样的对比性注解，显然更易于使西方读者理解。

《中国丛报》第十卷第六期关于玉皇大帝的介绍一文，译者在开头写道："在以前的年代，有一个国家名为光严妙乐（极为庄严同时又有巨大的快乐），国王名叫净德（纯粹的道德），当时国王有一王后，名叫宝月光（宝石一般的月光）。"②译者在括号中对相关内容加以进一步阐释，这样两相结合，既不失原作的特色，同时也能帮助读者理解其含义。

此外，译者也会针对某一现象或某一事件作进一步的阐释，以帮助读者了解相关内容。如《中国丛报》第十卷第二期有关黄巾起义的译文，译者在译介到刘备等人与张宝大战时，便对张宝作法这一现象进一步说明："张宝通过法术（制造出一场风雷交加的风暴，从天空中引出一朵乌云，乌云中出现无数英勇的勇士）。"③

②增加对人物的心理描写

另外，《中国丛报》中的译者们在译介过程中，常常会揣摩并增加原作中没有提及的人物心理描写。

如《中国丛报》第九卷第二期《大明正德皇帝游江南》译文，译者在译介小说第二十二回"梁太师入宫候主，张太后敕令寻儿"时，便增加了一处对正德皇帝的心理描写。小说此回讲述正德皇帝与周勇二人在游玩江南途中，遇到钱青妻女，听闻知县钱青因未献礼金予新巡按魏文光而被迫入狱，遂向钱青妻女承诺要搭救钱青。后正德与周勇君臣二人回到住处，谈及外省之官，多有难为下属之

---

① *The Chinese Repository*, Vol. 11.5, p. 266.
② Ibid., Vol. 10.6, pp. 305—306.
③ Ibid., Vol. 10.2, p. 102.

事，遂将此事用笔存录，放在身边。小说作者写到此处时，并未对正德皇帝的心理进行一番描写，但译者在此处时写道："在欺骗和谎言遍及的时代，正德为自己走的这一步而感到骄傲，因为他能够更好地治理这个国家了。"① 另第十一卷第十期《南宋志传》译文，译者在译介小说第四十四回"符皇姨彩楼招亲　赵匡胤陈桥兵变"，即赵匡胤部将直入赵匡胤帐前，拥立赵匡胤为皇帝，并将黄袍披在其身上的情节时，对赵匡胤的心理也进行一番描写："尽管赵匡胤内心深处喜欢这件事，但在表面上他还是继续抗拒，直到最后勉强屈服。"②

中国古代小说普遍缺乏心理描写，西方小说则注重个体内心关照，因而呈现出不同的审美特征。译者在原作基础上加上心理描写，使得人物形象更加完整生动，也便于西方读者对人物的进一步了解。

③化繁为简，紧扣主题

传教士在译介过程中还常采取化繁为简的方法，对一些故事情节一笔带过，目的是紧扣所译主题，抓住情节中心。

如在《中国丛报》第十卷第二期黄巾起义的译文中，译者在提及刘备、关羽、张飞三人桃园三结义的情节时，仅仅简单译介道："这次会面的结果是，三人订立了一份庄严的盟约，互相支持以维护汉室的利益，保持思想和行动的统一。"③ 又如第十二卷第三期关于诸葛亮的译介一文，译者在译介过程中紧紧围绕诸葛亮这一中心，重点关注诸葛亮自身的语言、心理，对其他人物做的事抑或说的话，则往往不提或仅仅简单概括。如诸葛亮最后一次北伐前，后主刘禅及大臣谯周都曾劝其不要兴兵，但译者对刘禅的劝说只稍加提及："少主希望孔明能够享受闲适的生活，并且给这一方

---

① *The Chinese Repository*, Vol. 9.2, p. 70.

② Ibid., Vol. 11.10, p. 539.

③ Ibid., Vol. 10.2, p. 100.

土地带来一季的和平，但孔明并未遵从，他说……"①译文直接过渡到诸葛亮对自己出兵决心的表态，且丝毫未提其间谯周的劝说。而对原书中一些描写战争的场面，译者在译介过程中常常把战争的细节压缩精简，甚至不提。如《南宋志传》第三十八回"赵匡胤议伐南唐 李重进智胜唐师"至第四十二回"赵匡胤兵渡涣水 周世宗平定南唐"，讲述周伐南唐，最终平定南唐的故事，原书共近五回的内容，译者对此却极为简单地介绍道："战争持续了很多年，战争所带来的损失和利益近乎持平。"②翻看传教士的译文，我们发现传教士译者在译介文学作品时，常常会简化与文章中心主题无关的细节，而凸显原书作者想要传达的内容，而译者在处理此类情节时，也往往能够做到剪裁得当，主题突出。

其二，关注道德教化主题和宗教内容。

近代来华传教士在译介中国古典文学时，对文学作品中蕴含的道德教化主题表现出了强烈的兴趣。如在《中国丛报》中，传教士对《二十四孝》《女学》《明心宝鉴》《醒世宝言》《百忍歌》等道德色彩浓厚的作品不遗余力地进行了翻译，并对书中所描写的道德故事表现出认同。如《女学》译者在介绍该书时说："当我们在中国形而上学家的著作中发现正确的道德科学的原理和痕迹时，我们感到高兴"，并表明，"我们不属于不恰当地歌颂中国人，并赞扬他们没有基督福音的眷顾也能取得各种成就，但是我们希望展现，在独处的环境中，他们也拥有很多好东西。"③但与此同时，中国文学作品中所蕴含的道德主题并非皆得到传教士的认同，通常此时他们在译介时便把话题转移到基督教，并进一步指出只有基督教才能纠正这些罪恶。

除了道德教化主题，近代来华传教士基于自身宗教立场，对所

---

① *The Chinese Repository*, Vol. 12.3, p. 130.
② Ibid., Vol. 11.10, p. 538.
③ Ibid., Vol. 9.8, p. 538.

译介作品中含有的宗教内容也给予了特别关注。如《中国丛报》第十一卷第十期《南宋志传》译文，译者对作品中许多战争场面和故事情节交代极简，却对作品原有的宗教内容进行了较为详细的介绍。原书第二十九回"晋主澶州会匡胤　太祖南郊祭箕星"，讲述周太祖郭威梦游澶州，经过城下，被一红脸之人射一箭，正中其左肩，醒来左肩果觉疼痛。周太祖这一场梦，恰与数日前晋王与匡胤等人在澶州时，发生水势涌起，黄龙出现，匡胤用箭射中黄龙左肩一事相合。后匡胤与郑恩前往戏龙楼游玩，又遇之前在澶州所见黄龙，匡胤用棍棒打黄龙，正中黄龙腰间，而这又与太祖梦游戏龙楼，被一身穿绿衣之人棒打一事相合。太祖醒来，自觉满身疲倦，不久便驾崩了。黄龙显然便是周太祖郭威，而红脸和绿衣之人即是匡胤，这一情节带有浓厚的宿命论，宗教色彩较浓。译者在译文中，对这两件事情都有详细交代。此外，传教士在译介神怪小说，如《历代神仙通鉴》《三教源流搜神大全》《聊斋志异》等时，更是重点关注了书中所描写的中国民众的宗教信仰。这种关注的原因，正如《历代神仙通鉴》的译者所说："我们希望如实地去探索中国人的宗教观念，无论这种观念有多么的荒谬。我们努力地去探究，以便我们能够知道我们自己到底是和哪种异端在斗争。"①

3. 译介之不足

近代来华传教士作为中西文化交流的媒介，无疑为中国文学的西传作出了积极贡献。但在译介过程中，也存在诸多不足。

(1) 整体客观公正，细节错误频现

近代来华传教士对中国古典小说的译介大多能够做到客观公正，这种客观公正在传教士译介的历史演义小说中体现得较为明显。他们在译介此类小说时，不仅对原著情节的叙述较为准确，对其文学史地位也有较恰当认识。

但与此同时，我们在其译介中也能看到东西方文化差异给译者

---

① *The Chinese Repository*, Vol. 7. 10, p. 507.

带来的困惑以及由于译者没有完全读透原著而导致一些错误的出现。比如《中国丛报》第七卷第五期《三国演义》译介文章中的结尾部分讲道："我们进一步深入作品，知道越多的情节，就越感到愉悦。但由于有许多人物的名字和地名要避讳，所以常常会令人感到疑惑。许多章节枯燥无味，充满大量重复，而另一些章节则除了编号、军队的行进、撤退外别无实质性内容。"①《五虎平南狄青后传》译文在介绍狄青与妻在十月小阳春的某夜于楼上饮酒时，由于文化差异，译者在此对十月小阳春理解有偏差，以致出现错误。在中国夏历中，十月小阳春是指立冬至小雪节令这段时间，一些果树会开二次花，呈现出好似春三月的暖和天气。但译者在译文中把此理解为"在一个晴朗的夏日夜晚"②。

　　除此之外，在这些传教士的译文中，我们也看到了较为普遍的细节上的错误。如《中国丛报》第十二卷第三期介绍诸葛亮的译文，译者在译介到《三国演义》第一百三十回关于魏延扑灭主灯这一情节时，错把魏延的错失当成是诸葛亮自己的失误。《中国丛报》第十一卷第十期《南宋志传》译文，也存有类似错误，如原书第一回在介绍到赵匡胤出生时，曾提到明宗曾每晚在宫中焚香向上天祈祷，希冀上天能够早生圣人。而译文却把明宗的祈祷错当成了匡胤母亲的，译文写道："他的母亲长时间地向上天祈祷，以确保自己能够生一位圣人。"③ 又如《中国丛报》第十一卷第五期刊登的《红楼梦》译文在介绍宝玉神游太虚幻境这一情节时说："我们最终发现了红色闺房中的一个梦。主人公是宝玉女士（lady Páuyu）。在睡梦中，她遇见了一位仙女，并被很快带入了太虚幻境。"④ 在此，译者甚至弄错宝玉的性别，将其当作女子。美国学者韩南教授在《中国近代小说的兴起》一书中曾提及

---

① *The Chinese Repository*, Vol. 7.5, p. 249.
② Ibid., Vol. 7.6, p. 282.
③ Ibid., Vol. 11.10, p. 530.
④ Ibid., Vol. 11.5, p. 268.

郭实腊的这一错误，韩南说："要不是他硬着头皮看了前几回之后就失去了耐心，他对《红楼梦》的记述可能也很有价值。可是郭实腊不愧为郭实腊，他并没有把这部书搁在一边，而是勇往直前——甚至把主人公的性别弄错（'宝玉女士'），使自己落下了永久的笑柄。"①

（2）带有功利目的，忽视文学价值

近代来华传教士基于学习汉语及传教等功利目的的译介，有时也会导致其译介对中国古典小说文学价值的忽视。

一方面，近代来华传教士带着学习汉语的目的去译介中国古典小说，常常会侧重作品的语言价值，而忽视作品本身的内容和文学价值。如郭实腊于《中国丛报》第十一卷第五期发表的《红楼梦》译文后面认为，《红楼梦》一书的语感容易把握，对于熟悉北方官话的表达方式也很有帮助，但该书的文体无艺术性可言。

另一方面，传教目的也会令传教士在译介时，贬低或是忽视文学作品本身的价值，这在神怪小说的译介中体现得尤为明显。如《中国丛报》第十一卷第四期所载郭实腊《聊斋志异》译文，主要是探究中国民众的宗教信仰。译者在论述该书的文学成就时仅仅一笔带过，并提及类似《聊斋志异》这类书籍的负面影响，认为："中国人在闲暇时喜欢阅读这样的作品，并开怀大笑，尽管最初装作并不相信它们。然而，他们的迷信思想却从中得到滋养，以至于他们永远不可能完全从这些迷信梦魇中解脱出来。"② 又如《中国丛报》所刊载的其他神怪小说的译文，如威廉·斯皮尔所译《历代神仙通鉴》，介绍了该书关于基督教的记载；叔未士、卫三畏及詹姆斯·裨治文等人分别选取《三教源流搜神大全》一书中所载中国民众信奉的诸神故事进行了翻译。这几篇译文有一个相同点，

---

① [美]韩南：《中国近代小说的兴起》，徐侠译，上海教育出版社2010年版，第68页。

② *The Chinese Repository*, Vol. 11.4, p. 204.

即译者就小说本身价值不作评论,只关注故事本身的宗教性。且《中国丛报》总索引中,编者把这两本小说归在"异教崇拜"一类,而不是归为语言文学类,说明编者本人也未把两本小说看成文学作品。如果说《历代神仙通鉴》和《三教源流搜神大全》这样原本宗教色彩就极浓的小说,被归为信奉异教类还情有可原的话,那么像《聊斋志异》这样一部在中国文学史上享有盛誉的文言短篇小说集,也被编者归为此类,便可说明不仅译者郭实腊未能认清该小说的价值,编者卫三畏也持相似的立场。

"近代中西交往的特殊历史条件决定了中西文化交流无法在最高层次上通过双方最优秀的学者来进行,而只能借助传教士之手,从这个意义上说,由传教士承担西学东渐的任务是历史的必然选择。但这并不意味着传教士是完美无缺的传播主体,历史的选择虽然是唯一的,但不一定是尽善尽美的。"① 此番话似乎同样适用于传教士所承担的中学西渐任务。近代来华传教士以《中国丛报》为平台,较为深入广泛地译介了中国古典小说,其中包括历史演义小说、神怪小说、世情小说等,为中国文学的西传作出了积极贡献。正如学者所言:"《中国丛报》的创办,推动了国外汉学研究的发展,该刊不仅注重中国实际问题研究,同时又以大量篇幅,介绍发表了研究中国古典诗歌、散文、古代历史、文字、哲学、艺术和宗教等的文章,介绍中国清朝以前各个历史阶段的不同人物,是近代西方汉学研究又一典型。"②

传教士译介中国小说,其目的是复杂多样的。其中既有传教驱动,也有语言学习和构筑中国形象的动机。而在译介过程中,《中国丛报》的传教士译者也采取了诸多翻译策略,特别是有意误译这一饶有兴味的方式。无论是增添还是减少,均体现出翻译这一事件超越单纯语言层面的丰富的文化内涵。有意误译也充分表现出传

---

① 王立新:《美国传教士与晚清中国现代化》,天津人民出版社1997年版,第472页。
② 何寅、许光华:《国外汉学史》,上海外语教育出版社2002年版,第290—291页。

教士在译介活动中的主动性和创造性。

当然，由于对中国文学缺乏足够精深的了解，以及囿于传教动机等因素，《中国丛报》的传教士在译介中国古典小说时，也出现了诸多细节上的无意误译。

但无论如何，作为中西文化交流中一个特殊的群体，近代来华传教士们借助译介中国古典小说为中国文化的西传所作出的努力，值得我们继续关注并深入探究。

四 几位传教士汉学家对中国古典文学的译介

近代来华新教传教士中，涌现出了包括理雅各、卫礼贤、丁韪良等在内的著名传教士汉学家，为汉学研究作出了自己的重要贡献。近年来，有许多学者在这些领域辛勤耕耘，收获颇丰。

（一）理雅各

19世纪来华的新教传教士中涌现出一批杰出的汉学家。近代来华的传教士中，精通中国古典文化并致力于将中国文化介绍到西方去的，最负盛名的要算英国新教传教士理雅各（James Legge，1815—1897）。自1841年起他从事中国古典文化的研究，开始英译儒家经典。自此之后的25年间，他陆续翻译出版了《论语》《大学》《中庸》《孟子》《春秋》《左传》《礼记》《书经》《孝经》《易经》《诗经》《道德经》《庄子》等中国古典名著的英译本。他坚持基督教与儒家思想有共同之处的观点，并劝诫来华传教士理解中国传统文化，借此达到传教的目的。至1886年，理雅各已基本上译完"四书""五经"，共达28卷之多。而且，因其采用英汉对照和详加注释的方法，使其译本具有重大的学术价值和权威性，至今仍被视为标准英译本。1876年，理雅各受聘为牛津大学第一任"中国学"讲座教授，其间又出版了大量有关中国思想文化的著译作品，这些译介和研习，大大促进了中国思想文化对西方现代哲学、伦理与文学思想的感染和影响。①

近几年，以杨慧林教授为代表的一些学者从"经文辩读"视角，以理雅各英译《道德经》为切入点，运用西方"经文辩读"理论及神学诠释学方法，对理雅各的汉语经典译介做出了富有理论创新价值的解读。②

"经文辩读"（Scriptural Reasoning）源自 20 世纪 90 年代初期当代圣经研究中一批犹太学者倡导的"文本辩读"（Textual Reasoning），近年来弗吉尼亚大学著名犹太学者彼得·奥克斯和剑桥大学著名神学家大卫·福特、丹尼尔·哈德等于 1995 年成立"经文辩读学会"，并在剑桥大学实施"剑桥跨信仰研究项目"（the Cambridge Inter-Faith Programme），聚合了一大批从事犹太教、基督教、伊斯兰教神学研究的学者从事"经文辩读"研究，使之成为一种新型的神学诠释理论与实践。这些学者主张跨越文化与宗教分野，对基督教《圣经》、犹太教《塔木德》、伊斯兰教《古兰经》等宗教经典进行并列研习辩读，进而对基督教、犹太教、伊斯兰教等宗教经文展开比较性研究。但目前欧美学界的"经文辩读"主要局限于亚伯拉罕传统，以杨慧林为代表的中国学者将西方的"经文辩读"理论与实践进行创造性的转换，以寻求对中西经典文本翻译进行跨文化的理解与诠释，这是一种多元化的寻求智慧的有效途径。

尽管理雅各的译介主要集中在中国文化典籍方面，但在这其中，也包括他对包括《诗经》《楚辞》等在内的中国古典文学的涉猎。随着"经文辩读"的深入开展，相关的文学研究也可以借鉴其有关成果，展开更加深入的研究。

---

① 参见卓新平《基督宗教论》，社会科学文献出版社 2000 年版，第 327—329 页。
② 2009 年，杨慧林教授先后在《长江学术》《中国文化研究》《河南大学学报》等刊物上发表文章推介西方学界"经文辩读"的理论与实践。

（二）卫礼贤

卫礼贤（Richard Wilhelm，1873—1930）是西方19—20世纪来华传教士中精通中国传统文化中的一位，也是20世纪对德国文化与社会影响最大的汉学家。1899年，他以德国同善会传教士的身份来山东传教，随之对中国传统文化产生兴趣，先后在青岛创办礼贤书院和尊孔文社，开始其德译包括《论语》《道德经》《庄子》等在内的中国古代经典的工作。这些译著的译文质量较高，成为中国经典德译本的权威版本，迄今仍不断再版发行。1924年他返德任法兰克福大学"中国学"讲座教授，于1925年建立德国第一个中国研究所，创办《中国学》（Sinica）杂志，大量译介中国古典作品。①

卫礼贤除了译介中国儒家经典，也译介了众多中国文学作品。在其所编《中国民间童话》（英译为《中国神话故事集》）中，卫礼贤从中国众多故事中选译了74个故事，并分属于"童话故事""诸神传说""圣人和术士故事""自然和动物故事""鬼故事""历史传说""文学神话故事"七个系列，较全面地呈现出中国神话故事的丰富性。为了便于西方读者理解，通常在每则故事后面都加有一段简短的注释，对某些中国特有的事物、风俗或者文中较难理解的词语等加以说明。比如第一部分"童话故事"第一则故事源自《太阳山》，后面的注释中指出"Roc"（巨鸟）在汉语中被称作"Pong"（鹏），故事中小岛上的珠宝被称作"各式各样黄色和白色的物体"，是因为故事中的弟弟不知道那是金子和银子。在最后一部分"文学神话故事"中，卫礼贤共节译了包括《薄情郎》（《三言二拍》之"金玉奴棒打薄情郎"）和《心猿孙悟空》（《西游记》）等在内的五个故事。②

---

① 参见卓新平《基督宗教论》，社会科学文献出版社2000年版，第329—331页。
② *The Chinese Fairy Book*, edited by Dr. R. Wilhelm, translated after original sources by Frederlck H. Martens, New York Frederick A. Stokes Company Publishers, 1921.

在卫礼贤德译出版的《会真记》中，他介绍了《会真记》演变为《西厢记》的背景情况，并且称王实甫的《西厢记》与歌德的《少年维特之烦恼》一样，都是全世界人民所喜爱的作品。

此外，卫礼贤还编著有《中国诗歌集》《中国文学手册》等，为中德思想文化交流做出了重大贡献。卫礼贤的《中国文学手册》是西方系统研究中国文学史的最早著述之一。他在书中论述了儒家思想与中国文化的关系，按照梁启超的理论思路分析了南北文化的不同哲学背景及不同地域特色。他认为，南方文化的代表为老子，处于中国文化的亚文化或从属地位，而南方文学的精品则为屈原的《楚辞》及其文学传统。南方文化与以孔子为代表的北方文化即华夏主体文化（黄河文化）在许多方面都迥然相异、各有千秋。他还指出道家超脱逍遥之境和佛教禅学奥秘之思对中国诗歌发展的影响，并对中国文学的时空观与西方文化传统进行了比较鉴别。这些细微精当的分析研究，使卫礼贤享有盛名，成为德国"中国学"界的泰斗。①

（三）丁韪良

丁韪良（William Alexander Parsons Martin，1827—1916），受美国长老会委派来华传教，在华生活时间长达60余年，足迹遍布大半个中国，亲身参与或见证了近代中国历史上发生的一系列重要事件，是近代中西文化交流史上的重要人物，也是19世纪著名的汉学家之一。丁韪良的汉学研究涉猎广泛，包括中国语言、文学、宗教、历史等诸方面。

丁韪良对中国神话传说和抒情诗的译介最早见于他在《新英格兰人》《中国泰晤士报》《教务杂志》上发表的文章中，也散见于其文集《翰林集》第一编中。1894年丁韪良首次将他英译的中国神话传说与抒情诗连同自己创作的诗歌共32首结集为《中国的

---

① 参见卓新平《基督宗教论》，社会科学文献出版社2000年版，第329—331页。

神话传说以及杂诗》出版。1912年他又将他历年翻译、创作的传说以及抒情诗53篇结集为《中国的神话传说与抒情诗》出版。该书最有价值的是第三、第四部分中译介的中国民间传说和历代抒情诗。在译介中国民间传说时，他特别重视其中的女性描写，如《红丝线》中的薛仁贵之妻、牛郎织女的传说、《铸钟奇闻》中跳钟救父的铸钟匠的女儿等；他也是最早将花木兰的故事译为英文的外国人，并将花木兰比作法国的女英雄贞德。在译介中国的抒情诗时，丁韪良关注那些能表现中国人情感、想象力以及道德诉求的抒情诗，并特别留意中西诗歌主题以及手法的比较，如将西汉政论家、文学家贾谊的《鹏鸟赋》与美国著名诗人爱伦坡的著名长诗《乌鸦》相比较，开创了中西比较文学研究的先河。丁韪良在中国文论方面也颇有建树，他对中国文学作品的评论广泛涉及散文、诗歌、寓言、善书等。如在《中国诗歌》这篇文章中，他阐述了中国诗歌的起源、形式以及抒情诗的发展史。在《中国本地的劝善书》（The Native Tract Literature）一文中，他则发表了对中国善书的看法并论及了19本善书。①

五 来华新教传教士创办的《女铎》月刊及《女铎》小说研究

（一）《女铎》及《女铎》小说概况

《女铎》早期刊名为《女铎报》。1912年，广学会在美国女传教士亮乐月（Miss Laura M. White）的主持下创办了《女铎报》，并得到基督教妇女会等国际机构的支持。1942年停刊1年，1944年复刊，1951年停刊，前后刊行近40年，行销100余万份，是民国时期较有影响的一个宣扬基督教义、提高妇女道德、灌输新知识

---

① 参见王文兵《丁韪良与中国》，外语教学与研究出版社2008年版，第378—395页。

的妇女刊物。第一任主编亮乐月任职达20年之久，1921年因病回国后，继任主编包括加拿大传教士季理斐夫人（即季师母，Mrs. Donald Mac Gillivray）、亮乐月学生刘美丽等。

《女铎》设置的主要栏目有家政、学术、道域、说部、坤范、文艺、时事、戏剧等，其中刊登的小说无论在思想上还是艺术上，都有可称道之处。

有学者考察，在1898—1922年，以《女铎》为中心发表译作的女性译者群体约有19人，她们中既包括一些从事文学翻译活动的西方来华新教女传教士，如美国女传教士亮乐月、狄考文夫人（即狄丁氏，Ada Haven Mateer 或 Mrs. Calvin Wilson Mateer）和加拿大传教士季理斐夫人等，也有一些教会学校的中国女学生，如亮乐月在南京汇文女子大学堂的学生李冠芳、袁玉英、周澈朗等。《女铎》报创刊后就积极进行外国文学的译介活动，刊登了大量西方文学作品的译作。以亮乐月和季理斐夫人为代表的《女铎》报译者群体翻译的英语作品有50种之多，还译介了不少出自英美名家之手的著作，如莎士比亚、查尔斯·狄更斯、乔治·艾略特、霍桑、马克·吐温等。①

1930年代初，《女铎》文学作品逐渐开始从翻译为主到创作为主的转型。1930年4月《女青年月刊》（第9卷第4期）刊登了一则《女铎月刊启事》，当时任女铎社主任的李冠芳在启事中称：《女铎月刊》此前内容译述多于创作，此后将在编辑方面力加改变，以创作为主体、译述为辅助，务使各种文字及材料含有时代色彩，适合一般读者之心理，所刊将包括与妇女问题家庭问题有关的各种社论、小说、戏剧、诗歌等。这一方针在此后的《女铎月刊》中得到了贯彻，从"文艺栏"中便可看出。此前，仅有一些旧体诗词，此后，逐渐加增各种文学体裁，包括小说、戏剧、新体诗

---

① 朱静：《清末民初外国文学翻译中的女译者研究》，《国外文学》2007年第3期。

等，且无论在数量还是质量上都有所提高。

从第 23 期第 6 册（1934.11）刘美丽担任主编开始，《女铎月刊》在文学创作和翻译上更加活跃，其中不乏精彩之作。如署名"齐"的《知足常乐的秘诀》（第 23 卷第 6—7 期）、《圣诞的前夜》（第 23 卷第 7 期）；署名"丽"的《爱情的重担》（第 24 卷第 1 期）、《珠还》（第 24 卷第 2 期）、《一阵狂风》（第 25 卷第 5 期）；署名"萍"的《各得其所》（第 24 卷第 3 期）、《银茶壶》（第 24 卷第 4 期）、《婚后的伤痕》（第 24 卷第 6 期）；署名"华"的《五分钟》（第 24 卷第 7 期）、《小天使》（第 24 卷第 8 期）；署名"瞿超男"的《母亲》（第 25 卷第 8 期）、《小妈妈》（第 25 卷第 9 期）、《继母》（第 25 卷第 10—12 期）；署名"卫雯"的《小风波》（第 25 卷第 10 期）、《老处女》（第 25 卷第 12 期）等。

除了在《女铎》上发表的小说之外，与《女铎》有关的其他小说如 1929 年 12 月由署名为"女铎报同人"编辑出版的小说集《战胜习俗》，共收入《陈医生》《战胜习俗》《一个匪徒的故事》《在临门庙中》《学潮回忆录》及《五百元的积蓄》6 篇小说。如编纂者所言："多数在中国现今发行的小说欧化十足，不是抄袭，就是择译，弄的非驴非马，令读者看的头痛。但本书不然，这是本创作，完全以中国为背景，有英雄，有土棍等。其描写书中人物的问题，奋斗、胜利等异常深刻，不似闭门造车者流。同时给那些同等境遇的人，可以取法于书中青年解决问题的方法。"①

特别值得一提的是 1935—1939 年，广学会出版了三辑《女铎小说集》，在短篇小说方面取得了较为突出的成绩。

1935 年，精选《女铎月刊》中精彩之作的《女铎小说集》第一辑出版，广告中称"有创作的，有翻译的，然而大都暗里含有道德的教育。《女铎小说集》所编选之小说，以五六千字，文笔流畅，思想高尚，滋味浓厚为主。第一辑所选的，计有十篇，都是精

---

① 女铎报同人：《战胜习俗》，上海广学会 1929 年版。

采的作品。"① 1936 年 9 月《女铎小说集》第一辑再版，1941 年还出版了第四版。《女铎小说集》第一辑的具体篇目包括《村女意外奇缘》《罗弟的蓝布衫》《碧仙的婚史》《母爱》《老宋的卖买》《萧老头子的女儿》《不了之情》《苏玲的一件奇事》《狗与蘑菇》《圣乐》10 篇。

1936 年，《女铎小说集》第二辑出版，编者在广告中介绍道："小说是时代社会的反映，是各色人类生活的缩影，不是谈哥儿，妹儿的胡调。要使读者了解社会的一切，留给他们最好的印象，这才是一本成功的小说。作者感觉到现时女子之浮华，不顾实际，以致夫妇间，婆媳间，同事间，朋友间常发生种种问题和误解，演成各方不安宁的现象，才用她灵活的笔描写出来，警惕世人。全书共有十一篇最有趣味的短篇小说。篇篇精炼，技巧纯熟。……各篇使读者阅后，都有余味。诚是一部美好的作品。"②

1936 年 9 月初版 1200 本，1937 年 4 月再版 500 本。《女铎小说集》第二辑的具体篇目包括《皇帝的新衣服》《杜老太太》《一只小猫》《各得其所》《爱情的重担》《被嫌疑》《五分钟》《小天使》《婚后的创痕》《银茶壶》《珠还》等 11 篇。

1939 年，女铎月刊社还出版了《女铎小说集》第三辑。扉页中介绍道："本小说集共有短篇小说十四篇，篇篇都很有精彩。爱好小说者读之，不特感觉无穷兴趣，即对于德性上亦有进益。"③ 1939 年 7 月初版 1000 本，1946 年 8 月再版 1000 本。《女铎小说集》第三辑的具体篇目包括《一阵狂风》《鹅》《一场返老还童梦》《奇妙的大门》《长姊》《魔鬼与面包》《情天补恨》《小妈妈》《到底几时你领我去拜访你的父母？》《圣母像前》《上帝知其实惟需等待》《他的需要比我的大》《我怎么送我的老父到养老院

---

① 《女铎月刊》1935 年第 24 卷第 7 期。
② 《女铎月刊》1936 年第 25 卷第 5 期。
③ 《女铎小说集》第三辑，1939 年。

去》《圣诞礼物》等14篇。

女铎小说所秉持的基本立场是为人生的严肃文学的，是力图为读者提供有益借鉴的。大多数作品没有明显的宗教宣传色彩，但细细品味，仍能在作品对生活的细致描摹和人生的深刻体察中，发现作者巧妙暗含的基督精神，显示了雅洁不俗的艺术品位和不着痕迹的成熟技巧。小说集出版后获得读者好评，并一版再版。

值得注意的一点是，三辑《女铎》小说中的每一篇都没有标注作者或译者的姓名，可见当时的版权意识极为淡薄。不过，有些作品从其中的人名、地名以及情节中，仍可以较明显地看出是译作，如《女铎》小说第一辑中的《村女意外奇缘》；第二辑中的《皇帝的新衣服》；第三辑中的《一场返老还童梦》《奇妙的大门》《长姊》《上帝知其实惟须等待》《我怎么送我的老父到养老院去》《圣诞礼物》等。

（二）《女铎》小说中的婚姻家庭观

《女铎》小说多涉及普通人的日常家庭生活，着力表现人与人之间的相互关爱，格调清新康健，字里行间或隐或显地透折射出基督教意识，其中尤为突出的是建立以爱心为基础的基督教婚姻家庭观。

从《圣经》中可以看出，婚姻家庭是上帝亲自设立的，具有神圣意义。① 在一个家庭中，妻子要顺服、敬重丈夫，丈夫则要爱妻子如同爱自己，甚至为其舍命。做儿女的要孝敬父母，做父母的则要养育子女，且不要惹儿女的气。② 尽管摩西律法允许人休妻，但耶稣传道时强调夫妻二人乃为一体，不可分开。③ 这些见于《圣经》中的教导，集中体现了以爱心为基础的基督教婚姻家庭观。

---

① 《圣经·创世记》2：24。
② 《圣经·以弗所书》第5—6章。
③ 《圣经·马可福音》10：1—12。

1. 婚姻家庭中各种关系的展示

在《女铎》小说中,我们可以看到基于爱心的各种婚姻家庭之关系,包括夫妻之爱、父(母)—子(女)之爱、其他家庭成员之间的爱以及与此相关的邻舍之爱等。

(1) 夫妻之爱

《女铎》小说中着力肯定了夫妻于日常生活中学习彼此包容,特别是褒扬了夫妻于艰难生活中的相亲相爱、不离不弃。例如:《女铎小说集》第一辑《罗弟的蓝布衫》中,生动地刻画了慕德和康烈这对年轻夫妻在因为给儿子买礼物一事上起争吵之后,各自反思,最后互相包容接纳的故事。《女铎小说集》第二辑中的《银茶壶》也写了爱芳和子云这对爱人,起先因为意见不合而起了争执,甚至反目,但第二天二人各自反省改变,重归于好。第二辑中《婚后的创痕》描写梅英刚结婚两个月,因为琐事和丈夫立本吵了一架,便满怀怒气准备离家出走。临走时,无意中从一个抽屉中发现了十几年前有关他人婚姻悲剧的一个秘密,使之重新思考自己的婚姻,最后她决定留下来。第二辑中《爱情的重担》描写了玛利和胡其杰夫妇二人患难中的真情。为了给丈夫做治疗失明的手术,玛利省吃俭用,并瞒着丈夫辛苦做事。后来因为得人慷慨相助,夫妻二人摆脱困境。故事尽管结尾有些理想化,但其中所贯注的真挚情感是动人的,那种夫妇间既要能共享安乐更要能共担患难的人生启迪也是发人深思的。第三辑中的《一阵狂风》描写金铭和唐煦这一对刚结婚才七个月的夫妻,因为家庭琐事产生误会,不能互相包容,唐煦一气之下离开家庭,在异地另谋职业。后来夫妻重逢,解除误会,重归于好。

(2) 父(母)—子(女)之爱

如《女铎小说集》第一辑中的《母爱》和《萧老头子的女儿》以深情的笔调刻画了平凡而伟大的母女之爱及父女之爱。《女铎》小说中特别值得一提的是婆媳关系的处理。在《圣经》中,体现婆媳关系的名篇《路得记》,刻画了婆婆拿俄米和儿媳路得之间感人的舍己之爱，这种舍己之爱也造就了婆媳二人各自的美好结局。《女铎》小说在处理这一家庭生活中的难题时，着力弘扬婆媳之间的相互包容与关爱，如此才会有稳定和谐的家庭气氛。比如《女铎小说集》第二辑中的《杜老太太》描写杜老太太在丈夫去世后，从南京搬到上海的儿子元一家中，虽然勤勉做家务并悉心照顾大宝二宝两个孙子，却一开始就受到不善持家而整体忙于外出看戏的儿媳珍妮的冷遇，令杜老太太颇为伤心难堪。即使元一孝顺且时常安慰，也不能除去不快。杜老太太后遇早年同学方老太太，家境富裕但寂寞寡居，故力邀杜老太太陪她同住，并按月贴补零用。在这过程中，珍妮性情逐渐改变，对婆婆也有感恩之意。后来天气转冷，方老太太决定带杜老太太一同去香港避寒，但临动身之前，大宝病重，珍妮恳求婆婆留下来，并为自己以往行为愧疚。小说最后描写杜老太太获得方老太太遗嘱中所赠香港的一处居所及一笔钱，恰好用于大宝的海边调养，儿子及儿媳也从中受益。第三辑中的《圣母像前》描写一位寡居的母亲凌夫人，本来期待儿子振声学成回国结婚之后，家庭美满幸福；但儿媳慧妍不满丈夫忙于公务，也不满婆婆的劝解，不仅不料理家务，而且成天外出消遣，甚至在与丈夫吵架之后，与别的男人在一起。不料与男友一同出了车祸，幸亏被凌夫人外出时发现，及时送到医院。凌夫人出于爱护，在振声前来医院探望时，隐瞒了慧妍的过失。慧妍良心发现，痛悔以往，并向婆婆请求谅解，自此开始有意义有价值的新生活。凌夫人以自己的宽厚仁慈，感化了骄横的儿媳，并积极修复儿子与儿媳的关系，一个家庭得以维持。

（3）其他家庭成员之间的爱

《女铎小说集》第三辑中的《小妈妈》描写佩德这个年轻的姑娘在母亲去世之后，自动承担起照顾父亲及其他弟妹的重担，成了全家人的"小妈妈"。为了照顾生病的妹妹，她放弃了与恋人法南的重要约会，导致二人关系疏远。最后，父亲娶了一位善良的护士做妻子，使佩德不必太辛苦，法南也主动道歉，佩德重获她的幸福。与爱所带来的家庭婚姻中的温馨相比，部分女铎小说也从反面揭示了若没有相互关爱和包容，家庭成员之间则会出现种种的矛盾和冲突。比如《女铎小说集》第三辑中的《鹅》，描写了一个心中抑郁充满怨恨的老姑娘，如何使自己的一生成为一个悲剧，并如何在家庭成员之间制造一种至死也无法饶恕的怨恨。

（4）邻舍之爱

婚姻家庭之爱的一个自然延伸即邻舍之爱。在《女铎》小说中，也有不少作品涉及邻舍之爱，令人感动；而且有些男女主人公无私的邻舍之爱，最终也成为他们组建美好婚姻家庭的基础。如《女铎小说集》第一辑《碧仙的婚史》中，是邻居们的热心相助，才使碧仙和沙宁有情人终成眷属；该辑中《老宋的卖买》则描写老宋在某次拍卖会中自作主张，用买生活用品的钱拍卖了一个孤儿带回家，宋妈妈虽然一开始虽然有怨言，但最终还是愿意把孩子收留下来抚养；该辑中的《不了之情》则生动地刻画了梁姑娘在得知锡梅乃俊英之女后，屡次热情帮助失去双亲的锡梅，将其视为自己的女儿，为了资助锡梅出国深造音乐她甚至专程求助以前她立誓不相交的德理。锡梅则决定和梁姑娘一同赴美生活。在帮助锡梅的过程中，梁姑娘也逐渐走出了以往生活的狭隘与孤独，锡梅的快乐就是她的快乐，帮助别人的同时自我也获得新生。第二辑中的《各得其所》描写华成药房的女药剂师顾忠信，富有爱心，热诚对待患者。一次因为疲劳配药失误，追赶到患者家中，并及时挽回。患病的是书店经理马柯生的儿子茂儿。马柯生的妻子已经去世，茂儿主要由女仆照料，但茂儿很不喜欢那女仆。忠信在帮助柯生照料茂儿的过程中，二人逐渐产生感情，茂儿也很依恋她。最后经历一番周折，三个人组建了新的幸福家庭。该辑中的《五分钟》描写因为亚兰五分钟的不留意，导致姐姐亚桢的孩子受伤，并导致姐夫德林因误工失业后，一家人生活艰难，潘牧师及时向他们伸出援助之手，帮助德林重新找到工作，还为他的无心过失作担保，并及时去探访他们，表现出了令人感动的热忱。该辑中的《小天使》描写校长张德林教育淘气的学生宝宝,却得不到宝宝姐姐美宝的理解,美宝使宝宝退学回家。但有一天宝宝得了重病,美宝急于寻求帮助时,德林慷慨相助并悉心照料,在医生赶来之前,运用自己的医学经验挽救了宝宝的性命。美宝深为感动,两人也建立起深厚感情。第三辑中的《他的需要比我大》描写白东年失业之后,还要奉养寡母,生活窘迫。在一次求职中,他本来能够谋得一个工程设计师的好位置,但因为体恤另外一个求职者丁汉比他年龄大且要养活妻子儿女,更需要这个职位,所以就把已经要到手的机会让给了他。后来东年暂时找到一个驾驶载重汽车的差事贴补家用,并因一次翻车事故得遇丁汉,丁汉十分感激东年当年善举,并帮助东年谋到一个薪水优厚的职位,使之开始新的幸福生活。

2. 基督教婚姻家庭观的传递方式

《女铎》小说在传递以基督教为核心的家庭观念时,除了少数作品的显白传递外,绝大多数作品都采用了含蓄隐晦的表达方式,因而较少生硬的宣传色彩。

(1) 少数作品的显白传递

《女铎小说集》第一辑中《苏玲的一件奇事》描写苏玲父母双亡,姐姐友狄是一家之主,友狄因为父母早亡,加上十五年前苏玲大腿得病无法医治变成跛脚等原因而怨恨上帝,因上帝不能解除她的诸多苦难。她自此不肯踏进教堂之门,也不许苏玲和领养的弟弟福儿去教堂做礼拜及参加主日学。友狄说,假如苏玲能和别的女人一样能走路,她就不再恨上帝了。在某个礼拜日,苏玲执意拄着拐杖去了教堂,当她看到福儿从房顶跌到水缸里时,情急之下,便不顾一切跑了出去,后来才发现自己十五年之久不能动的腿竟然可以单独走路了。医生解释说苏玲的腿病已自己痊愈了,只是久已不用,肌肉失掉效用,现在经刺激便能重新走路。但友狄认为这是一件奇事,上帝已经证明了它的存在,因此她自己从此也乐意带福儿到礼拜堂去了。第三辑中《魔鬼与面包》中描写魔鬼如何引诱一个人犯罪堕落的故事。故事揭示了一个引人深思的问题，即当一个人衣食不足时，通常会保持虔诚的信仰，甚至会怜恤他人的需要；而当他富富有余时，则容易寻欢作乐，离弃正道。小说中魔鬼的诱惑固然是人犯罪的因素，但使人犯罪的更深层因素是人内心的私欲，在"里应外合"的夹攻之下，人会堕落成野兽。

（2）大多数作品的含蓄表达

透过一些女铎小说的细微之处，我们常常会发现作者在其中暗暗设置的宗教指向，这种指向是自然地寓含在真实的生活场景中，而非生硬地嵌入。比如《女铎小说集》第一辑《罗弟的蓝布衫》中慕德担心丈夫康烈不归时，便祷告说："上帝，求你使他不要气我，我下次决不如此了。"① 这算是一个悔改祷告，并很快有了回应，康烈冒雪带着很多礼物回家了，并向慕德表达他的歉意，夫妻二人重归于好。该辑中的《不了之情》提到梁姑娘见到锡梅二十年中第一次跪拜上帝，祈求上帝给她机会做一些事使锡梅快乐。第二辑《杜老太太》中提及杜老太太年轻时曾在某教会女校任过教职，另有一句话："杜老太太将那信看了看。这似乎是上帝听了她平日的祷告，因为她每逢到忍无可忍的时候，只有跪在房中祷告。"② 此外就没有提及基督教的字眼了。《各得其所》中只有一句话提及主人公的基督教信仰："星期日那天，柯生把茂儿留在家里，自己同忠信去做礼拜，礼拜散后，又送她回家。"③ 不过从主人公爱心的表现上，也可以看出信仰的影响。《小天使》中围绕小学生宝宝的教育，描写了一对青年之间产生了坚定的爱情，这种感情足以支持他们共同面对生活中的磨难。小说只有几个细节，显示出暗含的基督教因素，比如男主人公张德林所主持的学校是一个基督教学校，再比如宝宝在唱诗班中的淘气。《珠还》描写魏文德和

---

① 女铎月刊社：《女铎小说集》第一辑，广学会1941年第四版，第22页。
② 同上书，第13页。
③ 同上书，第49页。

玉英夫妇年轻时因为家境贫寒，将独生女淑珍送给一家富户收养。后来淑珍的养父破产自杀，养母自己返乡，淑珍只好自谋出路。文德则发财成了老板，找到女儿，一家团聚，并帮助淑珍的恋人安仁求学。小说中只有细微几处涉及基督教因素，如安仁曾对淑珍说过他立志做牧师，在淑珍悲观之时，也以典型的基督徒口气安慰她说："亲爱的，不要这样失望！不失望，信心不摇动，是我的目的！我们每个人在世界上，总得多多尝些苦痛的滋味。请你相信我的话，凡是信心坚固的，末后总能称心。"① 小说最后则简略地回应：淑珍在父亲决定帮助安仁读书及安排好她的生活时，心想"这难道不是安仁诚恳祷告的答覆么？"② 第三辑中《到底几时你领我去拜访你的父母？》写宝珠和云生这一对在大上海成功有为的恋人，在确定关系后向对方展示自己的家庭时所表现的微妙心理。小说的结尾，云生和宝珠满心感激，觉悟唯有家庭生活及家庭背景才能使他们心心相印，而且他们开始效法父母，拿出部分钱财贡献社会。小说无疑肯定了虔诚的基督教家庭背景对于子女教育及社会互助的有益和贡献。《圣母像前》中通过几个细节表明凌夫人是一位虔诚的基督徒，比如她对于圣母像的热爱，她临睡前的晚祷以及她去教堂的礼拜。当她以自己的爱心感化儿媳之后，她的一句"安心睡觉去吧，愿上帝祝福你"，也表明她的贤德是源于信仰。此外，其他《女铎》小说如《被嫌疑》《银茶壶》等，虽然没有出现与基督教有关的语汇，但其中流露出的宽恕、爱等内在精神，却是对基督教义一种更为含蓄的抒写。

总之，《女铎》小说中的优秀之作，较好地处理了文学与宣传之间的关系，没有使文学沦为观念的传声筒，而是呈现出文学与宣传之间的张力。且故事常能于平淡中见新奇，力图在描摹小人物的艰难生活中，传达出一种以爱心为基础的道德伦理观念，给读者以

---

① 女铎月刊社：《女铎小说集》第二辑，广学会1940年第四版，第151页。
② 同上书，第155页。

温暖和力量。

（三）现代激进主义文化思潮中的家庭重建之意义

1. 现代激进主义文化思潮中的婚姻家庭危机

五四运动之后，随着大学开放女禁与男女社交公开的逐渐普遍，"恋爱自由"渐成风尚，瑞典女作家爱伦凯关于恋爱与结婚的著名论断——"无论怎样的结婚，一定要有恋爱才算得道德。如果没有恋爱，纵使经过法律上底手续，这结婚仍然是不道德的"——在报刊媒介不断被引用、阐发，成为新文化伦理革命中最为流行的观点。中国传统家族婚制，即家长包办的唯一婚姻方式，因其"不道德"而在新文化论述中丧失了合法性，"离婚自由"成为社会思潮。但1920年代的离婚思潮，不仅使遍布城乡的无数传统家庭遭遇前所未有的"地震"，而且新的社会问题由此产生。一个原本追求个人自由、反抗专制婚姻的新文化道德革命，却引发了新文化内部的人道主义危机。1921—1922年，一些著名女性问题研究刊物如《妇女杂志》等，都相继开辟了"离婚问题"专号，专门讨论这个问题。离婚与遗弃，个人权利的实现与关怀道德的眷顾，成为五四新文化离婚思潮中一个难以解决的矛盾。欧阳予倩的《回家之后》便是基于其妹妹被遗弃之悲剧命运的反映。①毕竟离婚不是终点，离婚之后所建立的新家庭仍然有诸多问题。倘若用以建立婚姻家庭的爱情不复存在，那么新家庭的解体也可能极为随意，随之又会带来许多新问题。鲁迅的《伤逝》就是这方面的一个例证。

此外，以反封建为主调的"五四"新文化运动把对传统家庭的背叛视为一种青年个性解放的鲜明时代特征，但一时的出走固然容易，而不容易割断的毕竟还有亲情。当父母垂垂老矣、需要奉养

---

① 杨联芬：《五四离婚思潮与欧阳予倩〈回家之后〉"本事"考论》，《新文学史料》2010年第1期。

之时，一个具备起码良知的正常之人，其个人的新家庭不可避免地会与原生家庭产生交集。在新文学作品中，我们也看到了相关作品的描述，通常是描述交集中出现的各种琐碎而伤脑的问题。比如巴金的小说《寒夜》中男女主人公的窘困处境。

这种基于现代激进主义文化思潮而产生的婚姻家庭危机，到今天似乎愈演愈烈。以爱情的名义，婚恋固然自由了，但婚姻家庭的极易破裂以及所带来的一系列问题，不能不引人深思。就此而言，创作于20世纪前半叶的《女铎》小说及其所传达出的婚姻家庭观念，不仅对于当时的社会问题有所回应，就是对于当下，也不无裨益。

2.《女铎》小说对家庭重建之意义

如前所说，《女铎》小说体现的是：基督教的婚姻家庭观是一种交互式的家庭关系，夫妻之间、父子之间关系的建立，都是一种权利和责任的统一，而这种统一的基础便是爱心。中国传统家庭虽然也有"父慈子孝、夫义妇顺"等观念，但封建父权制和夫权制下，更多强调的是对家长和丈夫的服从。而《女铎》小说所体现的婚姻家庭观既强调家庭伦理的次序，又强调相互间的责任；既有对女性地位的重视，肯定自由恋爱和婚姻的正当性，又强调对婚姻家庭的维护，强调夫妻关系的相互包容、不离不弃，因而立场较为稳妥。

曾任《女铎》主编的季理斐夫人说：《女铎》的"目的就在唤醒中国的妇女，使她们起来要求'生命'和'自由'"①。《女铎》小说也肯定了恋爱婚姻的自由，比如《女铎小说集》第一辑中的《碧仙的婚史》中刻画了碧仙和沙宁这一对有情人，因为碧仙的姐姐敏丽顽固的封建家长式的干预，而不能结为眷属。几年之后，沙宁的妻子去世，且留下两个孩子无人照顾，沙宁继续追求碧仙。这

---

① ［加］季理斐夫人：《广学会为中国妇女及儿童做了些什么工作？》，叶柏华译述，载《广学会五十周年纪念短讯》第4期，广学会1937年版，第12页。

一次虽然敏丽还是阻挠,但在邻居的帮助下,碧仙和沙宁终于走到了一起。小说肯定了自由恋爱和婚姻的正当性,批判了敏丽出于一己之私的家长制作风。该辑中的《不了之情》里的梁姑娘年轻时曾和同学凌俊英由友谊慢慢发展至恋爱关系并私下订过婚,但因梁姑娘父亲不同意,当时婚姻尚由不得男女自己做主,她不敢违背父命,在犹豫不决中失去了俊英。小说通过刻画梁姑娘婚姻的不幸,间接表达了对封建家长制的批判。

如前所分析,《女铎》小说中的多篇都以上海等大都市为背景,但其中展开的故事,没有光怪陆离纸醉金迷的沉沦,而多展示普通人日常生活中的温馨。所关涉的主题多为呈现于婚姻家庭中舍己的爱,这种爱又多是经历生活的艰难及双方的摩擦后而得的,因而显得愈发可贵。小说的主人公大多为女性,作者力图表现她们直面人生困境的勇气、自立自强的信心以及对家庭邻舍的责任等美德,并呈现出对女性生命价值的尊重,以及个体生命成长与贡献社会之间的平衡意识。小说揭示了新女性在个人与他者、感情与事业、社会与家庭等方面的调和努力,并本着建设的目的给出解决问题的答案,因而是对现代女性争取恋爱及婚姻自由之后道路的继续探索的体现,较之那些止于冲破旧家庭的新女性的塑造之作,无疑是一种深入;同时较之很多新文学作品中灰暗失败的新女性生活,也是一种积极的婚姻家庭模式的建造。这种新女性的生活观,无疑是受到基督教之家庭道德伦理观念的影响。从这种意义上来说,基督教的道德伦理观念在20世纪上半叶的现代生活中,不失为旧道德破碎之后新道德建设的一种有效资源。

第三章 个案研究

一 明兴礼与中国现代文学研究

在经历了礼仪之争的低谷之后，1842年耶稣会士重返中国，在直隶河间府（今河北省献县）及上海徐家汇等地建立传教中心，并继续发扬18世纪来华耶稣会士的学术传统。明兴礼便是其中一位杰出的代表。

明兴礼1937年被法国耶稣会派遣来华传教。他曾在中国待过14年，是天津工商学院（后改为津沽大学）教授，对汉语有极好的掌握，对中国现代文学也有充分的研究。这种充分研究既体现在他对中国现代文学的整体研究中，也体现在他对中国现代著名作家巴金的专门研究上。

在来华传教士与中国文学的关系之研究领域中，目前学界更多的是着眼于来华传教士对中国古典文学的译介，而较少涉及来华传教士对中国现代文学的研究。笔者试图以明兴礼为个案，在对原始资料的考察基础上，展示来华传教士与中国文学之关系中不太为人所关注的层面，以期为该领域提供一些新的研究思路。

（一）研究概况

明兴礼对中国现代文学的整体研究成果，主要体现在他1947年在巴黎大学文学院的文学博士论文《中国当代文学：见证时代的作家们》中。该论文后来改写成专著《中国当代文学的顶峰》，

1953 年在巴黎出版。后由香港耶稣会士朱煜仁（le P. Michel Chu），将其书部分内容翻译成中文，并由香港天主教真理出版社于 1953 年出版，名为《新文学简史》（Highlights of Contemporary Chinese Literature）①。1957 年 3 月由香港新生出版社再版。另外，在《中国现代文学目录》一书中，作者在"整体性研究"部分中，罗列了明兴礼的有关成果，包括：1953 年在巴黎多马出版的《中国当代文学的顶峰》（Sommets de la Littérature Chinoise Contemporaine, Paris：Editions Domat, 1953）一书；发表于 Books Abroad（1954 年夏）中的《当代中国文学》一文；以及发表于 Asia：Asia Quarterly of Culture and Synthesis（1954 年 9 月）中的《中国文学的复兴》一文，后者摘录于上面所说的《中国当代文学的顶峰》。②

除了对中国现代文学的整体性研究之外，明兴礼还特别关注中国现当代著名作家巴金。他对于巴金的专门研究，可以说十分精当深入，在巴金研究领域颇有影响力。明兴礼的另一篇论文《巴金：〈雾〉，中国小说翻译，外加引言和注释》，也是 1947 年给巴黎大学文学院的论文，但并没有出版。他还就巴金写了一本书，我们现在读到的只有中文版，即由王继文由法语翻译的《巴金的生活和著作》，1950 年由上海文风出版社出版（1986 年又由上海书店再版）。③ 根据译者王继文写于 1950 年 4 月的"后记"，我们可以得知，这本书是明兴礼在巴黎大学所写博士论文中有关巴金的部分④。该书"是研究这位中国新文学巨匠第一部有分量的论著，在

---

① Pino, Angel, Rabut, Isabelle, "Les Missionnaires Occidentaux, Premiers Lecteurs de la Littérature Chinoise Moderne", in D'un Orient l'autre, Louvain：Poeters, 2005, p. 490.

② Donald A. Gidds and Yun‑chen Li, A Bibliography of Studies and Translations of Modern Chinese Literature1918 —1942, Published by East Asian Research Center, Harvard University; Distributed by Harvard University Press, Cambridge, Massachusetts and London, England, 1975.

③ Pino, Angel, Rabut, Isabelle, "Les Missionnaires Occidentaux, Premiers Lecteurs de la Littérature Chinoise Moderne", in D'un Orient l'autre, Louvain：Poeters, 2005, p. 490.

④ ［法］明兴礼：《巴金的生活和著作》，王继文译，上海文风出版社 1950 年版，第 211 页。

海内外产生了广泛的影响"①。该书法文版始终没有印刷，手稿也可能已经丢失。但所幸有三章内容因为分别在三本杂志上发表过，所以被保存了下来：《人类—神，或人—神》，载于香港《中国传教通报》1950年第6期；《寻求光明和生命：巴金，中国现代小说家》，载于《传教通报》1956年6月第9卷第6期；《巴金》，载于《法国—亚洲，法国—亚洲文化杂志》1952年1月第7卷第68期。另外，该书第一、二章的节选，《关于巴金和他的老师们》，也发表于巴黎的《比较文学杂志》1954年1—3月第28卷第1期。此外，他还写有一篇论文：《巴金〈家〉中的人性》，该文载于北京的《教务杂志》1942年第15卷第12期，第578—599页。②

明兴礼对中国现代作家的研究文章还有：用笔名Gerard de Boll发表《曹禺的世界》（《教务丛刊》北京，第17卷，第1期，1944年，第175—188页）；《文明的官司：曹禺的〈北京人〉》（《震旦大学学报》，上海，第3卷，第5期，1944年，第417—431页）；《两个种族，两代人：老舍笔下的〈二马〉》（《教务丛刊》，北京，第18卷，第1期，1945年，第67—82页）；《从母爱到上帝之爱：时代的见证人苏雪林（苏梅）》（《中国传教通报》1952年，第1期，第8—15页）；《幽默爱好者的陈述：林语堂的重要性》（《中国传教通报》，第5—6卷，第2—3期，1953年2—3月，第119—124、243—249页）；《爱与美之梦：冰心的理想人生》（《中国传教通报》1954年，第2—3期，第110—115、253—259页）③。

此外，借助另外一位著名的中国文学研究者，即近代来华比利时圣母圣心会士善秉仁20世纪40年代主编的《文艺月旦》（甲集）之"导言"及书评中的介绍，我们可以了解到，明兴礼在

---

① 钱林森：《中国文学在法国》，花城出版社1990年版，第208页。

② Pino, Angel, Rabut, Isabelle, "Les Missionnaires Occidentaux, Premiers Lecteurs de la Littérature Chinoise Moderne", in *D'un Orient l'autre*, Louvain：Poeters, 2005, pp. 490—491.

③ Ibid., p.491.

《震旦杂志》《教务丛刊》等刊物上，还发表了以下评介中国现代文学作家的法文文章，发文时间主要是1942—1945年。以下是基本线索：关于曹禺《雷雨》及《原野》等的评析，参见《教务丛刊》，1944年1—4月，第17卷第1—4期，第177页，以Gerard de Boll作为笔名发表的《曹禺的天地》一文；关于曹禺《北京人》的评论文章，参见《震旦杂志》1944年，第429—430页；关于曹禺剧本的分析研究，参见《震旦杂志》，1944年新卷5，第2期；关于老舍的《二马》，参见《教务丛刊》1945年第18卷，《两个种族，两代人》一文。关于巴金，参见《教务丛刊》1942年，第578—600页，《巴金的〈家〉里的人类地位》一文。

根据以上介绍，我们可以得知，明兴礼的博士论文《中国当代文学的顶峰》中对中国现代文学的整体性观照以及对诸多现代著名作家的精当评介，并非一日之功，而是他对中国现代文学长期关注并深入研究的自然结果。

（二）对中国现代文学的整体研究

如前所述，明兴礼这部分研究主要见于1953年出版的《中国当代文学的顶峰》及后来据此译成的《新文学简史》。后者相对而言，更简明扼要，故在此主要以此为基础加以论述。

1957年3月由香港新生出版社再版的《新文学简史》书后附有王昌祉《新文学运动的总检讨》一文，文章开头介绍道："三十多年的新文学运动，我国人自己还没有谁对它作整个的叙述。现今天主教耶稣会法籍明兴礼神父，根据他广博的研究，写了一部简史，把我国的新文学，向西方人介绍；同会的朱煜仁修士又把这部简史，斟酌我国青年学生的需要，译成了中文，并且在《时代学生》月刊上陆续发表。"①

该书首先以一篇"写在前面"的短文，简要概述了三十年的

---

① ［法］明兴礼：《新文学简史》，朱煜仁译，香港新生出版社1957年版，第88页。

新文学运动（1917—1949）的性质、成就、兴起与发展概况。该书继而把新文学分作小说、散文、戏剧、诗歌四大类，每类总述了大概情形之后，再举出几个代表作家向读者们介绍。小说部分的主要内容是"巴金——革命的鼓吹者""老舍——写人物和幽默的专家""茅盾——革命的记述者""沈从文——地方文学的创始者"；散文部分的主要内容是"鲁迅——阿Q正传的作者""周作人——人道主义者""冰心——爱和美的歌颂者""苏梅——心灵变化史的记述者"；戏剧部分的主要内容是"曹禺——主张命定论的剧作家""郭沫若——诗人的剧作家"；诗歌部分的主要内容是"徐志摩——热情浪漫的诗人""闻一多——注重规律的诗人"。

作者对每个作家的介绍，大致分为四个部分：作家"小史""著作""教育价值"和"具体指示"。作家小史是对作家生平的概要介绍；作家著作分析通常都是采用夹叙夹议的方式，且既指出作家创作成就，也随后指出其不足之处，显示出辩证客观的立论态度。而书中"教育价值"和"具体指示"部分，则是明兴礼宗教观的体现。在这一部分中，明兴礼通常会基于天主教的道德伦理观念，针对各个作家的创作优点与不足，对天主教青年学生提出一些社会生活、道德伦理、阅读写作等方面的提醒与建议。

作为一个来华传教士，明兴礼的观点难免带上宗教的评判色彩。但较之当时其他来华传教士评价中国现代文学的相关著作，我们又会发现，明兴礼在评价中国新文学时有其独特之处：

1. 护教关怀与文学分析的张力

前面提到的近代来华圣母圣心会士中，不乏对中国现代文学深感兴趣者，其中典型代表即善秉仁和文宝峰。来华圣母圣心会士对于中国文学的评介活动，到了20世纪40年代，因为系列丛著的出版而引人注目。1945年，善秉仁主编出版了法文版《说部甄评》，此书出版后颇受好评，并于1947年由北平普爱堂出版了中文版《文艺月旦》（甲集）。1948年出版的英文本《中国现代小说戏剧一千五百种》（*1500 Modern Chinese Novels and Plays*），由善秉仁、苏雪林、赵燕声合编而成，基本上是延续了《文艺月旦》（甲集）的图书检定意图和编写体例。文宝峰神父则于1946年出版了《新文学运动史》。这些看似与传教无关的工作，实际上仍带有浓厚的传教色彩。因为传教士们对图书的评判不是着眼于它们的文艺价值，而是注意审查各书的内容之道德价值。编者们认为：以现代小说为代表的现代文学对于中国社会产生了很大的影响，而这影响在相当程度上是消极和负面的。

比较而言，明兴礼在《新文学简史》中虽也有护教关怀，但同时也注重审美评价、力图还原文学本身。虽然他在评价每个作家时，会单列出"教育价值"和"具体指示"部分，但他这样做其实也是采取了某种折中的立场，试图"凯撒的归凯撒，上帝的归上帝"，从而将作品的文学分析和护教关怀分而谈之，而不是混为一谈。阅读《新文学简史》，我们可以很明显地感受到，在写"教育价值"和"具体指示"部分的明兴礼，用的是神父的教导口吻；但在写作家"小史"和"著作"部分，他则尽量用专业文学批评家的口气，而且他评价一个作家，力求客观公允，不但指出优点，也坦率地说出不足。如："沈从文是一位产量丰富的作家。他的作品嫌太冗长，他的人生经验还不够深刻，他心中所酝酿的情感还不够成熟。他描写半开化的苗民的生活情形，和他们的传说嫌得太浪漫些。但他确有观察的天才和活泼的想象力。他的题材都新颖，用的字、词也丰富而且具体；有时竟同湘西船户的说话一般的粗俗。……沈从文大概还不能列进头等作家的行列中吧！但无论如何，他总是新奇的，吸引人的现代作家之一。他是地方文学的创始者。"① "艺术方面，曹禺的作品，在思想和结构上还没有达到均衡，也缺少理想。但他的长处是：独到、会利用材料，技术的变化和纯熟，剧情的挑选，动作的布置，人物的活泼，吸引观众的感应力，言辞的确当。这些都是使他成为中国现代戏剧作家的第一名的

---

① ［法］明兴礼：《新文学简史》，朱煜仁译，香港新生出版社1957年版，第31页。

因素。有了他，中国现代戏剧开了新局面，中国新文学又多了一条路线"①。

2. 呈现比较的视野

明兴礼熟悉中国现代文学，他评价一个作家，一般不孤立地去谈，而是将其放在与其他新文学作家的比较视野中，从而见出各自特点。试举几例：巴金"因为要显出他心中的情绪，他的笔调是激昂的。但当他在平静的时候，他的作品，夹着诗一般的描写和比喻，又是曲折缓和，好像清澈的泉水一样。总之，他没有鲁迅的劲峭有力，没有茅盾的雕琢工夫，也比不上老舍的描绘的逼真。他的长处是清新。"②"沈从文爱水，水把他吸引住了。冰心爱水，但冰心爱的是波浪起伏的海水和它那唱着催眠曲似的浪。苏梅爱水，但苏梅爱的是平静如镜的湖水，或是击石冲山的急湍。沈从文爱水，却是从山边滚滚而过的江水和江水中蕴藏的种种。在沈从文的好的作品中，水是一个不可缺少的因素。"③"闻一多和徐志摩要算是新文学运动中诗一方面的最有力的推动者。徐志摩崇拜18世纪的英国诗人；他的长处是：伟大、艳丽、有阴柔美、多情、自然、富音籁。他是新月派诗人中的盟主。闻一多的长处是：阳刚、严肃、熟悉中国的过去情形，合逻辑，适用于教育青年，他有些像冲锋陷阵队中的领袖。徐志摩多天赋，更浪漫。闻一多肯卖力，更近实际；不过他的诗灵感少，也没有徐志摩的来得自然，他的灵感被他的艺术淹没了"。④

同时，明兴礼也熟识西方文学，因此在评判中国新文学时，有一个极好的参照体系。他经常将相关中国作家置于世界文学的大背景之下，与西方著名作家作比较性研究，如此他对作家的肯定和批评，就少了些个人的随意性，而显得立论有据。如此一来，我们也

---

① ［法］明兴礼：《新文学简史》，朱煜仁译，香港新生出版社1957年版，第63页。
② 同上书，第15页。
③ 同上书，第30—31页。
④ 同上书，第82页。

在他的这部书中发现了一些比较文学研究的质素。试举几例："大诗人大都从苦中产生出来的。在这点上，似乎冰心吃的苦还太少。冰心同汤姆孙（Francis Thompson）一样，喜欢看儿童们的微笑。但汤姆孙比她看得深，汤姆孙看到儿童心灵的深处，发现了那深处的奥秘。冰心似乎还只及到表面。他们两人的长处都是：诚挚、热情、愉快；但冰心显得更浪漫些。"① 曹禺"虽然受了许多外国剧作家，尤其是希腊的悲剧家，和易卜生、欧尼尔的影响，但他的创作性仍是不可否认的"。②"郭沫若的文章，热情奔放，体裁变化，很有些像法国文学家维克多·雨果的作品。只是郭氏还及不到维氏的天才和力量。"③

3. 写作学意义及其背后

明兴礼不但分析出现代著名作家的写作特色，而且在"教育价值"和"具体指示"部分，还教导天主教青年学生如何借此提高写作技巧，就此而言，这本书具有了写作学的意义。如："学生们可以向老舍学习怎样描写人物的身体方面，心理方面；怎样注意人家的眼睛、鼻子、头发等，去体味出美和幽默来。但不可像老舍的初期作品的一味幽默。老舍是地方小说家，他常用北平的方言；所以北平人鉴赏起他的作品来，一定要比南方人容易得多"④。"在中国现代大作家中，文章称得起'简洁'的，恐怕只有鲁迅、周作人兄弟二人吧。要躲避繁文缛辞，学生可以多研究鲁迅文章的结构和叙述"⑤。"读徐志摩的诗，可培养审美力，用新的眼光去观察和欣赏大自然。他的诗的流利，实在是出于他的锻炼工夫，是由'纪律'中生出来的真正'自由'。这为青年该是一个多么好的

---

① ［法］明兴礼：《新文学简史》，朱煜仁译，香港新生出版社1957年版，第49页。
② 同上书，第62页。
③ 同上书，第68页。
④ 同上书，第24页。
⑤ 同上书，第40页。

教训！"①

在"具体指示"这部分，明兴礼还经常有意识地引导学生运用比较的眼光来学习作家的写作技巧。如："最好去比较沈从文、冰心（《冰心小说集》《冰心散文集》），苏梅（《棘心》《绿天》），巴金（《沙丁》）和诗人徐志摩等对大自然，尤其对于江、水的不同描写，一定很有趣。"② "把冰心、巴金《忆》、苏梅《棘心》、丁玲《母亲》、曹禺《蜕变》、沈从文《自传》等所写的母亲，作一个比较，也是一件很有趣的事。大学生也可研究冰心的浪漫色彩，去同欧洲的浪漫作家比较"。③

明兴礼的这一举措背后实际上有着更为深广的目的，即对于天主教文学创作者的培育。通过考察20世纪上半叶天主教在文学领域中的系列活动，我们可以了解到，包括来华天主教传教士在内的天主教人士，已经充分认识到文学作为传教重要手段的价值。20世纪初，天主教内包括马相伯、英敛之等有识之士，呼吁恢复明末清初以利玛窦为代表的耶稣会士的文化传教方式，从文字传教着眼，以知识阶层为传教重点，自上而下地传播天主教。从20世纪二三十年代始，天主教在华教会积极发展教育、注重文字传教，积极编写、翻译和出版教会书籍。40年代后期，在田耕莘出任北京总主教后，更是采取了一系列措施，大力发展出版事业，利用文字媒介加快传播。④

与此相适应，包括近代来华天主教士在内的天主教人士，一直对"公教文学"这一有力的传教工具颇为关注。"公教文学"这一名词最早出现在民国时期天主教《圣教杂志》第24卷第2期（1935年2月）上黎正甫的一篇文章——《由电影小说谈到提倡公教文学》。对"公教文学"这一名词的界定，作者的解释是："所

---

① [法] 明兴礼：《新文学简史》，朱煜仁译，香港新生出版社1957年版，第81页。
② 同上书，第32页。
③ 同上书，第50页。
④ 田耕莘：《我对于教会出版事业的热望》，《上智编译馆馆刊》1946年第1卷。

谓公教文学，并非指论辩道理之文章，也不限于作品内一定要有'天主'二字，或其他圣教中专有的名称，只要是本公教的主义与精神，不违反公教思想而具有文学的要素的，都可包括于公教文学之内。"这一界定，表明作者将"公教文学"置于一个开放、广义的范畴之中，从而大大拓宽了"公教文学"的表现领域。虽然"公教文学"这一正式的概念在1935年提出，但其实关于公教文学的创作和评论在此之前已经出现。如署名"磐基"者发表在《圣教杂志》第20卷第8期（1931年8月）的《我所看到过去的中国文坛》一文中，称苏雪林的《棘心》为"公教色彩的文艺作品"，并对其中所表现出的天主教思想的宣传意识表示赞赏，而《棘心》等作品的出现也表明"公教文学"的创作实践在概念理论出现之前就已经存在了。抗战时期公教文学的发展，主要体现在以北平辅仁大学和天津工商学院这两所天主教大学为中心的公教文学运动中，周信华则是天主教司铎中公教文学作家的突出代表。在以北平辅仁大学为中心的公教文学运动中，张秀亚以其创作奠定了在公教文学中的地位。而在以天津工商学院为中心的公教文学运动中，以天津工商学院院长刘乃仁、文学教授朱星元为代表形成了一个有力的群体，并出版了核心刊物《公教文学讨论集》，从研究、评论、介绍、译述等多方面有意识地深化了对中国公教文学的提倡和推动。抗战胜利后，随着对教会出版事业的加强，公教文学也得到了天主教上层人士的重视，从而为公教文学的发展提供了新的机遇。比如，1949年，天主教界欲成立"公教作家协会"，以形成一个有组织的作家群体。《文艺月旦》（甲集）的编者们基于对中国现代文学的道德评判，在"导言"中也呼吁天主教会应采取紧急的补救措施来改善当时的中国文学，如加强公教教师、学者、作家、司铎与非公教智识界著作家、大众小说家之间的联系，并用公教的观点影响之、感染之；要鼓励并组织当时的公教作家训练新人等。劝勉中国天主教徒创造出一种崭新的"中国公教文学"，以抵制诸多宣扬推翻一切的革命理论、恋爱自由的原则、否认宗教信仰等思想的现代不良读物对青年信德、风化和想象力等方面的损害。

由此可见，明兴礼在《新文学简史》中对天主教青年学生写作技巧的关注，就不仅仅是单纯写作学的意义，而是天主教界在20世纪上半叶一直提倡的以文学为宣教工具的意识的一贯体现。

（三）对巴金的专门研究

明兴礼曾经两次到中国作访问研究，他对巴金非常熟悉和了解。在1946—1948年，他曾多次与巴金通信讨论巴金与西方文化思想的关系。1946年，他在完成了博士论文后在回法国之前，曾到巴金家中访问过，并把自己的论文稿送给巴金看。① 1947年，明兴礼出版《巴金的生活和著作》，开巴金研究以专著形式出版之先河。1950年5月，该书首次译成中文出版。这本第一次全面评述巴金的专著曾产生广泛的影响，对巴金的后续研究起了很好的推动作用。该书在评析巴金的生活和著作时，有以下两点令人印象深刻之处：

1. 在比较中凸显巴金的创作特色

这一点与《新文学简史》的写作路数基本相同，即在与其他作家的比较中凸显巴金的创作特色。具体而言，一方面是"把巴金的创作放到中国文学发展中加以考察，从而论述了巴金在中国新文学史中所具有的独特性"；另一方面"将巴金放到中法文学比较中去研究，因而在研究方法上有新的拓展"②。

明兴礼在文中将巴金与冰心、曹禺、鲁迅等现代作家加以比较："巴金描写母爱同那些女诗人有着很大的分别，他绝不如同冰心一样，把自己比作莲花，把母亲比作荷叶，在暴风雨中，受着她的护佑；可是他却同冰心一样，追念着母爱：母亲的爱就好似烈火一般，它使这痛苦的世界一步一步地向着光明的路上走！"③ "无疑

---

① 参见陈丹晨《巴金的梦：海外巴金研究热》，《文汇报》2003年8月21日。
② 参见钱林森《中国文学在法国》，花城出版社1990年版，第208—210页。
③ ［法］明兴礼：《巴金的生活和著作》，王继文译，上海文风出版社1950年版，第6—7页。

地，在巴金的作品里，很容易找到像曹禺写的《蜕变》中丁大夫那样的女人，但是若愿意找一个因着基督的爱和人道主义的理想所构成的家庭，除掉《火》外，恐怕不能找到了。"① "巴金不用鲁迅先生所惯用的责骂、讽刺和幽默的字句，这是他的小说的特点。不过他的小说中的人物，有不少是悲观的、过度的自信，每个人都有牺牲的精神。"② "一九三一年巴金在〈家〉的序言里，给我们一个答案：'我不是一个说教者，所以我不能够明确地指出一条路来，但读者自己可以在里面去寻它。有人说过，路本没有，因为走的人多了，便成了一条路。又有人说路是有的，正因为有了路才有许多人走。谁是谁非，我不想判断。我还年青，我还要生活，我还要征服生活。我知道生活之激流是不会停止的，且看它把我载到什么地方去！'"③ 明兴礼据此分析鲁迅在《故乡》中对未来的看法，认为巴金和鲁迅在理想方面是一致的。此外，他还将巴金的《激流三部曲》与《红楼梦》加以比较。总之，明兴礼"以广阔的时代和中国文学发展为背景，进行纵横交叉的分析比较，论证巴金创作的独特地位，这就突破了单篇作品封闭式的评述，具有史论结合的开放式研究特点，较之零散的随感式批评无疑是个新的突进"④。

当明兴礼将巴金与罗曼·罗兰、马尔劳等西方作家加以比较时，就不仅仅是一种比较方法的运用，而是具有了比较文学的性质。在"巴金所受的影响"一节中，明兴礼引用了巴金1948年5月31日给他的通信，里面较为详细地罗列了巴金在写作方面受到的影响。其中包括狄更斯的作品、俄国小说、左拉的作品、爱玛·高德曼的论文及其近代戏剧论一书、柏克曼的《狱中记》、高尔基的初期作品、雨果的作品、罗曼·罗兰的作品、革命家的传记、

---

① ［法］明兴礼：《巴金的生活和著作》，王继文译，上海文风出版社1950年版，第93—94页。
② 同上书，第120—121页。
③ 同上书，第187—188页。
④ 参见钱林森《中国文学在法国》，花城出版社1990年版，第208—210页。

《新约》中的《四福音书》等。明兴礼在具体分析巴金的作品时，也从影响研究及平行研究的角度探讨了与罗曼·罗兰、莫洛亚、马尔劳等的异同。比如在分析《家》时："我们不要忘记，这不单是中国一国的问题，莫洛亚（Maurois）在他所写的 Lyautey 里，给我们指明于十九世纪末叶在法国的一个大家庭中，发生了与上边相同的事。罗曼罗兰在 La Révolte 里给我们描写了克利斯多夫的不可避免的心灵中的变化，他一方面写出克利斯多夫的心理动态，同时在另一方面又很同情老母亲的处境。"①

2. 一个人道主义革命者和一个基督信仰者之间的对话

近代来华传教士中有不少人与中国的非信徒人士关系密切，甚至成为挚友，这是一个非常有趣的现象。可以肯定地说，这是一种高尚的友谊，因为拉近他们的是一些共同的崇高的信念，比如对他人的舍己之爱，对社会苦难的承担意识，对丑恶事物的深切恨恶等。这种友谊甚至发生在今天的人们似乎难以理解的基督教徒与共产主义信仰者之间，比如近代来华美国新教传教士、燕京大学教授包贵思和其得意弟子——女革命家杨刚之间的友谊佳话。②

在明兴礼和巴金之间，我们看到了一种精神上的亲近。比如他们都同情受苦难之人，都有反抗不公的正义感，都有为他人牺牲自我的舍己大爱。在 1948 年 6 月巴金写给明兴礼的信中，还曾有这样一段话："我读着你给我写的教会的社会思想，好似我们的意见很相近，这是我从来未曾想到的。我同德神父谈话时，也发现他同我有一样的见地，但我怕这不是教会中大多数的意见吧。"③ 巴金的这种疑惑，在明兴礼看来是因为巴金缺乏对天主教有关教义、法

---

① ［法］明兴礼：《巴金的生活和著作》，王继文译，上海文风出版社 1950 年版，第 101 页。
② 参见萧乾《杨刚和包贵思——一场奇特的中美友谊》，载《燕大文史资料》（第二辑），北京大学出版社 1991 年版，第 126—138 页。
③ ［法］明兴礼：《巴金的生活和著作》，王继文译，上海文风出版社 1950 年版，第 170 页。

典等的了解。换言之，巴金的意见可以在教会中得到大多数人的共鸣，假如他们之间有更多的互相了解。

但同时，这种亲近在明兴礼评析巴金的生活与创作时，也呈现为一种有限而非毫无保留的认同。在明兴礼看来，巴金信仰的是"人道主义的宗教"，把人类上帝化，而不愿接受那非人性的神明照顾，他相信那种神明照顾绝不会超过社会救济协会。在他看来，幸福与痛苦和物质的丰盛与缺乏有着极密切的关系，他承认自己是唯物派的，质疑若有上帝为何世界上还会有如此多的痛苦。所以他因着人间的不幸，怨恨社会和上天，以为上帝与他的人道主义不合，便否认了上帝的存在。

在第五章"革命曲"这一部分，明兴礼集中探讨了巴金小说中的革命者，并且就革命这一话题与巴金进行了对话。

明兴礼指出：面对同样的贫富分化的社会问题，面对人世太多的痛苦，巴金小说中的英雄们从人道主义者走向革命牺牲，但因为同样的缘故，有许多天主教的教士们，在大战时到德法的工厂里做工。他接着提到 1947 年 5 月巴金在寄给他的一封信里说："在我们二人中所有的区别，只是在方法上，不是在目的上，你相信人们的自动悔改，我却更相信革命运动。"① 在 1948 年 6 月，巴金又给明兴礼写了与上面类似的话。借助这些信件的交流，让我们看到巴金和明兴礼在革命与信仰问题上基于相同目的的不同手段问题。

作为天主教神父，明兴礼继而很明确地谈到他对革命这一改革社会问题的手段的看法："一切公教信徒，都应该有基督的观点，为改良这现存社会上大多数人所度的非人道的生活去奋斗，在教会初期的信徒们，尽心竭力灌输给人们一种公教博爱的精神，铲除了奴隶制度，改善了人与人的关系。更进一步，假使一切方法都失去效用后，他们并不反对武力的解决。但是最要紧的，是教徒们先在

---

① [法]明兴礼：《巴金的生活和著作》，王继文译，上海文风出版社 1950 年版，第 149 页。

自己身上施行暴力，务使自己的心灵的改善，成为其他更彻底更持久的革命的原动力。如果自己的内心没有改善，则一切社会革命，绝对不会减除人类的痛苦，只不过是使主人与奴隶富人与穷人的互换而已！"①

明兴礼也进一步思考革命使用的暴力手段："再没有比暴力更难使用的东西了，宽大的心胸是不够的，它需要理智的清晰，与心灵的纯洁。也没有一个人比革命家更易受幻梦的欺骗，更易在他自己所施的暴力中受挫"。② 如果让憎恨之情任意发泄，会变成疯狂盲目不可抑制的东西。也许明兴礼在探讨这一问题时，作为一个法国人，他会联想起法国大革命中出现的暴力过度问题。而我们在雨果的《九三年》、狄更斯的《双城记》等作品中，也会看到作家们对这一问题的深切思考。

在明兴礼来看，虽然巴金看到了世界上充满了压迫人类的黑暗，但却没有将目光深入社会各阶层中污秽的人心，忽略了贫穷人和富贵人同样有着自私和骄傲。因此他最后的结论是："对于某一种制度，我们绝对不可去破坏，除非我们同时要给民众带来更新的更完善的生活。社会问题不是那样简单的。它不单把财产平均分配好就算了事，还有许多更深的痛苦要它消除。固然有时为粉碎几种障碍物需要用武力解决，但憎恨的心是要不得的。"③ 因此，明兴礼质疑巴金在《革命三部曲》这伟大的爱的作品中，为了激励青年扫除人间的痛苦和不幸起来参加革命，加入了太多的恨。相反，他认为只有源自基督的爱才会使革命有更好的效果。

明兴礼有深厚的学识背景，又加上他对中国以及中国新文学的熟识，所以他在研究中国现代文学时，便有了一种宏观的视野和比较的眼光。他在中国现代文学的整体研究及现代作家的个体研究方

---

① ［法］明兴礼：《巴金的生活和著作》，王继文译，上海文风出版社1950年版，第149—150页。
② 同上书，第151页。
③ 同上书，第152页。

面，都做出了令人瞩目的成绩，并产生了积极影响。

值得注意的是，明兴礼作为一个中国现代文学的研究者，具有一种跨文化语境下的复杂立场。他的学术背景是西学，而对于中国语言文学又有深厚的"在地"体验，他的研究和同时代中国学者的研究相比，既有相通之处，又难免有文化身份上的差异。特别是他作为一个天主教神父，在评判中国现代作家时，较之同时代中国学者，会有某些立场上的不同。比如对巴金作品中的革命思想，基于"五四"之后推翻旧制度的激进革命思潮，当时一般的中国评论家都持肯定态度。而明兴礼更多从宗教立场出发，强调革命不应仅停留在制度层面，而应深入到人心层面。另外，作为一个汉学家，明兴礼的研究和同时代西方学者的研究之比较也值得关注。如前所说，较之同时代来华的天主教传教士汉学家，特别是与那些护教意识比较突出的传教士汉学家相比，明兴礼更多从文学作品自身的审美价值出发，而非从浓郁的天主教道德伦理立场出发去评判现代文学作品。而相对于那些无宗教背景的专业汉学家，明兴礼因为长期生活在中国，对中国文化和文学有深厚感情，与包括巴金在内的一些现代作家多有来往，所以较之某些有"西方中心主义"情结的汉学家而言，明兴礼的研究能秉持较客观立场。加上他本人在文学研究方面有较深造诣，因而能从中外文学的比较视野出发，对中国现代文学做出较公允评价。

总之，作为近代来华传教士汉学家中的佼佼者，明兴礼对中国现代文学的研究重点不在译述而在于评论，因而在很大程度上突破了以往传教士对中国文学的浮泛性介绍，具有相当的理论深度和专业水准，在一定程度上也丰富了汉学研究的成果。

二 赛珍珠与中国文学

在来华的新教传教士当中，有一位非常特殊，她就是美国著名女作家赛珍珠（Pearl Buck，1892—1973），1938年诺贝尔文学奖的获得者。尽管她后来辞去传教士的职位,但她的许多活动仍与传教士有关。赛珍珠出生三个月后,便随传教士父母漂洋过海来到中国。此后40年中的绝大部分岁月,赛珍珠一直生活在中国,对中国普通百姓的生活以及中国文学和文化有着相当深入的了解,并书写了以中国农民为主角的杰出作品。笔者试图从传教士与文学的角度出发,解读赛珍珠这位在中西文化交流史上有着特殊意义的传奇人物。

(一) 赛珍珠的传教士身份及其与美国长老会的关系

赛珍珠出生在一个典型的传教士家庭,其父亲赛兆祥(Absalom Sydenstricker,1852—1931)和母亲凯丽(Carie Sydenstricker,1857—1921)都是在浓厚的宗教氛围中长大的具有强烈宗教意识的基督徒。19世纪80年代初,这对新婚不久的年轻人,怀着对上帝事业的热忱,不顾亲人的反对,接受美国长老会的派遣,离开家乡西弗吉尼亚州,来到遥远而陌生的中国。赛珍珠自幼生长在传教士家庭,后来她本人也曾以美国长老会国外传教部传教士的身份在中国从事教书等活动。虽然因为种种原因,她在1933年辞去长老会传教士的身份,但她一生与基督教有着千丝万缕的关系。赛珍珠一度的传教士身份和她一生独特的宗教立场,无疑是赛珍珠研究中一个不容回避的重要问题,值得我们做进一步的探究。

长老会(Presbyterian Church)是基督新教主要宗派之一,属加尔文宗。该派依据加尔文的教会组织原则,由教徒推选长老与牧师共同治理教会,故称长老会。16世纪产生于英格兰,主要分布于英、美等国,鸦片战争后传入中国。加尔文宗(Calvinists)是以加尔文的宗教思想为依据的各派教会的统称,16世纪欧洲宗教改革运动时期产生于瑞士,并传布于苏格兰、荷兰等地,于17世纪英国清教徒运动中得到更大发展。其基本论点可以概括为如下五条:彻底的堕落、预定的拣选、有限的赎罪、奇妙的恩典以及选民的坚忍精神。

长老会的入华传教同其他美国海外传教教派一样，深受"第二次大觉醒运动"的影响。根据耶稣"你们往普天下去，传福音给万民听"（《马可福音》16：15）的训谕，每一个信徒都有传教的责任。但如果没有宗教复兴特别是"第二次大觉醒运动"，美国就不会出现大规模的海外传教运动。席卷北美大陆的"第一次大觉醒运动"从1720年起，持续了大约半个世纪，是北美历史上第一次重要的精神运动，产生了深远的影响。18世纪90年代，福音复兴运动再次兴起，史称"第二次大觉醒运动"，一直持续到19世纪30年代才逐渐减弱。但此后福音复兴运动并未完全消失，19世纪末又出现了新的福音复兴。美国建国后，联邦和各州政府纷纷采取政教分离的政策，基督教的传统地位受到严重挑战，宗教复兴的问题再次摆在面前。伴随宗教复兴运动兴起一个新教派，即基督教复临派。其创始人威廉·米勒宣称，世界末日即将来临，基督要再次来到人间，建立理想的千年王国。信徒将获得永生，而不信之罪人将受到审判和惩罚。因此，新教皈依者必须决心开始新生活，以及引导他人皈依基督教。从19世纪初的边疆营地集会到19世纪末由穆迪领导的信仰复兴，宗教复兴运动把教义简化为努力在末日审判到来之前拯救未被拯救之人。正是在"大觉醒"期间，美国各教派纷纷建立海外布道组织，在"基督复临"之前把福音传遍全世界成为传教士来华的直接动因。当然，海外传教运动并非一场纯粹的宗教运动，它还有深刻的政治、经济和文化的动因，它与殖民主义和帝国主义有着某种联系，成为整个资本主义扩张的一部分。这一点学术界已成共识，不再赘述。

美国长老会作为美国基督新教一个重要的宣教会，也积极加入到这一行列中来。长老会初无分南北，成立于1838年。1861年美国南北战争爆发后，南长老会始行分立。北长老会在华经营60年，至20世纪初终于开辟了华中、华南、华北、山东、江安、海南岛及湖南七大教区，成为来华新教各会中实力最强、影响最大的差会之一，1916年与长老宗各差会联合组成全国长老会总会。南长老会 1867 年来华开教，包括赛兆祥在内的诸教士锐意开拓，至 20 世纪初，始发展为华中及江北两大教区，1916 年与其他在华长老宗差会合组全国长老会总会。

1914 年大学毕业后，赛珍珠本欲留在美国工作，但母亲的病重使她改变了主意，她向国外传教协会申请了一个镇江教会学校的教职。在接下来的三年中，她将许多时间和精力用于照料母亲，直到自己结婚成家。1917 年 2 月，赛珍珠与布克订婚。订婚后不久，赛珍珠就向长老会海外传教协会申请，要求一个传教士妻子的任命。"这个任命增加了布克的薪水，这笔额外的收入颇受欢迎。然而，赛珍珠的申请并非完全出于实用目的，当然更不是自嘲性的。她和海外传教协会确定正式关系表明，她依然把自己当作长老会教会的合格成员。她内心的怀疑还淹没在二十五年的宗教训练下。她已经形成了一种习惯性的信仰，它只能被缓慢而勉强地打破。她对父母，尤其是母亲的忠诚，要求她继续尊重这种信仰，因为他们靠它过了一生。"①

婚后，她做了传教协会所期待的一定量的传教工作，但她同意布克的看法，认为重点应该放在实践上。布克代表了为传教而努力的新一代人。布克来到中国后，发现他在农业经济学领域的优越条件和专业训练在许多中国青年中大受欢迎。他们对他的专业知识仰慕不已，但拒不接受他的宗教。尽管他坚持说他的最终目的是传教，但他没有任何布道或劝人入教的实际愿望。和中国人的总体信仰问题相比，他对改善他们的物质生活更感兴趣，他认为教会应该进行实质性的服务。对此，赛珍珠也认为："传教士在中国还没有成功过，因为他们'从错误的一端着手进行工作'。他们太多的时候是在向'饥寒交迫、无家可归的'人们传播福音，'而不是先照顾到他们的物质需求。当一个人饿着肚子时，他对于自己的灵魂问题就不太感兴趣了'。"②

---

① ［美］彼得·康：《赛珍珠传》，刘海平等译，漓江出版社 1998 年版，第 65—66 页。
② 同上书，第 74 页。

赛珍珠的这些看法表明她已经与传统的长老会教义产生了隔阂，并明显受到社会福音派的影响。社会福音派是基督新教一部分倾向于自由主义神学的人所提出的神学主张，盛行于1870—1920年，在美国流行尤广。该派认为只讲个人得救的福音是不够的，还需弘扬改造社会的福音；需将《圣经》所教导的"爱"和"公义"的道理贯彻于社会生活中；赞成改良主义，提倡教育、社会服务等。但真正使她与长老会发生冲突的是她的《大地》的出版。虽然传教士对《大地》的评价并不完全一致，有的甚至持赞赏态度，但《大地》惹恼了长老会中的保守派教徒，他们强烈地反对这部作品。作为一个传教士，赛珍珠在书中只字不提基督教的做法令他们吃惊，而书中关于性的描写更令他们难以忍受。此后，赛珍珠和长老会之间的矛盾日益公开化、激烈化。

1932年赛珍珠回国后，11月2日她接受了一群长老会女教徒请她参加的午宴并发表演说。"这种场合的发言一般情况下只是例行公事地表露发言者的宗教虔诚。赛珍珠却反其道而行之，发表了一席顿时引起国际性争议的长篇演说。她在标题中就提出了'海外传教活动有无必要？'的问题。她的回答是：'没有。'她措辞谨慎，但是立场鲜明。这时候她仍把自己看作传教士，一再声明自己的批评和基督教的核心教义是两码事。她甚至对继续开展国外传教活动略表赞同。不过，演说的关键部分用'狭隘、冷漠、迟钝、无知'来形容典型的传教士：'我见过教会里很有名望的正统传教士——这种措辞太糟糕——他们对本可拯救的灵魂毫不怜悯；对外族的文明一概鄙夷不屑；相互之间刻薄尖酸；在感情细腻、文质彬彬的民族面前显得粗俗愚钝。凡此种种，无不让我的心羞愧得流血。'"[①]

赛珍珠关于传教士海外传教的演讲引发了激烈的争论。事实

---

① ［美］彼得·康：《赛珍珠传》，刘海平等译，漓江出版社1998年版，第168页。

上，第一次世界大战以后，传教士的海外传教就不断引起指责。新兴的人类学认为，本土的价值观不宜被废弃，因而传教士把基督教的价值观移植给异教世界未免荒唐。不少批评意见依据人类学观点，认为传教活动无异于摧毁异域文化。赛珍珠其实早在1925年就公开撰文，从文化人类学角度批评教会在国外强迫异民族改变宗教信仰的做法，显示了她对于这一问题的一贯关注。1932年10月，美国著名哲学家霍金主持的《重新审视海外传教活动》一书出版。"报告指出，从今以后牧师应避开'永死'之类的教义，转而宣扬上帝的慈爱和人间的博爱。霍金等人奉劝传教士放弃独尊基督教的做法，要他们承认其他宗教的价值。'深究起来，各种信仰都含有宗教真理。'弘扬当地宗教和基督教之间的共性是传教士义不容辞的任务。《重新审视海外传教活动》目的是让传统宗教适应革命新形势，实际上它宣告了海外传教梦幻的破灭……"赛珍珠对调查结果和调查组的忠告非常欢迎，并在1932年11月的《基督教世纪》上发表了一篇很长的评论作为回应。"她仍自称传教士——'我们传教士是世上遭非议最多的人。'——但是她和自己认识的那些典型的传教士划清了界限。那些人'孤陋寡闻……不会欣赏外族文化，也不能理解其他宗教'，一言以蔽之，他们是'平庸之辈'。她断言传教士'不配从事他们所做的工作'。"①

阿斯塔演说和评述霍金报告的文章使赛珍珠转眼间成了全国最著名的传教事业的批评者，也受到教会传统人士的强烈批评。1933年她又在5月的《世界主义者》上发表《复活节，1933》，与教会的分歧进一步恶化。她把基督比作菩萨，且声称历史上基督是否实有其人并不重要。她否认具体教条的必要性，认为基督教真理是"由凡人的最高理想提炼而来的"。5月1日那天，赛珍珠辞去传教士的职务，结束了这场论争。该场论争表明赛珍珠对基督教信仰的

---

① ［美］彼得·康：《赛珍珠传》，刘海平等译，漓江出版社1998年版，第170页。

理解已经与传统相去甚远。

考察赛珍珠从长老会传教士到辞去传教士的职务,我们会发现,其中内在的深层原因主要是赛珍珠的宗教多元文化立场和现代主义立场与美国传统教会的一元文化立场以及基要主义立场之间的冲突。前者主要是表现在对待海外传教以及其他民族的宗教的不同态度;后者则主要表现在随着时代发展对于传统教义是否需要革新的不同看法。正是在这些问题上的分歧,导致了赛珍珠与美国长老会的最终决裂。

(二) 赛珍珠对中国文化及文学的介绍之功

正如彼得·康所说,作为父母的女儿,赛珍珠最终的发展受到来自两方面的影响:"她抛弃了父亲的宗教信仰和狭隘偏执,但继承了他的正直和好学精神以及传教式的热忱。尽管她不再相信基督教的救世观念,但事实上却成了一个尘世的传教者,向两块大陆上的人们传播着人权福音和跨文化理解。她热爱自己的母亲,并受她的影响,坚信同情的力量和家庭的极端重要性,对抽象的教条则厌恶不已。然而她没有接受凯丽的逆来顺受和自我牺牲的传统女性精神。"① 作为中西文化之间的一座桥梁,赛珍珠对中国文化以及中国现代文学的介绍传播,是值得我们纪念的。

1. 赛珍珠对中国传统文化的热爱与传播

赛珍珠自幼生活在中国,对中国古典文化充满了深情。1934年,一篇采访性的文章《勃克夫人》中写道:"她是喜欢阅读中国书籍的,她的家里请了一位教中文的老塾师,这位中文老塾师教了她好多年的中国文学,现在仍在她的家里,每天教读她的五龄次女。她阅读中国书是不论新旧的,《四书》她都读过。旧小说她看得很多,最为她所推崇的是《水浒传》《三国演义》《红楼梦》这三部,就中尤以《水浒传》一书,她列为世界不朽的最伟大著作

---

① [美] 彼得·康:《赛珍珠传》,刘海平等译,漓江出版社1998年版,第5页。

之一，所以她花了五年的工夫，将全部《水浒》译出，她不胜折服叹赏《水浒》中一百零八位好汉个性不同的描绘，和《红楼梦》中细微复杂情节的设想。"①

1928—1931 年，赛珍珠将《水浒传》70 回的版本翻译成英文出版，译名《四海之内皆兄弟》，在欧美风靡一时。1934 年 3 月 24 日，鲁迅在致姚克的信中，对赛珍珠翻译《水浒传》作了如下评价："近布克夫人译《水浒》，闻颇好，但其书名，取'皆兄弟也'之意，便不确。因为山泊中人，是并不将一切人们都作兄弟看的。"② 赛珍珠在译序中解释了她把《水浒传》书名译作 All the Brother 的原因："英译的书名不是原书名，如按原名译出，则会令人费解。'水'是 water 的意思，'浒'字是边缘的意思，'传'则和英文中的'小说'同义。在英文里这几个字排在一起是毫无意义的，至少，我认为不能确切地表达出这本书所要说的意思。因此，我选用了孔子的一句名言作英译本的书名，这就充分表达出这批无法无天的强盗的气魄。"③

《水浒传》译成英文出版后，赛珍珠又决心和林语堂合作将《红楼梦》译成英文。她曾经和王莹一起试译《红楼梦》中的诗词，并对王莹提及："中国的旧体诗词，吟咏起来十分好听，但翻译起来却很难，那些律诗讲究对仗、排句、押韵，译成英语，往往走样，也不能把诗情、意境完全准确地表达出来。《红楼梦》，这是世界小说名著中的一大奇迹！我和林先生试着合译过多次，最后都因书中诗词太多太难，没能如愿，真叫人痛憾不已！"④

赛珍珠对中国古典文学的喜爱，不仅体现在她对古典名著的翻

---

① 章伯雨：《勃克夫人》，《读书顾问季刊》1934 年第 1 卷第 2 期。
② 鲁迅：《给姚克的信》，载《鲁迅全集》第十卷，人民文学出版社 1963 年版，第 179 页。
③ 姚锡佩：《从赛珍珠谈鲁迅说起——兼述赛珍珠其人其书》，载郭英剑主编《赛珍珠评论集》，漓江出版社 1999 年版，第 194 页。
④ 参见刘龙等编著《赛珍珠》，黄山书社 1993 年版，第 78 页。

译上,更体现在1938年她在瑞典学院诺贝尔文学奖授奖仪式的演说上。在演说中,她高度评价了中国小说对她创作的积极影响以及对西方小说和小说家的启发意义,并介绍了中国小说的发展过程。她不厌其烦地向西方听众讲述了中国小说特有的大众性和通俗性传统,中国小说历来对作品社会意义的强调等。赛珍珠在斯德哥尔摩的公开演说,得到西方媒介的广泛报道,使得中国的小说传统,第一次展现在西方文化精英们的面前。

著名现代文学史家赵景深20世纪40年代曾将此演说稿译成中文。① 在译文之前,赵景深先对赛珍珠及其演说稿作了简要介绍:"赛珍珠(Pearl S. Buck)虽是美国人,却曾久住中国,所写小说,多以中国农民生活为题材。如《大地》《儿子们》,我国多有译本。新作《爱国者》更有数种译本。其他尚作有《骄傲的心》《战斗的天使》《流亡》《分家》《母亲》《东风西风》等。译文则有《水浒传》。一九三八年获得诺贝尔奖金。此文即于是年十二月十二日在瑞典学院公开演讲,去年四月又在佛及尼亚一个大学里讲过一次,现在才出小册子,特地将它译出,略加删节,以飨读者。"②

该译文极有史料价值,全录如下:

> 我曾想了一下,今天该讲什么题目,如果不说到中国,似乎是不对的。虽然我生为美国人,我的祖先是美国人,现在我也还住在美国,并且要继续住下去,但形成我写作力量的却是中国小说,而不是美国小说。我最早的故事知识,怎样讲或是怎样写,却是从中国得来的。如果我不对它有所阐扬,未免是数典忘祖了。所可自慰的,我向诸位讲中国小说,都是我个人自己的意见。这也是我要谈一谈的原因。我相信中国小说对于

---

① 赵景深:《赛珍珠〈中国小说论〉》,载赵景深《银字集》,上海永祥印书馆1946年版,第177—208页。该文原刊于《宇宙风(乙刊)》第22—23期。
② 同上书,第177页。

西方小说和小说家是有启发的。

我所说的中国小说，是指的土产小说，并不是指的杂糅小说，现代中国小说家很强烈的受了西方小说的影响，却忽略了本国丰富的宝藏。

中国小说不是一种艺术，人家既不把它当作艺术，中国小说家也不以为他自己是艺术家。中国小说，其历史，其轮廓，其人民生活中的地位，这样有活力的地位，都应该强烈地注意这一点。自然，这一点你们是觉得奇怪的，因为现代西方学者对于小说都是颇为重视的。

但在中国，艺术和小说却时常是分开的。把文学当作艺术，却是老先生们唯一的财产，他们制造艺术，互相规定一个律令，他们以为小说是没有艺术地位的。这些中国老先生们，占有权威的地位。无论哲学，宗教，文字，文学，他们都只凭主观的古典规律占有了一切，好像只有他们能占有学问，只有他们知道读和写。他们极有权威，甚至连皇帝也怕他们，所有皇帝们就想出一种方法，叫他们做自己学问的奴隶，这方法就是只有科举才是政治的进身之阶，那些几乎难以相信的问［原文为空格——笔者注］题，吃掉一个人整个的生命和思想，使人预备起来，忙于记忆抄写那些死去了的古典，藉以忘掉观察现在的错误。在过去中，老先生们找到他们的艺术规律。但小说是不在内的，他们正眼看也不看，人们创造小说和活人所做的事，老先生们是不感兴趣的，他们以为只有文章之类才是艺术。

虽然老先生们看轻平民，平民也一样地嘲笑老先生们。他们把村学究做了许多笑话，其中有一个好例：有一天有一群野兽在山上打食。它们彼此约定，整天打食，到了晚上，聚在一起，分吃它们所获得的东西。到了晚上，只有老虎什么也没有带回来。别的动物问它这是怎么一回事，它非常忧伤地答道："早晨我遇见一个学生，但我怕他乳臭，不中你们吃。后来直到中午，我都不曾遇见什么，只遇见一个和尚，我把他放了，我知道他除了清风以外是什么也没有的。天色渐暗，我很着急，因为我没有遇见一个人。天快晚了，我遇见一个老先生。但我知道，带他回来是没有用的，因为他又干又硬，如果我们去啃他，会啃断我们的牙齿的。"

老先生是一种特殊阶级，久已成为中国人的嘲笑资料。他们的小说中常可以看见这种人物，在现实生活中也可以看见这样的人，因为长久研究同样的死文学和形式主义的文章，于是使得一切中国的老先生都成为一个类型。我们西方是没有这样一类人的——恐怕连一个也没有。但在中国，他却是一种阶级。他是像这样的：一个皱缩的小人，突出的前额，瘪嘴，尖鼻子，眼镜后面的小胡椒眼睛，书呆子式的高朗音调，时常讲些道理，这道理对于别人毫无关系，无限的自满，不仅完全蔑视平民，也蔑视别的老先生们，穿着龌龊的长袍，摇摇摆摆地傲慢地走路。除了文会以外很少能够看见，他因为把大部分的时间都用在读死书，写死书一样的文章上面。他恨一切新鲜独创的事物，因为他不能把这些列入他所知道的形式中。凡是他所不能分类的，就都是不重要的，他相信只有他自己是对的。如果他说："这儿是艺术"，他的意思就是说，除此外别无艺术，凡他所不认识的，都不存在。他既不能把小说归列他所谓的文学之中，所以在他看来，小说就不能算是文学了。

中国文评家之一的姚鼐，在一七七六年开列作品的种类，据说是包有文学的全部。这些种类就是论辩，诏令，传状，碑志，箴铭，辞赋，哀祭，杂记等等。你瞧，没有小说，虽然在那时，即在许多世纪平民间发展以后，中国小说已经达到它光荣的最高峰。就连最广大的中国学术文库和百科全书——乾隆皇帝在一七七二年敕修的《四库全书》中，也不收小说。

老先生们不把小说当作文学，可以说是小说的幸运。并且也是小说家的幸运！无论人和书，他们都幸免于那些老先生们的批评和老先生们的艺术要求。他们表现的技巧，他们对于文学的讨论，他们对于真假艺术的辨别都是独断的，他们以为艺术是绝对的，不是变动的！中国小说是自由了！它称心适意地在自己的土壤中生长，受到阳光的滋育，得到平民的赞许，不受老先生们艺术的风霜所侵蚀。美国诗人狄肯生（Emily Dickinson）有一次写道："自然是迷人的房屋，但艺术却是逗人迷恋的房屋。"她说：

自然
我们看得见
自然，我们知道，
但艺术却不声不响——
我们的智慧渴望
能获得它的纯朴风味。

中国老先生们不知道小说生长的势力，所以对它甚为忽视。有时，不幸得很，他们也注意起小说来，这是因为年轻的皇帝们喜欢读有趣的小说的缘故。于是这些可怜的老先生们便不能放手了。但他们又发现了"道"这个字。他们写了很长的文章，证明小说是要载道的。如果小说有艺术价值，必须载道。

所以，大部分老先生们对于小说的见解是：

文学是艺术。
一切艺术必须载道。
这部书不载道。
所以这部书不是文学。
因此，中国小说便不是文学。

我就是在这样的学校中受教育的。我长大以后，便相信小说与纯文学无关。我是老先生们教育出来的。他们告诉我，文学的艺术定律，是有学问的人制定的。从老先生们的脑筋中，产生了规律，管束天才的冲激，这瀑流的源头实为深沉的生命。无论大小天才都是泉水，但艺术却是雕塑的形像，于是天才受其限制，这就是老先生们所干的事情。其实，天才的泉水是应该向前冲击的，应该不为山石树木所阻的，只有平民来喝这水，在此休憩，感到愉快。

中国小说是平民的特别产物。这是他们所独有的财产。小说的语言就是他们自己的语言，不是古典的"文理"。文理是老先生们所占有的。文理与平民用语的分别犹之古代乔叟（Chaucer）的英语与现代英语不同一样。虽然像讽刺似的，从前文理原也是方言。但老先生们却不肯跟着活生生的人们变动的语言走。他们抓紧了古代方言不放手，使其逐渐僵化，而人们流动的语言却继续前进，把他们远远地抛在后面。中国小说是"白话"，也就是人们的常谈。这白话是冒犯了老先生们的，老先生们说，这种文体甚为流动易读，并且没有什么表现的技巧。

但是我要除去一种例外的读书人，那就是从印度到中国来的人，他们带来了一种新宗教，那就是佛教。在西方清教徒会长久地做小说的仇敌。但在东方，佛教徒却比较聪明。他们来到中国，发现文学已经远离民众，在六朝形式主义下死掉了。职业的文人徒知骈俪文章和诗的对仗，蔑视一切不合他们规律的作品。在这样束缚的文学空气中，佛教翻译者带来了自由精神的大宝藏。有些是印度人，但也有些中国人。他们明白宣示，他们的目的不想迎合文人的文学观念，只是用明白简单的话来教训平民。他们把他们宗教训条用平常的话说出来，这种话就是后来小说所用的话，因为人们喜欢故事，他们的教训就都取故事的形式。一部最有名的佛教书《法华经》的序文说：

"述及佛言，用语简朴"，这可以当作中国小说家的文学信条，在他们看来，的确佛就是人，人就是佛。

中国小说是为娱乐平民而写的。我说娱乐，意思并不是使他们大笑，虽然大笑也是中国小说目的之一。我说娱乐，意思是吸引并且占有整个的心的注意。我的意思是说，用人生的图画来启迪民智，要他们知道人生的意义。我的意思是说，不是用抽象的大道理来鼓励民心，而是用各时代的故事，因此介绍给民众的只是民众自己。甚至连说佛的佛教徒也看出民众如果发现佛与平常人一样的工作，他们就更加了解佛了。

但是中国小说用方言来写的真实原因，却是为了平民不能读写，所以小说写了出来，要便于高声朗诵，要使得一般只能用语言传达感想的人也能够理解。每一个村庄里，二百人当中，只有一个读过书的。在假期或是晚间，工作完毕时，他就高声朗诵故事给人们听。中国小说的起来就是这样简单的样式。过了一会，人们用帽子或农妇的碗向听众凑一些铜元，以当茶钱，并作酬资，否则讲小说的人就可以去从事纺织了。如果钱赚得多，他就率性不作工，这样他就成了职业的说书人。说书只是小说的开始。当时还没有这样多的故事，不够满足爱好戏剧性的故事的中国人的日常听书的欲望。所以说书人非增加他的货色不可。他寻找从前学者所写的枯燥的历史，用他那丰富的想像，以及与平民相处的经验，生死人而肉白骨，使得历史上的人物复活；他找到宫廷生活与纠纷的故事，和皇帝爱人的名字以及美人倾国的事情；他经历各村，探访当时的故事，把他所听见的记录下来。人们把他们的经验告诉他，他也写了下来。他再加以铺张，却不用文学典故，因为平民是不爱这一套的。他时常能拉住听众，他知道平民所最爱的文体是流畅浅易而且简明的日常用语，用不着什么仔细的琐屑描写，只要活泼地显示一处地方或一个人，不把故事延宕。他们不愿故事不流动。他们所需要的就是故事。

我所说的故事，不是指的仅只无目的的活动，不是指的仅只粗糙的动作。中国人已经很熟练这些技巧了。他们对于小说所需要的是人物个性高于一切。他们认《水浒传》为三大小说之一，不仅因为此书充满了动作的火光，而是因为此书很清晰地写一百单八将，个个各有个性。我常听到愉快的调子称赞此书道："一百单八将中任何人说话，我们无须提到他的名字。只要他一开口，我们就知道他是谁。"活泼的个性描写就是中国人对于小说的第一种要求，这种描写不是由作者的解释显示的，而是由人物自己的动作和语言显示的。

很奇怪的，小说是这样卑微地在茶室、乡村、小城镇生长的，由没有学问的寻常人向平民说的，但在皇宫里，也开始生长，也差不多是一样的方式。这是皇帝们的旧习惯，尤其是外国皇帝们，常用雇人们到各城各村去探访，穿着平民的衣服，坐在茶室里，听平民们谈话。自然，这种探访的主要目的是想听一听民众对于朝政有什么不满，尤其重要的是他们是否要因了不满而谋叛逆或倾覆国家。

但是皇帝们究竟也是人，他们并不全都是有学问的人。比较多的，还是堕落和顽强的人。探访者既有机会听到各种奇怪有趣的故事，他们又知道他们的主子对于故事比对于朝政更感到兴趣，于是他们回来报告的时候，为阿谀起见，就顺便讲一讲皇帝爱听的故事，他躲在禁城里，什么都不知道，听起来样样都是新鲜的。他们把平民所做的奇怪有趣的事情讲给皇帝听，过了一些时，恐怕遗忘就笔录下来。我相信，既然采访者能把平民的故事讲给皇帝听，他当然也能把皇帝所说所做的讲给平民听，他可以讲到皇后不生儿子，皇帝怎样与皇后吵嘴，皇妃又怎样与太监同谋毒死皇帝的爱妃，这一切都对于中国人有兴趣，因为这可以证明，皇帝不过是与平民一样的人，他虽贵为"天子"，也还是有他的烦恼。因此，小说又有了另一种故事来源，不过职业说书人说宫廷故事的究竟不多。

第三章 个案研究

因了这种卑微的传播的开始,就有了中国小说,常用白话来写,所说的故事都是民众所感到兴趣的,其中有传说和神话,恋爱和私通,内乱和外患,一切上下等人的生活都包括在内。

中国小说的形成,不像西方那样由少数作家写作。在中国,小说比小说家还重要。中国没有狄福(Defoe),没有费尔丁(Fielding)或史摩勒特(Smollett),没有奥斯丁(Austin)或白伦特(Bronte),或迭更司或萨考莱或梅侣笛斯或哈代,也没有巴尔扎克或福罗贝尔。但像世界各国一样伟大的小说却是有的,可说是伟大得少有。那末,著作这些小说的人究竟是谁呢?

这就是现代中国新文学家所要发现的,可惜已经太迟了。近二十五年来,文学批评家受了西方的教育,开始发现他们自己所忽视的小说。但是小说作者他们却不能找到。《水浒传》发展到现在的形式究竟是成于一手,还是好几世纪好些人加以增润或重编的呢?谁能说得出呢?他们生于当时,写出当时他们的所见所闻,但是关于他们自己,他们却什么也没有说。较近的《红楼梦》的作者说:"历来野史的朝代,无非假借汉唐的名色,莫如我石头所记,不借此套,只按自己的事体情理,反倒新鲜别致。"

他们说的是他们自己的时代,他们幸而不被注意。没有人批评他们的小说,没有人说他们的小说做得是否合于老先生们的标准。他们无须达到老先生们所呼吸的高空,他们也无须做到老先生们之所谓伟大。他们高兴怎么写就怎么写,能怎么写就怎么写。有时他们写得好,又有时写得不大好,都不是故意的。他们就这样不为人所注意地死了,等到新的学者想要给他们荣誉,已经太迟了。他们没有留下身后名。但他们的小说却流传下去,因为保存小说使其活生生地存在的是中国的平民,不仅从手到手地传授,并且是从口到口地复述。

施耐庵（他对于《水浒传》的作成颇为有功）在较后版本的《水浒传》序言中写道："所发之言，未尝不欲人解。无贤无愚，无不能读。文章得失，小不足悔——呜呼哀哉！吾生有涯，吾乌乎知后人之读吾书者谓何？且未知吾之后生读之谓何？亦未知吾之后生得读此书乎？吾又安所用其眷念哉！"

很奇怪的，有些老先生嫉忌小说的普遍，内心有些痛苦，不敢告诉别人，也许研究他们自己的古书感到疲倦，于是也写起小说来，换上一个假的署名。他们这样做，也抛弃了书呆的习气，也像一般小说家一样地写得简单自然。因为小说家相信他不应该过重技巧，他应该照他材料所需要的去写。如果一个小说家因文体或技巧别致而得名，他决不是一个好小说家，只是一个文学匠人罢了。

我在中国所受的教育告诉我，一个好小说家应该"自然"高于一切，那就是与材料完全融合。他的全部责任就是把许多时间、地点和事件合于韵律，完全和谐。我们不能从文字断定这是谁写的，因为小说家的文体如有定型，这文体就成为他的奴隶。中国小说家文体各有不同，犹之音乐家题材各有不同一样。

按照西方的标准，这些中国小说是不完善的。它们没有从头到尾的计划，结构并不严密，像真的人生一样地没有计划。小说每每太长，事件太多，人物太多，材料上是真假杂糅，手法上是浪漫与写实混杂，所以魔术和梦的不可能的事件也违背理智地加以详细叙述，要人相信。最早的小说充满了"民俗"，因为当时的人是相信这些事情的。但中国现代也还有好多人相信这些民俗，不管一切中国外交家和受过西方教育的人怎样辩解，也不能掩过实际的情形。中国人大部分的心理，如罗塞尔（George Russell）所说的爱尔兰人的心理一样："民众的心理和想像相信一切。他们相信金船银桅杆，海边的仙城，报应和神仙，这些大多数的民众对于政治，也一样地准备相信一切。"

　　这种心理养育了几千年，也记录在中国的小说里。小说逐渐生长，便逐渐改变。我曾说过，中国小说不是成于一手的，所以不能说一部小说为何人所作。起初只是一个小故事，后来逐渐增饰上去。我可以举最著名的《白蛇传》为例，起初是唐朝一个无名作家写的。当时只是一个超自然的简单故事，主人公是大白蛇。后一世纪的转变，蛇变成吸血的女人，她是一种恶势力。但第三次转变，就有了温和的人间味。吸血的女人成为忠实的妻子，她帮助她的丈夫，并且替他生了一个儿子。这故事像这样增饰，不仅加进新的人物，并且加进新的品质，结果不仅是超自然的故事，并且是人性的小说了。

　　在中国史的早期，许多书不能称为小说，如果莎士比亚看见这些小故事，也许会探双手进去，把石子变成珍珠的。许多这一类的书都失掉了，因为它们没有多大的价值。但并不完全遗失——早期的汉代小说，写得很有力，直到现在，还被称为有奔马之势，接着便是魏晋六朝的乱世——并没有完全遗失。在宋朝，许多短篇保存在总集《太平广记》里，里面的故事有的是迷信和宗教、善报和恶报、梦和魔术、龙和神仙释道、老虎和狐狸、轮回和复活。大部分这些早期小说都说的是超自然的事情，讲到神仙投胎，或是人像神一样地行事，受佛教的影响很大。其中有的是魔术和喻言，穷文人的笔生了花，梦引导男女进入格利佛的幻境，或是魔杖使得铁打的殿堂浮起。但故事是反映各个时代的。汉代的故事是有力的，常说到国家的事情，集中于几个大人物或大英雄。这个黄金时代，幽默是健全的，有力的，如许多故事所显示，有的是选集的，也有的是创作的。黄金时代凋落后，这景象却难以忘记，所以直到现在，中国人喜欢自称为汉人。以后就是软弱和腐烂的世纪，所写的小说是甜蜜蜜的，软绵绵的，题材常是纤小的，如中国人所说："在六朝的时代，他们只写小事物，一个女人，一条瀑布，或是一只小鸟。"

如果汉朝是黄金，那末唐朝就是白银，白银就是有名的恋爱故事。这是一个恋爱的时代，上千的故事都集中在美丽的杨贵妃和差不多同样美丽的皇帝的爱人梅妃身上。这些唐代的恋爱故事，其统一与错综，就渐近西洋小说的标准了。也一样的有起点、最高峰和降落点。中国人说："唐人小说，不可不熟，小小情事，悽惋欲绝。"

这是不足惊奇的，许多这一类的恋爱小说不仅说到由恋爱而结婚，或终于结婚，也有结婚关系以外的故事。以结婚为主题的小说，结果常是悲剧性的。两种有名的故事《北里志》和《教坊记》完全说的是娼妓恋爱，却显出了妓女的崇高，她们能读能写能唱，又聪明，又漂亮，比中国人所常说的不识字的"黄脸婆"要好得多。

因为这种倾向很大，所以官方也为这种小说流通于平民而吃惊，说这是革命的，危险的，它想动摇家庭制度即中国文化的基础。反动的倾向也是有的，如较早的著名小说《会真记》，说的是年轻的学生爱美丽的莺莺，却抛弃了她，临走的时候，审慎地说道："大凡天之所命，尤物也。不妖其身，必妖于人。昔殷之辛，周之幽，据百万之国，其势甚厚，然而一女子败之。余之德不足以胜妖孽，是用忍情于时。"坐者皆为深叹。谦逊的莺莺也说："始乱之，终弃之，固其宜矣，愚不敢恨。"但五百年后，中国民众心理却把这败兴的传奇改正了。在一部杂剧里作者使张生与莺莺成为夫妇，并且在结局说："愿天下有情人都成了眷属。"中国历史悠久，五百年等待一个快乐的结局是不算长久的。

这故事是中国最著名的。宋朝有赵德璘写成词，名为《蝶恋花》，金朝有董解元写成诸宫调，名为《弦索西厢》。明朝就把以前诸本混合起来，李日华另外作成《南西厢记》，用南方的"曲"，这就是比较最后的《西厢记》。甚至中国的小

第三章　个案研究

孩都知道张生的名字。

我比较着重地讲唐朝的罗曼斯，这是因为男女之事是唐代小说最常用的主题，并非除恋爱小说外就没有别种小说。有许多小说带有幽默和讽刺，还有一篇奇怪的小说讲到斗鸡，这是当时重要的游戏，常在宫廷举行。其中最好的一篇小说就是《东城老父传》，其中讲到贾昌是有名的斗鸡者，因为皇帝和百姓们都喜欢他，他就更加著名起来。

岁月如流，小说的形式到宋朝方才完成，元朝就开了花，到了极繁盛的时期，差不多除了清代的《红楼梦》可以并驾齐驱以外，就没有可以超过元朝的了。小说在许多世纪中不被注意的发展，由根而干而枝而叶，终于在元朝开出花来，年轻的蒙古人到了古旧的国家里来，他们那富有活力而且饥饿的心需要滋养料。这样的心不能用无价值的果皮即古典文学来滋补，因此他们就转而注意于小说戏曲，在这新生命里，在帝王偏嗜的阳光里，虽然仍不为正统派文人所注意，却产生了中国三大小说中的两部：《水浒传》和《三国演义》——《红楼梦》是第三种。

我想把这三部小说的意义和对于中国民众的影响告诉诸位。我可以说，西方文学中没有可以与它们匹敌的。我们的小说史中，没有很清晰的时期可以说："此时小说是达到了最高峰。"这三部就是中国的平民文学。它们是通俗小说的纪念碑，虽然不是正统派的。它们被老先生们所忽视，被检查员所查禁，被以后的朝代判为危险的、革命的、堕落的。但它们仍旧存在，因为人们读它们，谈到它们，并且编成歌来唱，做出戏来演，终于使得老先生们也不得不加以注意，说它们不是小说，是寓言，寓言就可以算作正宗文学了。但人们对于这种理论并不加以注意，不管老先生们长篇大论、引经据典的证明。他们很高兴，觉得小说是为愉悦他们而作的，小说可以表现他们自己。

小说的确是大众创作的。《水浒传》虽以施耐庵为作者，其实并不是一个人写的。许多故事集中于宋朝的强盗，结果便是这部伟大结构的小说。其起原载在历史。山东强盗直到现在都是著名的。我们西方的十三世纪正是中国的苦难时代。徽宗皇帝朝日趋堕落而且秩序紊乱。富者愈富，贫者愈贫。没有人出来纠正，所以正义的强盗便出现了。

我不能在此把这部小说的成长完全告诉你们，不能详说各时期各作者的转变。据说施耐庵在旧书店里找到这部粗糙的小说，就带回家去重写。在他以后，这小说仍旧不断地重写。现在有五六种本子是重要的，一种一百回本的叫做《忠义水浒传》，一种一百二十四回，还有一百十回本。原著算是施耐庵的，有一百二十回，但一部现在最有用的却只有七十回。这就是清朝有名的金圣叹所删削的，他对他的儿子说："如此书，吾即欲禁汝不见，亦岂可得？今知不可相禁，而反出其旧所批释，脱然授之汝手。"还有一部续编，是官方编的。他看看无法禁止人们读《水浒传》，便编了一部续编《荡寇志》；说的是强盗被国军打败，终至于毁灭。但中国平民是渴望自由的。他们不高兴看官方的小说，他们自己的小说仍旧屹然存在。他们知道得很清楚，这是一种斗争，这是民众对于官方的反抗。

我在这儿要插一句嘴，《水浒传》有部分的法译，名为《中国的骑士》（Les Chevaliers Chinois），七十回本则有我自己的英译全本，名为《四海之内皆兄弟也》（All Men Brothers）。原题《水浒传》在英文没有多大意思，只是表明强盗窝著名湖沼的水涯而异。但中国人看了这三个字，却可以立刻引起思古的幽情，不过与我辈并无关涉。

这部小说对于现代中国也有很大的意义。中国的共产党也翻印这部书，有名的共产主义者为这翻版写序，印出以后，就当作中国共产文学的第一部。这部小说的伟大就在于不受时间的限制。无论古今，此书仍旧是不可磨灭的真理。中国人民，无论和尚娼妓、商人士子、男女老少、好人坏人、甚至顽皮小孩，都踏着这书前进。唯一缺少的就是在西方受过教育的、手执文凭的哲学博士之流。但他如常住中国，仔细看这部书，也会给予同情的。

中国人说："少年莫读《水浒》，老年莫读《三国》。"这是因为少年读了《水浒》，也许要去做强盗；老年读了《三国》，雄心勃发，也许要去打仗，事实上年老是办不到的。所以如果《水浒》教我们中国社会情形，《三国》就教我们打仗，而《红楼梦》却说的是家庭生活和恋爱。

《三国》像《水浒》一样，也有伟大的结构，也是权威的著作。故事的开始是汉朝三个朋友誓为兄弟，接着就是九十七年的三国战争。这部小说曾由罗贯中重写，据说他是施耐庵的学生，并曾与施耐庵合作《水浒》，但这是中国的"培根与莎士比亚"的争论，年代久远，已不可究诘了。

罗贯中生于元末，明初犹在。他写过杂剧，但小说尤有名，《三国》是其中最好的。现在中国所最通行的本子就是清康熙朝毛宗岗所改订的，他不仅批评，并且重编。他把材料增加删削，比方说，孙夫人投江而死，就是他所增订的。他甚至改换文体。如果《水浒传》现代的重要性，是在于人们争获自由，《三国》的重要性却在于详叙战争的科学和艺术，中国人的战术是与西方不同的。现代中国最有力量的游击队，都是熟读《三国》的农民，即使他们自己看不懂，至少在严冬的白天或长夏的晚上也坐着听说书人描摹《三国》的战争。现代游击队颇相信这些古代的战术。一个战士应该怎样打仗，敌人进攻应该怎样退却，敌人退却应该怎样进攻，——一切这些在小说中都有其来源，为中国每一个平民和孩子所熟知。

《红楼梦》是三大中国小说中比较近代的，是曹雪芹所写的自传，曹氏是满洲的大官后裔，并且也是满洲人。当时满洲有八旗，曹氏是正白旗汉军。他的小说不曾写完，后四十回是别人续作的，也许名叫高鹗。曹雪芹自叙生平的推测是现代胡适所主张的，从前还有袁枚。原书本名《石头记》，一七六五年在北京出版，五六年后就到处传名，这年代在中国史极短的。当时印刷仍不便利，且极昂贵，所以此书初出，仍只好采用借书制度，那就是中国所谓"你借给我一部书，我借给你一部书。"

故事的主题是简单的，但旁枝却极多，对于个性描写和感情发抒也极注重。这差不多是病理研究，讲到一个大家庭起初怎样繁荣，甚至一个女儿做了王妃。但是此书开始时繁荣时代已经快过去了。家庭已向下倾。财富渐渐减少，而唯一的儿子宝玉也日渐堕落，虽然他生时有异象，口中衔了一块玉。第一回云："却说那女娲氏炼石补天之时，单单剩下一块未用，弃在青埂峰下。"这顽石就是贾宝玉。这就是中国人超自然的信仰。这种信仰，就是现代中国人生活的一部分。

这部小说之所以能够抓住人心，就因为它所描绘的是他们自己的家庭制度，女人在家庭中有绝对权威，女族长有大权力，婢女大都是年轻貌美的，常是家中男子的玩物，她们毁灭了他们，也被他们所毁灭。中国家庭中的女子常关在家里，并且不识字的多。女人当权结果是损害一切。她不许孩子做劳苦的事情，把他娇养得一无用处。这例子就是贾宝玉，结果就是《红楼梦》上所显示的悲剧。

我不能详说，老先生们是怎样把这书解释为寓言的，他们知道连皇帝也看这部书，并且知道这部书的势力很大，各地的人都爱读。老先生们也许在背地里也读过了。许多中国的笑话，嘲笑老先生们私自读小说，却公开地假装他从来不曾看见过这种邪书。也有人说《红楼梦》不是一部小说，只是政治的寓言，说的是明朝的倾覆，被满洲人夺去天下。"红"就是指的满洲人，死了的林黛玉虽已决定嫁给宝玉（代表中国），却被宝钗（代表满洲）夺了去，诸如此类。他们说，"贾"的

第三章　个案研究

意思就是假。但是这样的解释未免太迂曲了，其实这小说只是描写大家庭的崩溃而已。里面男女人物极多，都是中国家庭中所常可遇到的。

我这样着重这三部小说，只是按照中国人自己的意思去做。你一提起小说，一般的中国人就要答道："《水浒》、《三国》、《红楼梦》"。但这并非说除此以外就没有别的小说，比方说，我还可以举《西游记》，也像这三部同样的普遍。还可以举《封神传》，是说到神的战争。作者不可知，也许是明朝的许仲琳。我还要加上《儒林外史》，是讽刺清代的丑恶的，特别是老先生们，充满了双关和辛辣的句子，行文极为幽默。此书说到老先生们一无用处，只会读死书。全书虽长，却无中心人物。每一个人与另一个人的连系，只靠一件意外的事情，现代中国名作家鲁迅说过："但如集诸碎锦，合为帖子。"

还有《野叟曝言》，作者是官场失意的江阴夏氏；还有最奇怪的《镜花缘》，讲到女儿国，皇帝是女人，官员也都是女人。此书想要显示女子的智慧与男子相等。但此书结束，却说男女战争，男子胜利，女皇被男皇打倒。

我在此处所举的中国平民所爱读的小说只不过是百分之一。如果他们知道我向诸位说这题目，他们一定要说："把三大小说，《水浒》、《三国》、《红楼梦》讲讲就行了，这是我们最好的小说。"这三部小说反映中国人所过的生活，这里面有他们的歌唱、欢笑和嗜好。他们一代一代地读这三部小说，并且从这三部小说里做出许多新的歌和戏剧以及别的小说，有的几乎和原著同样地有名。例如《金瓶梅》，讲的是浪漫肉欲，就是取材于《水浒传》的一小部分的。

但我今天最重要的事情并不是开书目。我所要说的，就是这种深沉而又崇高的民主主义的人民的想像的发展，在他们本国内并不被尊为文学。故事名称只是"小说"，意思就是微小而无价值的话；长篇的就叫做"长篇小说"，意思就是较长的微小而无价值的话。现在，中国人的旧文学已经死了。平民的小说逐渐抬头，小说是不会灭亡的，它将继续不断地生长。

我就是在这种环境下成为作家的。因此，我的志愿不想写得怎样美丽或是怎样漂亮。我相信，这是健康的信条，我也曾说过，将启发西方的小说。

这就是中国小说家的本质和态度——这也正是老先生们蔑视的结果。

创造艺术较之产生艺术，大不相同。创造艺术是有无穷尽的活力，超过一个人所需要的活力——这种力量是谁也不能消灭的。这种力量可以创造更多的生命，成为音乐、绘画、文学等，作为表现的自然媒介。作者若不能自已，这种特别的力量，影响生理和心理，非用掉不快。因此，他的感觉比别人更加活泼，更加深刻，他的脑力也更敏速，于是遂形成想像。这就是从内发出的力。这是他每一个细胞的活动，不仅扫荡了他自己，也扫荡了他周围的人生，他的梦，和他的活动圈。

因此，艺术便落了第二义，不是主要的。如果小说家只注重第二义，他的活动便变成无意义的了。他要是只注重形式风格和技巧，那就好像船搁浅在礁上一样，推进机虽然狂转，也不能使得船前进。

小说家的第一要义就是人生，内面的和外面的人生。他的作品的唯一试验，就是他的活力能否表现人生。他的人物是否活生生的？这才是最重要的。谁能判断呢？除了读者还有谁呢？他们是不懂得什么叫做艺术的——他们不管什么崇高和至善。他们只注意他们自己，他们自己的饥饿、失望以及欢乐高于一切；还有，他们自己的梦。这些就是真能判断小说家的作品的人，因为他们只靠"真实"来作判断。判断的标准不是艺术方法，而是拿他们所读的真实，来与他们所经历的真实互相比较。

我就是这样受教育的，小说家把艺术看作严冷而且完全的形像,他赞美他们,好像赞美博物院中高高在上的大理石像一样;因为他与他们本不是在一起的。他的地位是在大街上。他在那儿是最快乐的。街上很嘈杂,男男女女的表现技巧,并不像石像那样的完全。他们是丑陋而且不完全的。

像中国小说家一样,我想为这些人写小说。我希望我的小说能为大多数平民所阅览。因为小说本是属于平民的。他们是最好的评判员,因为他们的感觉是纯正的,他们的感情是自由的。一个小说家应不以纯文学作为目标。他甚至最好不要受纯文学的毒太深,因为平民是不管这些的。他是一个乡村帐篷中的说书人,他在说故事时,诱引人们到他的帐篷里来。一个老先生从此经过,他用不着高声大喊。但如一群贫穷的朝山客从此经过,上山去拜神,他就要用力打鼓了。他要向他们喊道:"我也说的是神!"他要向农民谈到他们的土地,他要向老人谈到休憩,向妇人谈到他们的儿女,向青年谈到他们的生活。如果平民高兴听他讲,他就满足了。

赵景深在翻译完赛珍珠的《中国小说论》之后,紧接着对其中的几处错误加以纠正,体现了其严谨文风及扎实功底。

(1) 原文云:"姚鼐是中国最伟大的文学批评家。"(面一六,指原文面数)按,姚鼐是桐城派的古文家,即使可说是文评家,决不是"最伟大的",所以我把这几个字删掉了。又,鼐字译作 Hai 当为 Nai 之误。

(2) 原文云:"姚鼐文学分类有论辩、诏令、传状、碑志、箴铭、诗歌、哀祭、历史等。"(面一六)按,实际上"诗歌"和"历史"都不是姚鼐分类中所有的,我就将"辞赋"和"杂记"这两个名称来勉强替代。

(3) Fah Shu Ching(面二一)此似为《法华经》之译名。Shu 或为 Hua 之误。

（4）"在明朝，许多短篇保存在总集《太平广记》里。"（面三四）按，明朝乃宋朝之误。《太平广记》是宋朝太平兴国年间李昉、徐铉、吴淑等所辑集的。

（5）"在最后的一部杂剧，《西厢记》里。"（面三八）"直到最后的《王西厢》。"（面三九）按，元王实甫的杂剧《西厢记》不仅不是最后的，反是比较早的一部，此后许多《后西厢》、《续西厢》、《翻西厢》、《真西厢》、《正西厢》、《锦西厢》、《新西厢》、《竟西厢》之类都是在《王西厢》以后的。

（6）"三国故事的开始是汉朝三个朋友誓为兄弟，接着就是九十七年的六朝。"（面四六）按，六朝当为三国之误。因为汉三国以后，该是魏，魏以后才是六朝（即晋宋齐梁陈隋）。

（7）"《水浒》有一种一百回本的叫做《忠义水浒传》，一种一百二十七回，还有一百回本。"（面四三）按，连说两次"一百回本"，犯复。并且，《水浒》从来不曾有过一百二十七回本的，只有一种一百二十四回本的，有康熙本和乾隆翻刻本。故后二句改为"一种一百二十四回，还有一百十回本。"一百十回本是明雄飞馆合刻的《英雄谱》本。

赛珍珠对中国传统小说情有独钟，这篇洋洋洒洒的演说稿便可为证。在论及中国小说时，她既受到中国流行观念的影响，也有基于西方文学的比较视角，比如"文理与平民用语的分别犹之古代乔叟（Chaucer）的英语与现代英语不同一样"。赵景深译介赛珍珠的《中国小说论》，其独特之处在于，他既是一位译者，也是一位校勘者。就此而言，他对于中国小说和中国文化的理解，在某些方面是高于赛珍珠的。校勘部分也显示了译者与作者之间的对话，体现了译者的多元功能。

2. 赛珍珠对新文学的传播介绍

赛珍珠在1954年出版的自传《我的中国世界》中谈及:"新文化运动还有一个有趣的特点,它对现代中国人有着久远的影响。在彻底否定儒教方面,这些年轻的现代作家既尖刻又坦率。与此同时,他们还彻底否定了旧道德说教性文章。……尽管孔夫子是个哲学家,不是牧师,但实际上正是他为中国社会、他的子孙创立了一整套与宗教、与道德作用相同的伦理纲常。恐怕还要经过相当长的时间,中国人才会重新认识孔夫子这个最伟大的人物对中华民族的贡献有多大。然而,不能认为年轻人这种行为是在反对伦理道德,事实绝非如此。许多世纪过去了,儒教已完全变成了空洞的教条,在大多数情况下,其道德只是虚伪的套套了。愤怒的青年起而反抗老一辈身上虚伪的东西时,把孔夫子也一同扔出了门外。在俄国,与此同时,东正教会的虚伪与腐败也导致了猛烈的反宗教运动。每个孩子都是带着纯洁的灵魂降生于人间的。到了一定时间,他都会成熟起来,当他能清楚地区分真理与谬误时,虚伪就会让他感到愤怒,除非他从小就堕落了。长辈本该对他讲实话,但却说了谎,年轻人因此而不能原谅他们。我相信历史上所有革命的最初原因都是这种愤怒。"①

《我的中国世界》中,赛珍珠介绍了新文化运动的领导人胡适和陈独秀。她肯定了以胡适为代表的文学生力军,他们把中国小说列为文学,而不是只被人鄙视的平民百姓读物。胡适的《白话文学史》是激动人心的,将人们被压抑的力量从僵硬的旧八股中释放出来。这些观念与她在《中国小说论》中的看法是一致的,但赛珍珠在此书中也表示了对白话文学的失望:"在白话文的价值被胡适证明了之后,年轻的中国作家群起而效之,出版了大批白话文作品。但必须承认,这些作品大都质量低劣。出现这种令人失望的

---

① [美]赛珍珠:《我的中国世界》,尚营林等译,湖南文艺出版社1991年版,第196页。

局面，是有其原因的。自认为是现代人的中国青年心中燃烧着一种无名的激情，他们既有强烈的叛逆精神，又雄心勃勃。但实际上，他们还是没有东西可写，他们与传统决裂得太突然，失去了自己的根基，接受西方文化又太快，也太肤浅，当他们写作时，也就只能是摹仿。但是，因为他们拒绝摹仿中国古代的伟大作家，他们只好去摹仿那些对他们来说显得很新颖的西方作家……那时，你翻开一本评价很高的中国小说，结果却发现它只不过是某部西方小说的翻版，真让人扫兴！……"①

可以看出，赛珍珠在极端称赞中国古典文学艺术的同时，对现代作家及其作品持消极的退化观。在她看来，主要原因是现代作家抛弃了自己民族的优秀传统，而不成功地模仿西方。作为一个西方作家，中国源远流长的文学传统自然有着巨大的吸引力，而一个外来的模仿者引不起她的兴趣也是可以理解的。但五四新文学对于中国作家的意义无疑不是赛珍珠所能体会的，她所说的中国作家对于自己国家的文化财富相当无知也是不切实际的。另外，赛珍珠所接触的主要是新文学第一个十年中以及左翼文学的一些状况。单就具体的文学成就而言，新文学的短短一二十年当然是无法同几千年的文学传统相提并论的，赛珍珠的要求实在是一种苛求。当然，在某种程度上，我们也不能回避一个事实，那就是五四新文学在实绩上的欠缺以及左翼文学某种程度上的标语口号化，这让赛珍珠的苛求多少有了些依据。

关于五四新文学在实绩上的欠缺，刘纳曾在《嬗变——辛亥革命时期至五四时期的中国文学》一书中有所论述。刘纳将五四时期的文学人物分作了几种：一种是聚集在《新青年》周围的前驱们。五四新文学最早的发难者与尝试者胡适并不具备特别突出的才智，更多的是探路意义。陈独秀是以思想领袖的身份关注文学问

---

① ［美］赛珍珠：《我的中国世界》，尚营林等译，湖南文艺出版社1991年版，第194页。

题。钱玄同和刘半农为新文学发难竭诚喝威助阵,持论之浅偏却显而易见。周作人所发表的一系列论文如《平民文学》为五四新文学定下了精神基调,但最后至多是一个出色的散文作家;一种是那个时代的儿女们。比如冰心、叶圣陶、俞平伯、王统照、朱自清、郑振铎、田汉……他们是五四的儿女,也是五四新文学创作的基本力量,但文学创作本不一定是最适合他们禀性才能的选择。庐隐、郁达夫及其后继者更多地体认了弃儿——流浪儿的无所归属的感受。另外,许地山、张资平、宗白华、徐志摩、闻一多、废名、彭家煌……他们各自的艺术探索斐然有所成,也留下了相当多的遗憾;一种是那个时代的多情恋人——郭沫若。五四时期,郭沫若以热恋般的心态与自然、与祖国、与时代建立起新的精神联系。以激情取胜的《女神》,使郭沫若成为新诗坛一位超群的诗人。《女神》首先不是以其达到的艺术水准,而是以其所显示的人格追求与艺术表现的可能性引起新诗坛的振奋。他容易与阅读对象一拍即合,但也容易与其分道扬镳。即使他最好的作品,也烙着"未成品"的印迹;最后,是那个时代的严峻的父亲——鲁迅。鲁迅的睿智、坚韧品格以及人生经验,都使他有资格充当"父亲"的角色。鲁迅提供了五四时期最具深度、最具丰富性的作品。鲁迅是五四时期中国唯一达到当时世界水平的作家,但从世界范围来看,他则只是20世纪初人类所涌现出的数十个杰出文学人物中的一个。1927年鲁迅曾就有人欲为他提名诺贝尔文学奖一事恳挚地说自己"不配",这显示了他可贵的清醒。由此我们可以看出五四时期新文学艺术水准在整体上的不足。

  新文学作家及评论家自己也对此有清醒认识。比如1921年,郑振铎在《小说月报》上发表看法说:"现在中国文学界的成绩还一点没有呢!做创作的人虽然不少,但是成功的,却没有什么人。"① 这结论至少由于鲁迅的存在而大有修正的必要,但他对当

---

① 郑振铎:《平凡与纤巧》,《小说月报》1921年第12卷第7号。

时创作一般情况的描述却大体符合实际:"第一是思想与题材太单薄太单调了。大部分的创作,都是说家庭的痛苦,或是对劳动者表同情,或是叙恋爱的事实;千篇一律,不惟思想有些相同,就是事实也限于极小的范围,并且情绪也不深沉;读者看了以后,只觉得平凡,只觉得浅薄;无余味;毫没有深刻的印象留在脑中。第二是描写的艺术太差了。他们描写的手段,都极粗浅,只从表面上描摹,而不能表现所描写的人与事物的个性、内心与精神。用字也陈陈相因,布局也陈陈相因……"①

1935 年,茅盾回顾 1922 年之前新小说的创作情况时,曾以鲜明的对比说明其水平之差:"那时候发表了的创作小说有些是比现在各刊物编辑部积存的废稿还要幼稚得多呢。"② 他认为,从 1922 年起,"大群的有希望的青年作家"才"使得新文学界顿然有声有色!"③ 那十大本《新文学大系》,便是"有声有色"的证据。然而,若干年后,茅盾又说:"您不妨把《新文学大系》看看,就知道'五四'后第一个十年内有点成就的作家实在寥寥可数。"④

五四新文学实绩贫瘠的关键原因是大多数作者艺术才情的薄弱与文学修养的欠缺。但无论如何,五四新文学在历史上留下了神奇而久长的光彩。对此,刘纳的解释是:虽然五四新文学作为艺术现象,除个别的例外(如鲁迅的几篇小说、十几篇散文诗,郭沫若的个别诗作),早已被超越了。大多数五四作品不具备耐读性,若用鉴赏的眼光看,甚至令人兴味索然。但是,它们的精神吸引力却是无可替代的。它们可羡慕的不是文字本身,而是在文字后面的性灵;可珍惜的也不是文字本身,而是文字所唤起的情绪。五四作者的真纯、渴望、焦灼、困惑、眼泪、惊喜……都是无法仿效的,他

---

① 郑振铎:《平凡与纤巧》,《小说月报》1921 年第 12 卷第 7 号。
② 茅盾:《中国新文学大系(1917—1927)·小说一集》,导言,上海良友图书公司 1935 年版。
③ 同上。
④ 茅盾:《关于写真实和独立思考》,《中国青年报》1957 年 8 月 16 日。

们幼稚单薄的作品,弥漫着时代所赋予的独特的鲜灵灵的生命情调,具有标示中国知识分子精神生活史的巨变意义。

从这个角度而言,赛珍珠以中国古典文学的成就为参照、对五四新文学进行的消极评价,恰恰忽视了五四作者对中国传统心理的门槛的跨越意义,忽视了中国知识分子在那个时期特有的精神转型价值以及对中国后来知识分子的启迪效应。作为一个中国传统文化优秀一面的同情者,她没有看到中国传统文化朽坏的一面已经不能再继续下去了,尽管如何革新它以及五四的革新是否是最好的方式是另外值得探究的问题。

至于左翼文学,章伯雨的《勃克夫人》一文中曾提到赛珍珠的看法:有一次,作者问她对于左翼作家和作品的意见,她不假思索地立刻回答道:"在美国,左翼作家如辛克莱(Lewis-Sinclair),并不受读者的欢迎,他的名声在美国内,并不如在俄国和中国的那般大,这是因为美国是一个德莫克拉西的实行国家,人民个个都能向政府说话的。谈到文学作品,我深以为文学本身是不能当作宣传工具,有如宣言、传单、标语、口号等——不,文学是可以有力量变换社会和人生的,但那是由于文学写得美妙,人们阅读后受它自然的感动,决不是以文学当武器的。我是主张美的文学的,只有美(beauty)才能感动人,那才是真正的好文学。"[①]

不可否认,左翼文学中确有文学话语上的政治宣传主义、结构上的公式主义以及人物塑造上的脸谱主义等不足,急功近利的文学观念导致文学机械地成为革命理念的传声筒,失去了文学应有的美感。就此而言,赛珍珠的不满是可以理解的。

总之,正是五四新文学发难的决绝和实绩的贫瘠以及左翼文学的标语口号倾向,使得象赛珍珠这样的钟情中国古典文学的旁观者对其发生了质疑。但随着新文学的发展和实绩的壮大,赛珍珠对现代作家及其作品的积极传播,又使我们看到她质疑之后的肯定。

---

① 章伯雨:《勃克夫人》,《读书顾问季刊》1934年第1卷第2期。

赛珍珠在她的《我的中国世界》(1954)和最后一部作品《中国的过去和现在》(1972)中，曾提及包括鲁迅、郭沫若、徐志摩、老舍、林语堂等在内的中国现代作家及其作品。此外，在《勃克夫人访问记》一文中，记述1933年11月18日，曾译过赛珍珠小说《青年革命家》的章伯雨，专程赴宁到赛宅造访。在谈到她对中国现代小说的意见时，说："她在北京的好几年前，是看过不少现代作家的小说的，她特别提出鲁迅来，说她很重视他的《中国小说史略》，并且她愿意将来作一部中国小说史，要用小说体裁写成关于中国艺术的历史。"① 交谈中，赛珍珠对鲁迅不能自由发表著作和意见，表示出强烈的关心、不安与感佩之情。1934年，赛珍珠准备回国后在她第二个丈夫理查德·沃尔什主编的《亚洲》杂志担任顾问编辑。回国前夕，他们夫妇在北平拜访了斯诺夫妇，约请他们为《亚洲》杂志撰稿，包括介绍中国的左翼文学。后来，斯诺在该杂志的1935年1、2月号和1936年9月号上分别发表了论文《鲁迅——白话大师》和英译的鲁迅小说《药》《风筝》，以及其他左翼作家的作品。另外，舒乙在《赛珍珠与老舍》②一文中介绍了1946年春天，老舍应美国国务院的邀请，同曹禺一起抵达美国，作为期一年的正式讲学访问。期满之后，老舍一人滞留在美国直至1949年年底。在此期间，从民间的角度给予老舍关心和帮助最多的，无疑是赛珍珠。赛珍珠除了在生活上帮助老舍外，还多次邀请老舍出席美国文艺界的各种集会，并向与会者介绍老舍，宣传他的文学成就。老舍作品在美国的翻译出版，也得到了赛珍珠的大力支持。赛珍珠与林语堂的文学交往，则有众多研究资料，此处不再赘述。

作为一个文化人，赛珍珠一生最突出的一点就是向西方介绍中国文化。她长期生活在中国达30多年之久，对中国有着深厚的感

---

① 章伯雨：《勃克夫人访问记》，《现代》1933年第4卷第5期。
② 郭英剑主编：《赛珍珠评论集》，漓江出版社1999年版，第157—159页。

情，并成功地担负了将中国古典文学介绍到西方的任务。虽然她对于新文学之初的评价是比较低的，但随着新文学的发展，随着她的继续关注，她对现代文学作家及其作品有了新的认识。作为一个积极的文化传播者，她在向西方介绍中国现代作家及其作品中，也做出了值得肯定的努力。

（三）赛珍珠以来华传教士为主角的两部传记杰作

1. 传教士之间的深层对话

作为1938年的诺贝尔文学奖获得者，赛珍珠的获奖理由是"由于她对中国农民生活史诗般的描述，这描述是真切而取材丰富的，以及她传记方面的杰作。她的作品，使人类的同情心越过遥遥的种族距离，并对人类的理想典型做了伟大而高贵的艺术上的表现。"① 具体而言，她的获奖作品包括书写中国农民生活的《大地》三部曲，以及她的两部以其母其父为传主的传记《异邦客》和《战斗的天使》。关于她的《大地》三部曲在重塑中国形象方面所作出的杰出贡献，《大地》在中国文学史上引发的争议以及接受过程等话题，已有诸多学者加以探讨，此处不再赘述。相比之下，她的两部获奖传记受关注较少。这两部传记详细记载了她母亲与父亲的出生、青少年生活、来华传教的经历，深入地解释了她父母的内心世界以及他们和周围世界的关系，并深刻地揭示了赛珍珠对于基督教信仰前后微妙的变化。

两部传记如果联系起来看，其实是一个整体。《异邦客》虽出版于1936年，实际上1921年就完成了。赛珍珠主要是为了纪念那年去世的母亲而作，在自传中她回忆写《异邦客》的缘由："当我回到南京我的新家，我满心思都在让我的母亲复活，因此我就开始写她。我想过也说过这书是我为我自己的孩子写的，她活着的时

---

① 车吉心、朱德发主编：《1901—1995诺贝尔文学奖得主全传》，明天出版社1997年版，第319页。

候，他们还太小，记不清祖母了，他们或许可以从这本书里得到她的画像。我并不知道这幅根据我准确的记忆，细心绘制出来的画像会成为我的第一部作品。"① 而《战斗的天使》是对《异邦客》中父亲形象的补充，正如赛珍珠所说："我写那本书是因为我的一些美国读者为《流亡者》中我母亲的故事所困惑——这本书是写给我的孩子的手稿——他们认为我并不爱我的父亲。相反，当我随着年龄增长而能够理解和认清父亲的价值时，我已学着热烈而崇敬地爱我的父亲。"②

由于赛珍珠本人也曾一度以美国长老会国外传教部传教士的身份在中国从事教书等活动，所以借助《异邦客》及其后续文本《战斗的天使》，我们可以较为深入地探讨传教士之间在信仰与生活诸方面之间的对话。

赛兆祥是美国长老会恪守传统的传教士的典型代表，对19世纪晚期重塑基督教义的现代主义和自由主义的种种潮流毫无兴趣。他也多次在《教务杂志》（The Chinese Recorder）等传教刊物上发表文章，竭力维护基督教的传统教义。比如1929年6月，《教务杂志》上刊登了一封赛兆祥写给编辑的信，其内容是针对《教务杂志》1929年3月发表的Lewis S. C. Smythe一篇关于教义革新的文章。赛兆祥最后的结论就是：改变福音教义只能带来非常严重的危害，而没有任何的益处。赛兆祥所参与的这场论争，可以说是非常典型地体现了保守派和现代派的分歧，从整体上讨论了传统福音教义的存变问题。而1931年3月《教务杂志》上Paul G. Hayes所发起的关于圣灵感孕的论争，又从具体的单个教义角度，让我们进一步看到当时传教士内部的分歧状况。赛兆祥参与这场争论时，距他离世仅几个月，但他面对现代派观念的挑战，仍然竭力捍卫圣灵感

---

① [美]赛珍珠：《我的几个世界》，尚营林等译，湖南文艺出版社1991年版，第161页。

② 同上书，第258页。

孕这一传统教义的正确性。1931年4月和6月的《教务杂志》上，刊登了他写给编辑的两封信。

赛兆祥和凯丽选择了与当时其他很多传教士不同的传教方式，那就是为了便于传教，他们没有住进与外界隔绝的租界或侨民保护区，而是落户在一些比较落后的地区，与中国普通百姓比邻而居，相互走访。赛兆祥是个学者型传教士，他不但把《圣经》译成了中国百姓能听懂的中文，而且了解儒学，更专门研究过佛教。他意识到亚洲的文明已达到了哲学和宗教的相当高度，并发现东西方的哲学与信仰，有许多相通之处。当然，他仍坚持基督教高于儒学和佛教，但这种对东方哲学与信仰的认识还是给了他和凯丽以很大的触动。

凯丽像当时许多来华传教士的妻子一样，身兼数职：除了承担力所能及的传教工作，还要担任常年在外传教的丈夫的坚强后盾，生儿育女，安排全家人的生活。作为妻子，凯丽有时对丈夫的忘掉家庭义务而伤心愤怒，但她一生为丈夫及其所从事的事业而辩护。当丈夫受到来自现代派传教士的指责或反对时，凯丽总是竭力维护丈夫。但随着时间的推移，她发现自己与丈夫之间在性格与观念方面的差异越来越大。在《异邦客》中，赛珍珠这样简要地概括二者的不同："我想是在这时候凯丽意识到她和安德鲁的差异，虽然他们已经是三十多年的夫妻，而且一起生了七个孩子，却相距甚远。她因为自己严肃的清教徒的一面而嫁给了这个男人，但是当生活前进时，她丰富的、人性的一面却加深而成长了。他们单独在房子里，单独在平底帆船上或并肩走在灰蒙蒙的乡村道路或城市的圆石街上时，却无话可谈。凯丽愉快、幽默、滔滔不绝的谈话使许多人感到高兴，但是她对沿途所见事物生动有趣的评论，对于安德鲁来说，只是令人厌烦的唠叨和大胆妄言。他微带学究气的讲话、缓慢而稀有的幽默、对工作的完全专注，他无力面对或理解人类生活的实际困难，那容不下美和欢乐的禁欲主义的严峻生活，开始引起她的反感——即使当她羡慕他的自制力和他的心灵的崇高时。"①

　　这段话显示了凯丽生命中深刻的矛盾，即清教徒质素和丰富人性质素之间的矛盾。这种矛盾随着时间的流逝越来越尖锐，临终时凯丽"故意把宗教和上帝的思想抛开，而选择她喜爱并丰富了解的这个世界的生活和万物的美"②。赛珍珠评价她的一生时说："如果以她当初的意愿来衡量，我想她会认为她的生活是个失败。的确，如果一开始就能看到结尾，她会称它为失败。寻求上帝——她复杂心灵的、深层的、清教的那一方面的需要未能得到满足。我想，对一个具有她那样敏感而务实性格的人来说，它是不可能得到满足的。她天性是个怀疑论者，也是个神秘主义者，她爱美，对未知世界满怀梦想。"③

　　赛珍珠在写作《异邦客》时，传达出她对母亲的深切热爱和同情，以及对父亲的诸多不满。如前所述，赛珍珠大学毕业后，为了照顾母亲，向长老会海外传教协会申请了一个镇江教会学校的教职。与农业经济学家布克订婚后不久，又向长老会海外传教协会申请，要求一个传教士妻子的任命。婚后，她也做了传教协会所期待的一定量的传教工作，但她最终因与传统的长老会发生冲突而辞去传教士职务。

　　在赛珍珠的身上，我们会看到一种与传统基督教教义疏离的现代主义色彩。换言之，在很多方面，她站在了与父亲相对立的立场。但有意思的是，随着年龄的增长和与父亲的更多接触，赛珍珠开始理解并尊重自己的父亲。凯丽去世后的十年间，在赛珍珠的帮助下，赛兆祥被任命为金陵神学院新建的函授部主任。他住在赛珍珠在金陵大学校内的寓所中，父女之间有了进一步的了

---

①　[美] 赛珍珠：《异邦客》，林三译，载《东风·西风——赛珍珠作品选集》，漓江出版社1998年版，第159页。
②　同上书，第177—178页。
③　同上书，第179—180页。

解。1931年8月31日赛兆祥在牯岭的避暑别墅去世，终年近80岁。他一生传教，至死方休。赛兆祥去世后，赛珍珠在为他所写的传记《战斗的天使》中，认为父亲是她"所见过的最幸福的人，他从不参与尘世的奋斗。他走着自己的路，安详而自信，因深信自己走在正道而心安理得。……在他明白无疑的决心中有着一种伟大之处……"①

"说实在的，早期的传教士都是一些天生的斗士和了不起的人，因为那时宗教依然是一面引导人们进行战斗的旗帜。那些软弱的或怯懦的人是绝不会漂洋过海去到异国他乡，并把死亡危险视若等闲的……早期的传教士们对自己的事业深信不疑，正反映了现时人们的迷惘——如今，信什么，该怎么信，居然也成了问题。"②

当然，在父女之间仍存有矛盾，比如对女性的态度。在《战斗的天使》中赛珍珠谈到赛兆祥"毫无保留地接受圣保罗蔑视妇女的观念"，并举例加以说明，而赛珍珠则认为"此种置女子于屈从地位的宗教观，理所当然地会使妇女在内心深处生来就下意识地感到伤害和不公，从而导致她们产生一种不可克制的独立意识以及表达自我的愿望。一切处于从属地位的人都会蒙受这种痛苦。男人如果明智一点，他们就会给妇女以完全的自由，这样她们的反抗精神反而会化解成温情与随和"③。此外，在对家庭的观念，以及对某些传统教义的理解上，赛珍珠与父亲也存在分歧，但赛珍珠仍肯定了父亲作为一个传教士的价值，她最终这样为她的父亲定位："安德鲁自己从未觉察到——而我，也是长大后才看出来的——尽管他外表上很宁静，实际上却是最优秀战士中的一员，是上帝一个奋斗不息的儿子，是一位战斗的天使。"④

---

① ［美］赛珍珠：《战斗的天使——一个灵魂的写真》，陆兴华等译，载《东风·西风——赛珍珠作品选集》，漓江出版社1998年版，第220—221页。
② 同上书，第235页。
③ 同上书，第311—312页。
④ 同上书，第230页。

2. 信仰体认的挣扎及其原因考察

透过《异邦客》《战斗的天使》中那些具有悲剧意味的文学形象，我们会看到一个共同的问题，那就是部分来华女传教士在信仰体认中出现的挣扎状态。通过作品的考察，我们会发现，造成这种挣扎的原因是多面的，包括生活的艰辛与异质文化的冲突、对海外传教运动的质疑以及信仰认知过程本身的复杂与起伏等。

生活的异常艰辛以及异质文化的冲突是显而易见的，而这一点在那些进入到婚姻和家庭的女传教士中尤为突出。在《异邦客》中，我们看到赛珍珠的 5 个兄弟姊妹都出生在中国。其中 3 个因染上流行病缺乏医疗条件而夭折，葬在中国。尽管传教士都具有巨大的牺牲精神，但是这样的接连丧子给母亲凯丽带来的痛苦是难以言说的。丈夫常年在外传教奔波，家庭的重担压在她一个人身上，夫妻之间缺乏沟通与交流。加上为了配合丈夫的传教，居无定所，周围异质文化的隔膜，令浓郁的乡愁时常萦绕心头。而当他们每隔几年休假回家，他们会不无失落地发现，故乡的人们已经习惯了没有他们在一起的生活。凯丽对此感受极为深切，因为她深为自己的国家和民族为荣，她深爱自己的故土，所以每次休假来回，都增加了她的这种失落之感。而当她在中国不停奔波时，这种萦绕心头的乡愁，愈发加重了她的孤独之感，以至于最终站在读者面前的，似乎"不是一个女传教士，而是一个饱受创伤和磨难的普通外国女人"[①]。

而在《战斗的天使》中，赛珍珠以亲身经历告诉人们，传教生活时常充满了令人难以忍受的闭塞，"身处异国，忍受着炎热的气候，时有风沙袭人，洪水泛滥，战火连天，暴民起事，使他们的生活很不安宁，他们为自己定下的目标又不可能达到，加上他们痛苦地与自己的同胞隔绝，内心的压力又重……"[②] 在这种情况下，

---

① 王守仁：《赛珍珠谈她的父母》，《东风·西风——赛珍珠作品选集》分序，漓江出版社 1998 年版，第 36 页。

② ［美］赛珍珠：《战斗的天使——一个灵魂的写真》，陆兴华等译，载《东风·西风——赛珍珠作品选集》，漓江出版社 1998 年版，第 239 页。

确实也出现了自杀现象。"有一位传教士的妻子,在为她丈夫生了八个孩子之后,有一晚从床上爬起来,穿着白睡袍,穿过一条中国大街,登上长江边的一座悬崖,跳进了江中。"① 还有一个传教士妻子,在一天夜里采取了很决绝的自杀手段——先用菜刀,后用绳子,最后服了毒药才死成。② 虽然自杀的事件并不多,但仍传达出了一个信息,就是严酷的环境导致了一些传教士对自己信仰的困惑乃至放弃。

20世纪初美国出现了对海外传教的质疑,这种质疑难免让那些曾经献身海外传教的传教士们产生信仰体认的挣扎乃至身份认同的危机感。如前所述,在赛珍珠身上,这种质疑颇具代表性。虽然赛珍珠主要批评的是那些高高在上优越感强烈的传教士。但无疑,这种质疑的声音会影响人们对海外传教的重新审视。

另外,信仰认知过程本身的复杂与起伏,也会导致传教士信仰体认的困惑。宗教信仰时常并非一往无前,有时会出现起伏,甚至撤离。信徒灵命的成长,伴随着人性与神性的此消彼长。凯丽的一生与赛兆祥的一生形成了鲜明的对比,一个是矛盾挣扎的,一个则坚定而满足。凯丽一生都期望得到信仰的确证,但她直至临终仍旧失望,这也是造成她一生悲剧处境的重要原因。当然,她的这种失望也源于清教本身的复杂状态。清教在生活哲学、价值规范等领域具有特殊的意义。清教的礼仪和制度改革对后来包括英国国教会在内的教会产生了一定的作用,但它在净化过程中所引发出的道德力量却产生了更为久远的影响,以至于有人说:"每当西方社会发生道德危机时,清教便向人们提供恢复道德的责任感、勇气和信心。"③ 清教徒力图使社会宗教化的最初动机无疑是高尚的,但在

---

① [美]赛珍珠:《战斗的天使——一个灵魂的写真》,陆兴华等译,载《东风·西风——赛珍珠作品选集》,漓江出版社1998年版,第239页。
② 同上。
③ 柴惠庭:《英国清教》,上海社会科学院出版社1994年版,第242页。

具体实施的过程中却有时走向一种极端。他们虽然取缔了天主教和英国国教会外在的烦琐的宗教礼仪和一些迷信成分,但又使新的细苛的宗教律条成为对"因信称义"这一新教基本要旨在某种程度上的背离。而且,对皈依基督的真正体验的强调会使得人们产生过度的反省,乃至不健康的内心折磨。凯丽的一生似乎正说明了这一点。她一直渴望得到信仰的确证——一个"兆头",但直到最后也没有得到;她热爱现世的生命,充满激情并始终保持对美的敏感,这些又与清教徒的刻板严谨相冲突,使她常常不得不遏制自己,因而内心时常苦闷,信仰和怀疑的交织构成她心灵天空的斑驳色彩。

综上所述,赛珍珠是中外文化与文学交流史上的重要人物,其一度的传教士身份为这一中介身份增加了几多复杂因素。随着时代发展,其人其文仍有继续探讨的空间和意义。

三 包贵思与燕京大学作家群

(一) 包贵思与燕京大学

1. 包贵思其人

包贵思(Grace M. Boynton)是燕京大学英文系的一位美籍女教授。她出生于新英格兰一个公理会牧师的家庭里,从小对中国感兴趣,11岁就立志要来中国。毕业于美国威尔斯利女子大学研究院,并获得硕士学位。1919年如愿来到中国,任教于协和女子大学、燕京大学,讲授英国文学课程,也秉承父母意旨在中国传教。

包贵思是燕京大学校长司徒雷登的挚友,也是燕京大学的元老。据其当年学生介绍:"包贵思老师是一位虔诚的基督徒,燕京的工友和她家的佣人都称呼她'包教士',可是她从来没有向我直接宣传过基督教义,她是在用一种平常的爱心来关心别人,影响别人,这也许就是所谓的基督博爱精神吧。包贵思老师一生独身,一个美国的青年妇女,不畏艰苦,远涉重洋,毅然来到中国,来到燕京大学,把一生的心血都倾注在燕园这块土地上,这是需要一种信念和精神来支持的。她是燕大英文系的元老，可是从来不以元老自居。燕大英文系的老师和学生都非常尊敬她。"①

据包贵思的学生回忆，包贵思的课程很受学生欢迎，她的为人也颇受燕大师生的肯定："我第一次听包贵思（Grace M. Boynton）的课是1939年在北京燕京大学英文系二年级读书的时候，我爱上她的课，爱听她那清脆悦耳的声音，听着听着就仿佛沉醉在一种美妙的乐声之中。她的授课方式也非常灵活，在我们学莎士比亚'As you like it'的时候，正值春日融融，阳光明媚，她就带着我们到女生宿舍二院北侧的一座大藤萝架下，让我们分别担任剧中的角色，进行朗读练习。那时藤萝正开着一串串的紫花，泛发出阵阵清香，在这种环境下朗读莎翁名剧，真是美极了……"② 著名作家萧乾则谈及："一九二九年我读燕京国文专修班时，曾旁听过她的英国小说和英国诗歌两门课。她一直独身，那时住在校园北面的朗润园里，房外小桥流水，短篱曲径，具有中国古典苑林建筑的幽静雅致；室内铺着地毯，沙发壁炉，又有着西洋客厅的熟识温暖。课余她除了从事中国苑林艺术研究外，最喜欢组织朗读会，约同学们晚间去她家一道欣赏英国古典诗歌……"③

2. 教会大学文化传播功能的体现

19世纪中后期，教会在华创办的学校多以初等教育为主，后来逐步开办了一些中等学堂。随着中国社会的发展，传教士们发现，仅仅依靠普通教育，是不可能培养出他们满意的人才的。为此，在中国创办教会大学的呼声不断高涨。在1890年基督教在华传教士举行的第二次大会上，狄考文详细阐述了创办教会大学的必要性："一个受高等教育的人是一支燃着的烛，别的人就要跟着他

---

① 参见燕京研究院编《燕京大学人物志》（第一辑）之"包贵思"篇，北京大学出版社2001年版，第145—147页。
② 同上。
③ 参见萧乾《杨刚与包贵思——一场奇特的中美友谊》，《燕大文史资料》（第二辑），北京大学出版社1991年版，第126—138页。

的光走。这对中国来说，比其他异教的国家更真实。作为儒学思想的支柱，是受高等教育的士大夫阶级。如果我们要取儒学的地位而代之，我们就要准备好自己的人们，用基督教的科学来教育他们，使他们能胜过中国的士大夫，因为能取得旧士大夫阶级所占的统治地位。"①

在这次基督教传教士全国会议上，与会代表决定，将1877年由在华各教派联合组成的学校教科书委员会改组为中华教育会，从单纯编辑出版教科书扩展为对整个在华基督教教育进行指导。此后，教会学校逐步将眼光移向高等教育。20世纪前20年，教会大学得到了迅猛发展。在华传教士专门成立了中国基督教教会大学协会。据该协会1919年统计，已完全具备本科设置的基督教教会大学即达13所。早期开办的教会大学，都无可避免地带有强烈的宗教色彩。随着对中国近代社会历史发展的适应，最初以传教为主的教会大学，逐渐转变为以传授文化科学知识为主。教会大学引进的新观念及开设的新学科，也对近代中国的高等教育现代化作出了贡献。

在13所基督教教会大学中，包贵思所任教的燕京大学颇具代表性和影响力。"燕京大学是一所由外国教会在中国办的私立学校，并且不是完全由一国教会而是由几国教会参加办的私立学校。其中美国教会自然占最大的部分，而且作为一个大学或法人，它还是在美国纽约州立案注册的。"②支持燕大的美国教会包括南北长老会、卫理公会、公理会等。除教会以外，美国的一些文化教育机构也是燕大的支持者，并成为燕大的重要经济来源，如哈佛燕京学社等。

"燕京是教会所办的大学，免不了要在许多地方表现西洋文化

---

① Records of the General Conference of the Protestant Missionaries of China Held at Shanghai, May 7 - 20, 1890, Shanghai, p. 459.
② 参见吴其玉《北京燕京大学的回忆（1923—1942）》，《燕大文史资料》（第二辑），北京大学出版社1991年版，第2页。

的精神及影响，特别是基督教的精神。而最足以表现这种精神的，则为燕京的校训，即'因真理，得自由，以服务'的校训"。"次于校训但和它相辅相成的，则为'中西一治'的思想。"①"中西一治"的思想即贯通融会中西文化的思想。校长司徒雷登曾多次在演讲中强调这一思想，认为这是燕大所能发挥的一种重要作用。

燕京大学是较早实行教学与宗教分离、提倡信仰自由的教会大学。燕京大学实行的宗教信仰自由政策，我们也可以借助一些燕京大学的史料看出。如1928年"11月16日，学生信仰统计表：（一）基督教342人，（二）孔教16人，（三）佛教2人，（四）回教1人，不信仰宗教149人，无表示190人（《燕京大学校刊》第10期）"②。

另外，作为私立学校，燕大无须像一般国立学校那样听命于当时政权，其财政上的独立也使它在一定程度上保证了办学的自由，而少受政府的干涉。所以，当时国内外的思潮如基督教的教义和哲学、西方民主自由的思想以及革命思想等，都可以在校内比较自由地传播和发展。

包贵思的教学经历以及创作经验，都很典型地体现了燕京大学作为教会大学的文化传播功能。在包贵思的学生中，既有像冰心这样的基督徒，也有像杨刚这样的共产党人，还有像萧乾这样的反教会者。

（二）包贵思与燕京大学作家群

包贵思与燕大学生的来往，特别是她与现代作家的来往，在不同时期都有。五四前后以冰心为代表，二三十年代则以杨刚和萧乾为代表。

---

① 参见吴其玉《北京燕京大学的回忆（1923—1942）》，《燕大文史资料》（第二辑），北京大学出版社1991年版，第7页。
② 燕京大学校友校史编写委员会编：《燕京大学史稿》，人民中国出版社1999年版，第1189页。

1. 包贵思与冰心

（1）密切的师生关系

在杜荣所撰写的有关包贵思的介绍资料中提到：冰心是包贵思初来燕京教书时班上最得意的弟子，她在跟学生们聊天时也常常谈到冰心。①

"冰心在她（注：包贵思）执教的多门英国文学方面的课程中，学习成绩都属优秀，因而受到这位异国教师的喜爱，经常与之来往。在交往中冰心除了请教学业方面的问题外，宗教思想自然也受到熏陶。冰心在贝满中学时上过课，但没有正式入教。在燕京大学，从校长司徒雷登到多数教师都是基督徒，除了传播文化知识外，宣传基督教义也成为学校的一个宗旨，学校的宗教气氛浓厚。在那种气氛下，深受博爱主义熏陶的冰心，经过她敬爱的教师包贵思的启导、牵引正式加入了基督教。后来冰心的出国留学也与这位美国教师有着密切的关系。"② 具体而言，1923年冰心大学毕业前夕，包贵思向冰心透露了一个令冰心喜出望外的信息：校址在美国东北部马萨诸塞州（麻省）的威尔斯利女子大学已同燕京大学女校结为姐妹学校，每年以八百美元为奖学金，资助燕大女校毕业生去该校读硕士学位。包贵思就是威尔斯利女子大学派到燕大任教的，特地推荐冰心毕业后即去美国。冰心很高兴地答应了这个机会，并开始为出国作准备。1923年9月9日，冰心到达波士顿，被包贵思的父母鲍老牧师和夫人接到默特佛镇的家中居住。鲍老牧师和夫人20年代初到北京燕京大学看望在中国教书的女儿，冰心陪他们游览过西山。这回冰心到了波士顿，在鲍家住得十分安逸而自由。在学校开学之前，鲍老牧师带她参观了几所大学，还带她观看了许多湖光山色。9月17日，冰心住进波士顿郊区的威尔斯利

---

① 燕京研究院编：《燕京大学人物志》（第一辑）之"包贵思"篇，北京大学出版社2001年版，第145页。

② 万平近、汪文顶：《冰心评传》，重庆出版社2001年第2版，第60—61页。

女子大学，开始了她新的学习生涯。冰心回忆说，在美期间每逢过节及寒暑假，鲍老牧师和夫人都去接她回家。由上可见，包贵思已成为冰心的恩师，不但在信仰上引导她，并帮她打开到美国的深造之路。在二人之间，保持着极其密切的关系，包贵思对冰心的影响不容忽视。①

（2）包贵思英译冰心《春水》

1929年，包贵思将冰心的《春水》翻译成英文，并写了一篇英文"前言"，介绍了有关冰心的生平及创作，特别是关于冰心"零碎的思想"这一特殊文体。笔者在搜集资料中找到了这一有关冰心研究的重要文本。

"前言"主要内容如下：

> 这本诗作是一位女孩首次袒露心声的作品。就诗的本身而言，主要关注于两方面事物。到目前为止，自我表现在很大程度上被看作是男性作家的领域。因此，女性作家在人们眼中是极其难以捉摸的。然而经过这位年轻女孩的一番阐述说明，使得女性特有的多愁善感令人感伤、女性形象遭受的曲解惹人激愤，同时也使得这两种女性特质成为文学写作的典范。由于中西方之间的密切交流遭到阻碍，于是有人臆造出她是追求感官享受的、难以捉摸的，这种言论广为评议，无须再议。因此就需诞生出一种公正的评论来描述女性，同时能够真实的揭露中国的腐朽环境。不论这一评论是否具备文学价值，但一定会有其本质的、内在的价值和影响。

> 《春水》作者笔名冰心（Ping Hsin），有人曾误译为"冰冷的心（Icy Heart）"。她出生于一个具有优良传统的官员家庭，从小在慈母的养育中成长起来。其母虽心性敏感、体弱多

---

① 万平近、汪文顶：《冰心评传》，重庆出版社2001年第2版，第175、185—186页。

病,但镇定冷静、坚强刚毅。作为女儿,其最初体验到的感触是对常处于身体病痛中的母亲的怜悯,大部分时间都忙于照看病弱的母亲。其父是一位安静温和的官员,忙碌往来于工作和家庭之间。父亲对柔弱母亲的钟爱之情带有一丝甜蜜,正促成女儿持有极富浪漫色彩的观念。他对女儿本身的理解、对女儿思想生活的关爱以及对女儿诸多成就的自豪,都凝练成一条无形的纽带,将博学多识的父母与天资聪颖的孩子密切联系起来。这种无形的纽带普遍存在于中国家庭之中,其珍贵的价值将永久流传。她另外还有三个自由奔放、情感充沛的弟弟,共同组成一个幸福美满的家庭。

其所就读的燕京大学的藏书浩如烟海,此校开启了学习西方的道路之门。但相比于西方文化,冰心更多的是受到在家期间所学习的中国古典文化和诗词的影响。在这幽静的校园中,当然还有别样的学生,即使他们每天同具备良好教养并专注于清净家庭生活的冰心相处仅几个小时,但仍能受到她思想的启发,并不知不觉地随之发生转变。

由此看来,大学的时光是十分平静安逸的。同学们都能从容不迫、发自内心地袒露自己的心声,这完全归功于他们的闲暇安逸和雅致风度所衍生出的热爱自由的天性。冰心除了阅读古典文学作品,还饱读现代文学著作,尤其是胡适先生尝试着用白话口语创作的作品。白话作为文学舞台的媒介取代了传统的文言。冰心从小使用文言书写散文诗句。而如今,她效仿胡适先生的写作风格,试着探究在这股新思潮中能够做出的贡献。她的作品开始发表出版,很显然是由于通过不断地历练,使得她与生俱来就具备的古典文学鉴赏力与其率真活泼、单纯质朴的性格得到完美结合,同时赋予作品意境优美、文字精炼的风格特征。这种写作风格大大的推动了新思潮的发展。

在同时代的学生中,她已很有名气。诗歌发表之后,又创作了一些沉思性的散文,接着是一批带有讽刺意味但极富魅力的记叙文,这些作品先后收录于流行期刊和文学选集中。众人对她作品的需求超出她的预想。这对于一位向来喜欢低调清净的作家来说,她的闻名于世令她困扰。她钟情于隐居的生活,从未敢于成为公众的焦点。但她仍继续创作,《春水》于1923年一经发表便广为传颂,每年销量平稳无减。

透过这些被称为"零碎的思想"的片段,人们可以读出关于一个中国女孩的早期经历。诗篇的主题浑然天成,超脱尘世的俗套。例如,诗中描写有关于福建祖宅中的一次家庭节日。灰墙围住迷宫一样的院落,高高的厅堂擎着弯曲的屋顶。这天是祖父的寿辰,他的朋友们捉住穿着一身枚红色衣裤的小女孩,兴致勃勃地灌她米酒喝呢!

"祖父千秋,
同祝一杯酒!"
明灯下,
笑声里,
面颊都晕红了!

两行的红烛燃起了——
堂下花阴里,
隐着浅红的夹衣。
髫年的欢乐
容她回忆罢!
当叔父去世时,畏惧的印记留在孩子的头脑中:
幢幢的人影,
沉沉的烛光——
都将永别的悲哀,
和人生之谜语,
刻在我最初的回忆里了。
她最热爱两样事物,一样是母亲,一样是大海,这两样事物构成她理想中的幸福生活。这也说明她仍是一个未受世俗影响的纯真的孩子：

造物者——
倘若在永久的生命中
只容有一次极乐的应许。
我要至诚的求着：
"我在母亲的怀里，
母亲在小舟里，
小舟在月明的大海里。"

这一百八十二首诗中最大的一组——共五十四首编排成一本小诗集，描写的多是关于日常生活中的事物，像醒着的、睡去的、看见的、听到的和嗅到的——感官的印象。诗的内容虽不多，但句句洋溢着清新的魅力，触动了作者敏感的躯体和灵魂。她从弥漫着尘埃的都市到沁凉宜人的北京西山做了一次旅行，并留下一篇女学生的假日记录：

微雨的山门下，
石阶湿着——
只有独立的我
和缕缕的游云，
这也是"同参密藏"么？

在以爱为主题的言辞中，她用含蓄的方式来表达对隐居生活的满足，常以一种委婉内敛或其他方式来触及主题，这种手法在片段中零散地出现多达十六次。在一一零首诗中描述了一个年轻女孩请求延迟自己本能上的畏惧，害怕自己的心事被过早地开启。

聪明人！
纤纤的月，
完满在后头呢！
姑且容淡淡地云影

遮蔽着她罢。

其中有十七个章节提到关于万物为何存在的极富哲理的感叹，似乎是在表明作者深刻的顿悟，但这些感叹多是凭直觉获知而非理性思考出的。

未生的婴儿，
从生命的球外
攀着"生"的窗户看时，
已隐隐地望见
对面"死"的洞穴。

经验的花
结了智慧的果，
智慧的果
却包着烦恼的核！

诗中有很大一部分鲜明的表现这位诗匠的先入之见。她喜欢自诉如何成诗，这就成为一种新奇的作诗手法。她是如此观察到的：

嫩绿的叶儿
也似诗情么？
颜色一番一番的浓了。

冰心严肃认真地对待自己的职业，忙碌着身为一个作家应尽的职责，在面对困难和失败时，也会精神沮丧。作为一位艺术家，她有着自己独特的异教观念。她优雅地把自己的职能描述为给人们带去心灵上的慰藉。"人类的心灵太乏味太浮躁。"诗人的特权就是给人们带来清新和宽慰。

我们这位年轻的作家，永远持有浪漫的想法，这种浪漫是全世界青年与生俱来的，这种态度也是因为在其成长过程中的隐居环境里找到了适宜的土壤而滋生出来的。她书写的孤独和郁闷并不是源于外在的境遇，而是内心性情的写照。她纵情于眼泪之中，但绝不会变成病态的人。也许比起沮丧，她心中更怀有一丝欢愉。

她的文章始终贯穿着一种半神秘的色彩，是关于阅历丰富的神学者和一切自然万物。她对造物者的欢快的回应是她最奔放的情感体现。因此，她作了一首关于牧童的诗：

笠儿戴着，

牛儿骑着，

眉宇里深思着——

小牧童！

一般的沐着大地上的春光呵，

完满的无声的赞扬，

诗人如何比得你！

对于家庭生活的回应、一系列敏锐的意识情感、委婉的接近爱的主题的方式以及关于生死乐痛和经验技能构成了冰心写作的素材，她说这些方面正是她必须要表达的。创作题材多是围绕敏感的人们来写的，而非关于娇宠的女子或神秘莫测的东方人，也非其它习俗中的特别之处。风格上的单纯朴素和正直率真引人关注，然而对于关注女性和东方人的大众理念却否认这两种风格。

这些小诗已经受住多年的考验，中国大众也已领悟到其价值所在。这些年来，在美国和中国的西方人都熟知冰心。有人认为：如果说从这位年轻诗人的英译版本的"零碎思想"中得到的快乐有一定减损，那么他们也可能获得相当的价值。

最后感谢三位中国翻译朋友提供专业知识上的帮助。感谢 Liu Jui Ying 从头至尾与我耐心完成这项令人愉悦的工作。感谢 Ti‐Shan Hsu 教授对于我请求的最终评定和校订工作所给予的最谦恭的回复。冰心本人已阅过这篇文章，并认可中文原文中没有的评注。

作为英美文学的教授，包贵思对冰心作品的英译直到今天仍具权威意义。这一点从目前纳入"新课标双语文库"（译林出版社）、仍在出版发行的由包贵思及凯利所译的《繁星·春水》便可见出。作为冰心的恩师，包贵思对冰心的了解是透彻的，因此也为冰心作品的西传作出了独特贡献。

2. 包贵思与杨刚

（1）特殊而珍贵的师生情谊

包贵思在燕京大学有两位得意弟子，一位是女作家冰心，一位是女革命家杨刚。如前所说，冰心在包贵思的启导、牵引下正式加入了基督教，后来冰心的出国留学也与包贵思的推荐有着密切的关系。如果说包贵思和冰心的师生之谊是一段佳话，那么包贵思和杨刚的师生之谊则耐人寻味。

胡寒生在《追忆杨刚》一文中介绍道：杨刚（1905—1957）首先是一个勇往直前、忠诚浩烈的女革命家。同时，她又是一个出色的记者、作家。杨刚在20世纪30年代开始发表诗歌、小说、散文。她精通英语，协助埃德加·斯诺编译短篇小说集《活的中国》，介绍鲁迅、茅盾、巴金等作品到国外去。她为报纸写国内外通讯、报告文学、社论，主编文艺副刊。在40年代的新闻战线、文艺战线上留下了显著的成绩，成为知名专栏作家。中华人民共和国成立后，她先后在外交部、国务院总理办公室、中共中央宣传部担任对外事务和宣传工作，曾任周恩来主任秘书、《人民日报》副总编辑。1957年，她因外事活动遭遇车祸，造成脑震荡后遗症不幸病逝。①

自称受杨刚影响很大的著名作家萧乾提到，多年来他曾不解，为什么共产党员杨刚会同笃信宗教的包贵思那么亲近？他曾问过杨刚，但杨刚仿佛不愿多谈这个话题。后来杨刚去世后，杨刚的女儿

---

① 参见胡寒生《追忆杨刚》，《燕大文史资料》（第二辑），北京大学出版社1991年版，第121—125页。

郑光迪告诉他，自己小时候寄养在包贵思家里。这说明杨刚同包贵思的关系要比一般师生更亲密，但仍难以解释两个志不同道不合的人如何建立并保持友谊。直到萧乾 1979 年赴美访问遇到魏斯特教授，才在他的帮助下找到一些珍贵资料，揭开了包贵思和杨刚的友谊之谜。这些资料包括杨刚致包贵思的几封书信、杨刚用英文写的部分自传，以及包贵思生前所著的一部长篇小说《河畔淳颐园》(*The River Garden of Pure Repose*)，其中有些地方写到了杨刚。对照杨刚用英文写的自传，小说中的叙述相当接近她本人的经历。①

(2) 长篇小说《河畔淳颐园》：传教士与共产党员之间的特殊友谊

①传教士与共产党人之间的对话：信仰与革命

在 20 世纪来华的美国传教士中，女传教士是一个很大的数目。而据《中华归主》1919 年统计，单身女传教士占到整个美国传教团的三分之一，其中许多人从事教学工作，因为教育是最行之有效的一种传教手段，任教于燕京大学的包贵思就是其中的一位。

包贵思创作的长篇小说《河畔淳颐园》有助于我们认识教会大学中的传教士教师与其共产党人学生之间就信仰与革命展开的对话。据萧乾介绍，小说的扉页是一幅苑林的平面图，共有四十四座亭台楼阁，各标了阿拉伯号码，后面附着它们充满诗意的名字。书前还有从明末到辛亥革命为止这座苑林历年修缮扩建的大事记。封底是关于本书评语的摘录，明白指出这本书是作者战时在华期间的经历和她毕生对中国苑林艺术研究的结合，说："这座苑林才是小说真正的主人公。"

故事叙述一个叫简·布里斯苔德的美国女传教士在战时的四川某城病笃，由一个叫威尔弗里达·格里森的英国女护士照顾。这一天，简的一个叫王维洲的学生来探视。王是四川的一

---

① 参见萧乾《杨刚与包贵思——一场奇特的中美友谊》，载《燕大文史资料》(第二辑)，北京大学出版社 1991 年版，第 126—138 页。

个世家子弟，如今是个军医。当他知道简需要一个幽静的地方疗养时，就慨然邀请这两位外国妇女到他家的一座别墅去住。全书主要描述的就是这座古老苑林的沿革和布置，她们每日起居的细节，以及前来探视的一些客人。写到这位女传教士溘然长逝，书就结束了。

书中出现的一个女共产党员，是简在北方一家大学教书时的学生。她的一部分情况是虚构的，也许是包贵思综合别的学生的经历写的，但也有些情节与杨刚的情况吻合，而且最后也是把生下的一个娃娃委托给简来抚养。

从小说中我们可以得知，简的表弟斯蒂芬是美军的卡车司机。这一天，一个被戴笠追捕的年轻女革命党人即"柳"经王维洲的介绍，搭他的车来到位于郊区的这座别墅，向这位外国老师寻求庇护。她穿了一件破棉袄，浑身是虱子，怀着孕，随时都可能分娩。简看到柳这副样子，十分难过。她要给柳洗澡，柳不让洗，因为她被国民党特务打得遍体鳞伤。于是，两个女传教士就为柳布置住所，研究怎样让这位女共产党员逃过保甲耳目。

安顿就绪后，师生之间开始了一场关于革命和信仰的交谈。从小说来看，柳在简处一共只待了四天。她抵达的第二天就分娩了，是个女孩，起名"希望"。正当柳分娩时，国民党警察来查户口了。两个女传教士一面为孕妇张罗着，一面还得应付外面。形势紧张，柳不可能久留了，简要斯蒂芬把她护送到宝鸡。临走时，柳将孩子托付给简。

通过书中有关的对话和描写，我们发现包贵思作为一个外国传教士对一个献身祖国解放事业的共产党员的尊重和敬仰，作为一个老师对自己学生所选择道路的理解和支持。在她们身上，我们看到了一种同样高贵的品质，那就是对苦难民众的深切同情、对自己所认定事业的牺牲精神和不畏考验的勇气，以及对异见的宽容和理解……正是这些共同的品质，使得两位志不同道不合的女性成为亲密的朋友。这样的友谊的确是弥足珍贵的，尤其是在那个风雨飘摇的时代里。正是在这种意义上,包贵思的小说具有了一种特殊的认识价值。

②基督教与共产主义:基于社会承担意识的有限认同

通过对《教务杂志》所刊登的有关来华新教传教士对共产主义的评论文章,我们大致可以了解到 20 世纪上半叶传教士对共产主义的基本看法。①

显而易见的是,基督教与共产主义之间存在分歧。当时的传教士们对共产主义中与基督教相异且不能接受的部分也有明确的认识,1932 年 9 月的社论所总结的共产主义的几个特点很有代表性②,1933 年《共产党的宗教观》一文则把共产主义经典作家的反宗教言论和俄国的反宗教实际基本呈现出来③。但值得注意的是,《教务杂志》上刊登的一些文章也显示出传教士们对共产主义所宣称的高贵目的的有限认同,以及对共产主义基于高贵宣称所付诸实践的行动而引发的基督徒的反思意义的肯定。

比如 1934 年 6 月的社论中指出:"共产主义残忍的暴力和专横的压制是不能宽恕的。但必须把它目的的价值与它那些名声不大好的手段分开来。人们普遍承认共产主义是一种为所有人创造更好经济生活的实验。它主要的经济目的是好的,尽管仍非常讨厌它的某些手段且不相信它的政治蓝图。"④ 而且,当传教士们部分肯定共产主义的目的时,他们为自己找到了一个理由,那就是他们普遍认为共产主义是从基督教中汲取了不少思想资源的。正如 1932 年 9

---

① 参见杨卫华《革命与改良的相遇:来华新教传教士话语中的共产主义——以〈教务杂志〉(Chinese Recorder)为中心》,载吴梓明、吴小新主编《基督教与中国社会文化:第三届国际年青学者研讨会论文集》,香港中文大学崇基学院宗教与中国社会研究中心 2008 年版,第 423—442 页。

② Editorial, "The New Communism and How to Meet it", The Chinese Recorder (Sept. 1932), p. 535.

③ "What Communists Think of Religion", The Chinese Recorder (Nov. 1933), pp. 738—742.

④ Editorial, "Beyond Communism", The Chinese Recorder (June 1934), p. 344.

月的社论指出："实际上，它（共产主义）的许多观念是基督教思想的产物。"①

而面对共产主义基于某些高贵目的的宣称所付诸的革命实践，传教士们则感到了被冲击的力度与反思的必要性。比如1934年的社论声称："共产主义激起了基督徒的惭愧感。他们意识到在许多方面反教的共产主义正在做基督徒口头上谈论而没有做的事情。他们现在看到比强烈谴责更多的东西，那就是如果现代经济不公平就必须抛弃它。这种惭愧心境使他们的宗教精神里产生了一种为经济公正奋斗的决心。"②

作为一份著名的教会刊物，《教务杂志》可以说是一个反映当时传教士思想动态的重要窗口。这些对于基督教与共产主义之间关系的深入探讨，也让我们可以更好地了解《河畔淳颐园》中展示出来的传教士与共产党人之间的非同寻常的关系。

在《河畔淳颐园》这部小说中，我们不但看到了基督教信仰与共产革命之间的分歧，更看到了基于理解和尊重的认同。如小说中简对斯蒂芬所说："只要中国人民在受难，柳就不会安歇，更不会享清福。"③"我是个宣传家，柳也是个宣传家。她为了宣传必须付出重大牺牲，而我不必为我所宣传的牺牲什么。我同她一样希望中国人民可以过得更好。我十分敬重她的勇敢和忠诚。"④ 而柳则曾对简说："你是我的老师，也永远是我的朋友。现在，我尽量象个孩子对母亲那样对待你。"⑤

柳走了之后，简在致友人的信中写道："她是我多年前的一个学生，和我十分亲密。她是延安方面的人，我不必多说，你也可以

---

① Editorial, "The New Communism and How to Meet it", *The Chinese Recorder* (Sept. 1932), p. 535.
② Editorial, "Beyond Communism", *The Chinese Recorder* (June 1934), pp. 344.
③ 转引自萧乾《杨刚与包贵思——一场奇特的中美友谊》，载《燕大文史资料》（第二辑），北京大学出版社1991年版，第131页。
④ 同上书，第132页。
⑤ 同上书，第130页。

明白她属于什么组织，具有什么样的信仰了。现在她已经离开这里了。她在这里小住的时候，我们长谈过。我就好象暴风雨中的一株孤树。我倾听她对我们时代种种罪恶的愤怒谴责，我无可反驳。我留意到那些不公正的事使得她和她的同志们变得冷酷无情。我感到她这个充满活力的人总是处于紧张状态中。她没有一点悠闲心情，永远也达不到恬静的境地。"①

"她为了宣传必须付出重大牺牲，而我不必为我所宣传的牺牲什么。"② 这句话包含了一个传教士对一个共产党人的敬重，也包含了一个传教士的反思意识；"我同她一样希望中国人民可以过得更好"③。这种对社会的共同承担意识、对普通大众深切的关爱，表达了一个传教士对一个共产党人革命目的的肯定；"我留意到那些不公正的事使得她和她的同志们变得冷酷无情"④，则不但传达出了一个传教士对一个共产党人革命目的的肯定，而且传达出了对共产党人践行手段的理解。在这一点上，我们可以说，包贵思的思考甚至比《教务杂志》上她同道们的思考走得更远。

总之，身为传教士的包贵思不仅作为一位英美文学的教授影响了她的学生，而且通过自己的创作记录了那段难忘而珍贵的历史。

3. 包贵思与萧乾

（1）旁听生萧乾

据萧乾自己回忆："1929 年考入燕京大学国文专修班……当时我还旁听了英文系包贵思教授的'英国小说'。她也是一位富于启发性的教授。……在燕京，我结识了后来对我影响很大的杨刚——当时名杨缤。她是英文系的学生。我虽然是国文专修班的，却也参加了每周五在美国教授包贵思家里举行的读书会。我们就是在那个聚会上相遇的。

---

① 转引自萧乾《杨刚与包贵思——一场奇特的中美友谊》，载《燕大文史资料》（第二辑），北京大学出版社 1991 年版，第 134 页。

② 同上书，第 132 页。

③ 同上。

④ 同上书，第 134 页。

我们朗读过许多英国（特别是维多利亚时代）的名诗。"①

　　萧乾后来与文洁若成功合译名著《尤利西斯》。据文洁若介绍，萧乾得以了解《尤利西斯》，部分原因是旁听了包贵思的现代英国小说课程："1929年秋，萧乾入了燕京大学国文专修班。金石学、音韵学、古代批评史等课程，都需要国文根底，而他几乎没有，所以觉得这个专业班不合他的口味。这一年，他倒是被清华大学来的客座教授杨振声讲的现代文学所吸引。上半年讲本国文学，下半年讲外国文学。他有一次从杨先生那里听到英国文学界出了个叛逆者詹姆斯·乔伊斯。这期间他又去旁听了美国教授包贵思的现代英国小说课，她娓娓动听地讲起乔伊斯和他那部意识流开山之作《尤利西斯》。当时萧乾还不知道乔伊斯是爱尔兰人。"② 在萧乾为《尤利西斯》中译本写的序中，他也提及继杨振声介绍之后，在包贵思开的"英国小说"课上，又听到乔伊斯的名字。

　　（2）萧乾对基督教的复杂心态

　　由于萧乾早年在教会学校中阴郁悲惨的童年生活经历，和20年代风起云涌的反帝爱国风潮，萧乾的小说有诸多对教会阴暗面的揭示，因而被美国汉学家路易斯·罗宾逊（Lewis Robinson）称为"反基督教作家"，但萧乾明确地说："小说是生活的反映。我揭露并反对的是二十年代的强迫性信仰，以及宗教和帝国主义的关系，但不反对宗教本身。我尊敬耶稣这位被压迫民族的领袖，也珍视《圣经》以及基督的一生在西方文化史、艺术史上的重要性。我拥护信仰自由，因而没有理由去反对基督教或任何宗教。"③

　　尽管萧乾称自己"并不反对宗教本身"，但通过他在20世纪30年代所写的几篇关涉基督教的小说中，我们既可以看到他对教

---

①　燕京研究院编：《燕京大学人物志》（第一辑）之"萧乾"篇，北京大学出版社2001年版，第352页。
②　文洁若：《萧乾的〈尤利西斯〉情结》，《文汇读书周报》2002年3月22日。
③　萧乾：《在十字架的阴影下——创作回忆录之一》，《新文学史料》1991年第1期。

会阴暗面的描写，也可以看出他对基督教义的质疑和否定。这几篇小说有的是基于民族主义认为基督教是帝国主义侵略中国的工具，如《皈依》《昙》；有的是揭露讽刺西方传教士和中国"吃教"者们的丑恶嘴脸，如《鹏程》《昙》和《参商》；还有的批判基督教的不近情理，如《参商》。其中涉及对基督教义较为深层的质疑和否定的，是其小说《蚕》。

这篇小说的主旨正如萧乾在《一本褪色的相册》回忆长文中所言："我在第一篇小说《蚕》中，通过一个恋爱故事写了我的宗教观点"；"宗教的前提是宇宙间有一位福祸的主宰者。在《蚕》里，我想说的是，即便有这么一位主宰，他也束手无策。福祸主宰在人与自然手里；人凭智力，向自然那里夺福。"① 在另一篇文章中，萧乾也提道："《蚕》是我的一点点宗教哲学。很小的时候我便为有神无神而烦扰着。因为不懂科学，幼时又受了不少三教九流的濡染，充其量我只敢循着'敬鬼神而远之'的逃避主义，而结论说，即使有个神，它也必是变化无常，同时，忘了人类遭际徒然爱莫能助的。蚕的生存不在神的恩泽，而在自身的斗争。这是用达尔文的《天演论》否定了命运。当蚕闹起饥荒时，神也只能顿顿脚而已。他还有他的限度，正如诸星球各有其轨道一样。"②

小说中通过蚕与人的关系，推及人与上帝的关系，并讽刺了宇宙主宰者的无能为力以及宗教信仰者对自我命运主宰力的放弃。在萧乾看来，那些基督教信仰者的问题除了不明白上帝对于变化无常的人类遭际爱莫能助之外，也与他们不懂科学、不明白进化论、不清楚一切要靠自己的斗争有关。这显示了萧乾对某些基督教义的根本性不认同。

另外，萧乾心目中的宗教不过只是一种精神寄托。老年的

---

① 萧乾：《一本褪色的相册》，载《萧乾短篇小说选》，人民文学出版社1982年版，第31、38页。

② 萧乾：《〈创作四试·象征篇〉前言》，载鲍霁编《萧乾研究资料》，北京十月文艺出版社1988年版，第333—334页。

萧乾曾反思道："倘若二十年代我接触的不是原教旨主义的基督教徒，而传教也不用强迫的形式，说不定我还会信教。因为那时作为一个孤儿，我很需要精神上的寄托。"① 虽然萧乾试图说明的是他对基督教并无恶感，但这也从深层反映出，作为一种精神信仰的基督教，于萧乾至多是一种精神寄托。这也意味着，当他找到新的精神寄托之后，基督教便很容易从其精神层面剥离开来。

总之，虽然萧乾反映在小说中的这些思想受到了他早年个人遭际以及所处时代民族危亡的影响，但较之同时代包括许地山等在内的其他一些受基督教影响的作家而言，萧乾对基督教的确有着较多的负面看法。

萧乾对基督教的复杂心态或许影响了他和包贵思之间的深入交往。他不像冰心，因为接受了基督教，而与包贵思有了一种精神上的天然相通；他也不像杨刚，因为坚定的革命立场，而与包贵思有着一种基于社会承担意识的彼此理解和尊重。他与杨刚在包贵思家里的读书会上相识，从此杨刚对他产生了很大影响。但他也没有因为杨刚的影响走向革命，他一生与革命保持着一种游离关系。

作为近现代来华女传教士中的佼佼者，包贵思在燕京大学这所近代著名的教会大学中，不仅以其精湛的英美文学的专业教学赢得学生的尊重，而且以其谦和包容的心态与学生建立起超越信仰的师生关系。这其中包括她与基督徒作家冰心的密切交往，包括她与共产党人杨刚的深情厚谊，也包括与萧乾这种对基督教抱有复杂甚至负面看法的学生之间的接触。在包贵思身上，我们看到宗教性的深层关怀也包含着对不同差异个体的尊重。当然，这种超越信仰的师生交往也与燕京大学本身较为自由的宗教气氛有关。

---

① 萧乾：《在十字架的阴影下——创作回忆录之一》，《新文学史料》1991年第1期。

结语　中西文化之间：近现代来华传教士的"之间人"身份

近现代来华传教士对中国文学特别是中国现代文学的评介与传播，从中西文化交流的角度而言，是一个值得深入研究的课题。不论是新教还是天主教方面，都有待于资料的进一步发掘。尽管传教士们的主观目的是传教，但在客观上，他们的活动为中外文化交流事业、为汉学研究提供了丰富的资源，近现代来华传教士在中外文化交流层面是占有特殊地位的传播媒介，我们不妨称之为"中西文化的之间人"。

"之间人"这一概念由香港学者梁元生在其著作《边缘与之间》中提出，是一个富有包孕意义的概念。在近代史上，担当中西文化"之间人"角色的既有中人，也有西人，来华传教士是其中极具特色且不应被忽视的一群。他们在中国近代化的进程中发挥了重要作用，这一点目前已成学界共识。本书主要关注近现代来华传教士与中国文学之间的关系，借此进一步考察他们在中西文化交流中的意义和价值。

通过上面论述，我们可以看出，无论是天主教传教士还是新教传教士，无论是出于主观传教目的还是较为客观的学术研究目的，来华传教士对中国文学进行了较为广泛而深入的译介和研究。

天主教方面，虽然较之新教传教士，来华天主教传教士与白话文运动的关系较少被论及，但从清末民初来华天主教传教士汉语白话读本的编纂、以《公教白话报》为代表的白话期刊的创办发行以及白话文圣经的汉译等方面仍表明天主教传教士也参与了白话文运动。

在近现代来华天主教传教士中，以善秉仁、文宝峰等为代表的圣母圣心会士对中国文学全面而深入的译介引人注目。善秉仁于1945年主编出版了法文版《说部甄评》，1947年出版中文版《文艺月旦》（甲集）。传教士们对图书的评判不是着眼于它们的文艺价值，而是注意审查各书的内容之道德价值，维护天主教的道德风化，并试图借此移风易俗、影响中国的道德建设。这本书评集中共收入600种读物的评介，包括现代之部、旧体之部和译本之部三部分，以现代之部为主。总体而言，《文艺月旦》所体现的天主教教士的中国文学观，特别是中国现代文学观，是笼罩在浓郁的天主教道德伦理观之下的。一方面，它为中国文学提供了一种特殊的观照视角，拓展了我们的认识视野；另一方面，它又过多地受制于天主教道德伦理立场，难以对中国文学做出真正全面而公允的评价。1948年由善秉仁、苏雪林、赵燕声合编出版的英文本《中国现代小说戏剧一千五百种》，基本上延续了《文艺月旦》（甲集）的图书检定意图和编写体例。但较之《文艺月旦》（甲集），除了借图书批判强调青年德性的维护之外，这本书还有另外一个目的，即善秉仁在"序言"中所说，是欲向西方读者介绍中国当代文学，体现了编者试图在中外文学交流方面进行的努力。此外，《中国现代小说戏剧一千五百种》在史料的保存方面，具有显而易见的价值，为中国现代文学研究者们提供了可贵的资源。文宝峰的《新文学运动史》正文共有15章，从该书目录中可以看出，文宝峰叙述中国现代文学史的眼光很关注新文学和中国传统文学的关系，特别是对转型时期翻译作品对新文学的影响有重要论述。该书力求对中国新文学作综合考察和总体研究，是今日现代文学研究的重要资料。以善秉仁、文宝峰等为代表的来华圣母圣心会士出版一系列关涉中国文学的著作，并非偶然或只是出于个人喜好，而是20世纪上半叶天主教会传教方式改革的产物，是天主教在发展出版事业、利用文字媒介加快传播方面加大力度的结果之体现，也为我们今天研究中国现代文学提供了珍贵的史料价值和另类的观照视角。

以明兴礼、毕保郊、戴遂良、顾赛芬、禄是遒、晁德莅等为代表的近现代来华耶稣会士继承明清之际耶稣会士的传统，在对中国文学的译介方面，无论是数量还是深度，都有了明显的提高。抒情类方面，如顾赛芬以法文、拉丁文、中文对照排印的《诗经》全译本；晁德莅《中国文化教程》第三卷中译介了《诗经》；第五卷中则更广泛译介了中国的诗词歌赋；明兴礼则在《新文学简史》对中国新文学中的一些著名诗人的诗歌加以译介。叙事类方面，戴遂良的《中国宗教信仰与哲学思想史》一书在介绍佛道思想的同时，也介绍了一些受佛道思想影响的民间故事，以及包括《西游记》等在内的小说作品。《中国近代民间传说》一书选译了222个故事。禄是遒的《中国迷信研究》介绍中国的所谓"迷信"现象时，涉及《山海经》等作品。晁德莅的《中国文化教程》第一卷中，译介了部分小说和才子书。在中国新文学的研究领域，明兴礼、毕保郊对新文学小说家巴金、鲁迅、老舍、苏雪林、茅盾的译介，对中国新文学在西方的传播，起到了积极的推动作用。戏剧类方面，戴遂良的《中国宗教信仰与哲学思想史》一书介绍了元朝以后受社会流行信仰及道德观念影响的戏剧20部；晁德莅则在《中国文化教程》第一卷中，译介了部分杂剧；明兴礼、毕保郊等人对曹禺、田汉、洪深等现代戏剧家进行了较为深入的研究。来华耶稣会士的译介促进了西方对中国文学及文化的深入了解。

他界书写是来华传教士与中国文学研究中一个饶有兴趣的话题，涉及传教士对中国本土信仰的看法这一关键性问题，因此本书还专门较为细致地探讨了近代来华法国耶稣会士对中国文学中他界书写的译介。译介原因可能有以下几种：出于传教目的了解中国文化中的这一重要组成部分；站在天主教的立场批评中国的迷信观念以及客观的学术研究等。主要的译介者是戴遂良和禄是遒，译介对象主要是一些受佛道观念影响的文学作品。如戴遂良的《中国近代民间传说》《中国宗教信仰与哲学思想史》以及禄是遒的《中国迷信研究》中多涉《封神演义》《西游记》等诸多作品中的天庭与地狱他界书写。近代来华法国耶稣会士对中国文学中他界书写之译介的意义，概言之，一是对汉学研究的贡献及对后来相关研究者的借鉴价值。二是作为一种跨文化的宗教思想的传递，有助于当时的西方读者进一步更全面地了解一个真实的中国。

近现代来华新教传教士也继承了明清之际来华耶稣会士的汉学传统以及文字传教策略；同时，较之来华天主教传教士，他们对中国近代社会及文化、文学的介入更为积极主动。

来华新教传教士对中国新文学的参与及影响突出表现在《官话和合本圣经》和《普天颂赞》所取得的成就上。二者不仅为后来的中国基督教文学奠定了坚实基础，也为中国新文学提供了新的内容和形式。

本书以新教传教士所创办的著名刊物《教务杂志》为视角，探讨了近代来华新教传教士对中国新文学的译介。考察1917—1940年的《教务杂志》，曾刊登过传教士撰写的关于"五四"时期"文学革命"的介绍、关于中国新诗的评介、关于"创造社"及郭沫若《落叶》的评介。较之天主教传教士，新教传教士在评价中国新文学作品时，更多的是一种客观的介绍，更符合文化交流的规律。

来华新教传教士创办了诸多刊物，并在其上刊登译介中国古典文学的文章。包括《中国丛报》《教务杂志》等在内的著名刊物影响深远。来华新教传教士中，也涌现出了包括理雅各、卫礼贤、丁韪良等在内的著名传教士汉学家，为汉学研究作出了自己的重要贡献。

来华新教传教士创办的《女铎》是民国时期较有影响的一个宣扬基督教义、提高妇女道德、灌输新知识的妇女刊物，《女铎》小说也是中国基督教文学的一个突出成就。本书特别发掘并论述了以三辑《女铎小说集》为基础的《女铎》小说所体现的以基督教教义为核心的婚姻家庭观。较之现代激进主义文化思潮中常见的婚姻家庭破碎问题,《女铎》小说所体现的婚姻家庭观不失为一种家庭重建的有效资源。

本书还就明兴礼、赛珍珠及包贵思等三位有代表性的来华传教士做了个案研究。

明兴礼是来华耶稣会士中研究中国现代文学的杰出代表。其成就既体现在他对中国现代文学的整体研究中,也体现在他对中国现代著名作家巴金的专门研究上。前者主要体现在其专著《中国当代文学的顶峰》,后由朱煜仁将其书部分内容翻译成《新文学简史》。该书将新文学分作小说、散文、戏剧、诗歌四大类,并分别列举代表作家加以介绍分析。本书独特之处一是护教关怀与文学分析的张力;二是呈现比较的视野;三是写作学意义及其背后更为深广的目的,即对于天主教文学创作者的培育。明兴礼的《巴金的生活和著作》,开巴金研究以专著形式出版之先河,对巴金的后续研究起了很好的推动作用。该书特点一是在比较中凸显巴金的创作特色;二是作为人道主义革命者的巴金和作为基督信仰者明兴礼之间的对话。作为近代来华传教士汉学家中的佼佼者,明兴礼对中国现代文学的研究重点不在译述而在于评论,因而在很大程度上突破了以往传教士对中国文学的浮泛性介绍,具有相当的理论深度和专业水准,在一定程度上也丰富了汉学研究的成果。

在来华的新教传教士当中,赛珍珠是其中非常特殊的一位。作为1938年诺贝尔文学奖的获得者,尽管由于她的宗教多元文化立场和现代主义立场与美国传统教会的一元文化立场以及基要主义立场之间发生冲突,导致她后来辞去传教士的职位,但其许多活动仍与传教士有关。作为中西文化之间的一座桥梁,赛珍珠对中国文化以及中国文学进行了不遗余力的介绍传播,包括她对中国古典名著《水浒传》的英译、包括她在瑞典学院诺贝尔文学家授奖仪式上关于中国小说的演说,以及对现代文学作家作品的介绍等。她的两部以其母其父为传主的传记《异邦客》和《战斗的天使》,详细记载

结语　中西文化之间：近现代来华传教士的"之间人"身份

了其父母来华传教经历和内心世界，并深刻地揭示了赛珍珠对于基督教信仰前后微妙的变化。赛珍珠以《大地》为代表的中国题材创作及其引发的争议也反映了赛珍珠传教士身份的复杂性。随着时代发展，其人其文仍有继续探讨的空间和意义。

随着对中国近代社会历史发展的适应，最初以传教为主的教会大学，逐渐转变为以传授文化科学知识为主。在 13 所基督新教教会大学中，来华传教士包贵思所任教的燕京大学颇具代表性和影响力。除了学校提倡信仰自由、富有包容性的大环境之外，作为燕京大学英文系的教授，包贵思也以其博爱之心与个人魅力赢得来自不同信仰层面学生的尊重，她与燕京大学作家群的关系也值得探讨。在包贵思的学生中，既有像冰心这样的基督徒，也有像杨刚这样的共产党人，还有像萧乾这样的反教会者。作为冰心的恩师，包贵思既对冰心在信仰及学业方面有所帮助，也译介了冰心的《春水》等作品，为冰心作品的西传做出了独特贡献。包贵思与杨刚之间的师生友谊则反映了一个传教士与共产党人之间关于信仰与革命的真诚对话以及相互间的理解与尊重，并通过包贵思创作的长篇小说《河畔淳颐园》体现出来。包贵思与燕大旁听生萧乾之间的关系比较微妙，或许由于萧乾对基督教的复杂心态而影响了他和包贵思之间的深入交往。总之，作为近现代来华女传教士中的佼佼者，包贵思不仅以其精湛的英美文学的专业教学赢得学生的尊重，而且以其谦和包容的心态与学生建立起超越信仰的师生关系。

虽然来华传教士对中国文学的译介研究难免带上宗教色彩，但作为具有深厚"在地"体验的研究者，他们的工作为今日中国文学研究保存了丰富的一手资料，并提供了极具特色的研究视角，无疑可以丰富我们的研究空间，拓展我们的研究视野。

时至今日，近现代来华传教士的中国文学研究，已远远超出了文学的范畴，而具有了更深广的文化意义。至少在客观上，他们的文学研究活动增强了中西文化的对话和交流，加深了中西文化的相互了解和理解。

  总之,传教士作为中西文化"之间人"的价值与意义是显然的。当然,限于学力,本书的研究无论是在资料的进一步收集还是理论的进一步提升上,都有待于继续努力。

参考文献

1. 《圣经》，中国基督教协会 1998 年版。
2. 《圣经启导本》，中国基督教协会 1996 年版。
3. 《普天颂赞》，广学会 1949 年版。
4. 王神荫编著：《赞美诗（新编）史话》，中国基督教协会 1993 年版。
5. 朱维之：《基督教与文学》，上海书店出版社 1992 年版。
6. 梁之生：《边缘与之间》，三联书店（香港）有限公司 2008 年版。
7. 梁工主编：《基督教文学》，宗教文化出版社 2001 年版。
8. 杨慧林：《基督教的底色与文化延伸》，黑龙江人民出版社 2002 年版。
9. 袁进：《中国文学的近代变革》，广西师范大学出版社 2006 年版。
10. 段怀清、周伶俐：《〈中国评论〉与晚清中英文学交流》，广东人民出版社 2006 年版。
11. 宋莉华：《传教士汉文小说研究》，上海古籍出版社 2010 年版。
12. 顾卫民：《基督教与近代中国社会》，上海人民出版社 1996 年版。
13. 卓新平：《基督宗教论》，社会科学文献出版社 2000 年版。
14. 任继愈主编：《国际汉学》（第 1—16 辑），大象出版社

1998—2007 年版。

15. 晏可佳：《中国天主教简史》，宗教文化出版社 2001 年版。

16. 阎纯德主编：《汉学研究》第一集，中国和平出版社 1996 年版。

17. [美] 韩南：《中国近代小说的兴起》，徐侠译，上海教育出版社 2010 年版。

18. 顾长声：《传教士与近代中国》，上海人民出版社 1981 年版年版。

19. 史静寰：《西方新教传教士在华教育活动研究》，珠海出版社 1999 年版。

20. 张国刚等：《明清传教士与欧洲汉学》，中国社会科学出版社 2001 年版。

21. 张西平：《传教士汉学研究》，大象出版社 2005 年版。

22. 许明龙：《欧洲 18 世纪"中国热"》，山西教育出版社 1999 年版。

23. 阎宗临：《传教士与法国早期汉学》，大象出版社 2003 年版。

24. 王立新：《美国传教士与晚清中国现代化》，天津人民出版社 1997 年版。

25. 何兆武：《中西文化交流史论》，中国青年出版社 2001 年版。

26. 许光华：《法国汉学史》，学苑出版社 2009 年版。

27. 何寅、许光华主编：《国外汉学史》，上海外语教育出版社 2002 年版。

28. Dirk Van Overmeire 编，古伟瀛、潘玉玲校订：《在华圣母圣心会士名录，1865—1955》，台湾南怀仁文化协会 2008 年版。

29. [比] 善秉仁编：《文艺月旦》（甲集），景明译，燕声补注，北平太平仓普爱堂 1947 年版。

30. [比] 善秉仁、苏雪林、赵燕声：《中国现代小说戏剧一千五百种》(*1500 Modern Chinese Novels and Plays*),北平辅仁大学1948年版。

31. [比]文宝峰:《新文学运动史》,北平太平仓普爱堂1948年版。

32. 夏志清:《新文学的传统》,新星出版社2005年版。

33. 章开沅、马敏主编:《基督教与中国文化丛刊》第3辑,湖北教育出版社2000年版。

34. [法]戴遂良:《中国宗教信仰与哲学思想史》(*Histoire Des Croyances Religieuses et Des Opinions Philosophiques en Chine Depuis L'origine Jusq'à Nos Jours*),献县1917年版。1927年由倭纳(Edward Chalmers Werner)转译为英文 *A History of the Religious Beliefs and Philosophical Opinions in China from the Beginning to the Present Time*。

35. [法]戴遂良:《中国近代民间传说》,河间府1909年版。

36. [法]禄是遒:《中国民间崇拜》,上海科学技术文献出版社2009年版。

37. [法]明兴礼:《新文学简史》,朱煜仁译,香港新生出版社1957年版。

38. [法]明兴礼:《巴金的生活和著作》,王继文译,上海文风出版社1950年版。

39. [意]晁德莅:《中国文化教程》(五卷),上海长老会印刷所1879—1909年版。

40. 郝斌、欧阳哲生主编:《五四运动与二十世纪的中国——北京大学纪念五四运动80周年国际学术研讨会论文集》(上、下),社会科学文献出版社2001年版。

41. 柴惠庭:《英国清教》,上海社会科学院出版社1994年版。

42. 钱林森:《中国文学在法国》,花城出版社1990年版。

43. 孙昌武:《佛教与中国文学》,上海人民出版社1988年版。

44. 梁工、卢龙光编选:《圣经与文学阐释》,人民文学出版社

2003年版。

45. 陈思和：《中国现当代文学名篇十五讲》，北京大学出版社2003年版。

46. 鲁迅：《鲁迅全集》第4卷，人民文学出版社1981年版。

47. 周作人：《知堂书话》，岳麓书社1986年版。

48. 冰心：《冰心全集》第3卷，海峡文艺出版社1994年版。

49. 冰心：《冰心诗集》，开明书店1943年版。

50. 万平近、汪文顶：《冰心评传》，重庆出版社2001年版。

51. 王文兵：《丁韪良与中国》，外语教学与研究出版社2008年版。

52. 夏晓虹：《晚清社会与文化》，湖北教育出版社2001年版。

53. 郭英剑主编：《赛珍珠评论集》，漓江出版社1999年版。

54. 刘龙等编著：《赛珍珠》，黄山书社1993年版。

55. ［美］赛珍珠：《我的几个世界》，尚营林等译，湖南文艺出版社1991年版。

56. ［美］彼得·康：《赛珍珠传》，刘海平等译，漓江出版社1998年版。

57. ［美］赛珍珠：《异邦客》，林三译，《东风·西风——赛珍珠作品选集》，漓江出版社1998年版。

58. ［美］赛珍珠：《战斗的天使——一个灵魂的写真》，陆兴华等译，《东风·西风——赛珍珠作品选集》，漓江出版社1998年版。

59. ［美］赛珍珠：《大地》，胡仲持译，上海开明书店1933年版。

60. 赵景深：《银字集》（杂文集），上海永祥印书馆1946年版。

61. 刘纳：《嬗变——辛亥革命时期至五四时期的中国文学》，中国社会科学出版社1998年版。

62. 燕京研究院编：《燕京大学人物志》（第一辑），北京大学出版社2001年版。

63. 燕大文史资料编委会：《燕大文史资料》（第二辑），北京大学出版社1991年版。

64. 燕京大学校友校史编写委员会编：《燕京大学史稿》，人民中国出版社1999年版。

65. 吴梓明、吴小新主编：《基督教与中国社会文化：第三届国际年青学者研讨会论文集》，香港中文大学崇基学院宗教与中国社会研究中心2008年版。

66. 萧乾：《萧乾短篇小说选》，人民文学出版社1982年版。

67. 鲍霁：《萧乾研究资料》，北京十月文艺出版社1988年版。

68. 尚智丛：《传教士与西学东渐》，山西出版集团、山西教育出版社2008年版。

69. [美]何凯立：《基督教在华出版事业（1912—1949）》，陈建明、王再兴译，四川大学出版社2004年版。

70. 女铎月刊社：《女铎小说集》（第三辑），1935—1939年版。

71. *The Chinese Fairy Book*, edited by Dr. R. Wilhelm, translated after original sources by Frederlck H. Martens, New York Frederick A. Stokes Company Publishers, 1921.

72. *A Bibliography of Studies and Translations of Modern Chinese Literature*, 1918 – 1942（《中国现代文学目录》），by Donald A. Gibbs and Yun – chen Li, *BUA*, 1948.

73. John C. H. Wu, *Martyrs in China*, London: Longmans, Green, 1956.

74. *The Chinese Recorder*（《教务杂志》），*1867 – 1941*，published monthly by the American Presbyterian Mission Press, 18 Peking Road, Shanghai, China.

75. *The Chinese Repository*（《中国丛报》），1822 – 1851, Guangzhou, China.

76. 《女铎月刊》，上海广学会，1912—1950年，1942年停刊1年，1944年7月复刊。

77. 《金陵神学志》，南京金陵神学院，1932年—1950年11月，1942—1946年休刊。月刊（1932—1935）；双月刊（1936—1950）。继承《神学志》。

78. 《金陵神学志》（复刊），南京金陵神学院，1984年9月。

79. 《中华基督教文社月刊》，苏州东吴大学，1925年10月—1928年6月。

80. 《公教白话报》，公教白话报社，1913—1945年，山东兖州保禄印书馆发行，半月刊。继承《天主公教白话报》。

81. 《益世主日报》，又名《天津益世主日报》，天津益世主日报社，1912—1946年。

82. 《益世周刊》，南京益世周刊社，1946—1949年。继承《益世主日报》。

83. 《上智编译馆馆刊》，北平上智编译馆，1946年11月—1948年6月，双月刊（1946年11月—1947年12月）；月刊（1948年1—6月）。

84. 《生命》，北京基督教青年会生命月刊社，1920年6月—1926年3月，月刊。该刊自1926年4月起与《真理》周刊合并，改出《真理与生命》。

85. 《真理与生命》，北平燕京大学宗教学院，1926年4月—1941年，半月刊（1926年—1930年6月）；月刊（1930年6月—1941年）。

86. 《女青年月刊》，上海中华基督教女青年会全国协会编辑部，1922年1月—1937年7月。原名《女青年报》，自第5卷第2期（1926年）起改名为《女青年》，自第8卷第2期（1929年3月）启用现名。

后　记

随着中外文化交流的日益加强,汉学成为一门引人入胜的学科,而催生这门学科的是明清之际以利玛窦为代表的来华传教士们。为了达到传教目的,他们采取适应策略,大量翻译中国经典,客观上为中国文化的"西播"打下了良好的基础。正是基于他们的辛勤劳动,西方诞生了汉学研究这一新兴学科,后来又经过从宗教学术到世俗学术、从翻译为主到译研并重的演变,至今已蔚为大观。在传教士的汉学传统中,目前对近代来华传教士的研究主要集中在传教士与中国社会近代化、传教士与中西文化交流、传教士评传等方面,而对传教士与中国文学之关系的研究相对薄弱,目前尚未见到专门著述。而在已有的近代来华传教士与中国文学的研究中,尚缺乏对近代来华传教士整体(特别是天主教传教士)之于中国文学(特别是中国现代文学)的全面考察。在原始资料的整理、发掘及评介方面,也存在不足。

2000—2003年在南京大学攻读博士学位期间,我完成了博士论文《中国基督教文学的历史存在》。在博士论文查阅资料期间,我初步接触到了近现代来华传教士与中国文学方面的一些原始资料,比如来华圣母圣心会士编撰的《文艺月旦》(甲集)等。那时直觉这是一个很有价值的课题,但由于时间紧张,没有进一步展开。

博士毕业之后,我一直利用各种机会,有意识地收集和整理这方面的资料。2009年,我以"近代来华传教士与中国文学研究"

为题，申请到了国家社科基金青年项目。该项目试图在发掘原始资料的基础上，全面探讨近代来华传教士与中国文学的关系，特别是传教士对中国现代文学的译介与传播。为了做好该项目，2009—2010年，我到中国人民大学跟随杨慧林教授做访问学者，杨老师对该项目提出了很多有益的意见和建议。2010—2012年，我又到河南大学跟随梁工老师做博士后，博士后出站报告是该项目的一部分即"近代来华传教士与中国现代文学研究"。梁老师对博士后出站报告从内容到格式均给予了细致指导。2013年，该项目以研究报告的形式按期顺利结项，鉴定结果为良好。衷心感谢两位老师对我的关心和指导，他们严谨的学风、敏锐的思想以及正直的学术操守，都令我获益良多。

为了进一步完善研究中的一些问题，近几年我还到香港道风山汉语基督教文化研究所（2010.6—8）、香港原道交流中心（2015.2—3）、美国耶鲁大学（2015.11—2016.11）做了几次访学，尽可能多地收集项目所需的资料。其间得到了香港道风山汉语基督教文化研究所杨熙楠总监、香港原道交流中心蔡惠民神父、耿占河神父和张荣芳修女、耶鲁大学 Chloe Starr 教授等众多师友的热心帮助。另外，我指导的研究生刘同赛、赵婉莉也在资料整理方面，做了细致的工作。

遥想一百多年前，传教士们背负使命，离开故国，研习着世界上最难学的中文，尝试着理解中国这个古老国家的文化和文学。这是一群富有激情的人，他们深深地吸引着我去探究。收集资料的过程无疑是艰难的，但也充满了喜悦。有时为了一个史料，的确体验到了"上穷碧落下黄泉"的长情。而寻寻觅觅之后终于相遇的瞬间，让那些摸索翻阅的枯燥时刻都焕发出温润的色泽。最难忘的是在耶鲁大学的几个古朴典雅的图书馆之间找书扫描的日子。整整一轮的春夏秋冬，湛蓝的天空、清新的空气和浓郁的学术氛围，甚至让我找回了写诗的心境。

很感恩二十多年来一直在做自己喜欢的事情，且有机会四处走走，看看这个广大的世界。为此，我要感谢我的家人对我的理解和支持。感谢我的父母，多年来在生活上的关照；感谢我的爱人张易，在生活和精神上始终如一的扶持；也感谢我的儿子，尽管养育过程中有艰辛，但天伦之乐是我极大的满足，陪他成长的年日也有我的自我成长。总之，不惑之年，能拥有健康的身体和安宁的心态，实在是莫大的恩典。

本书是在国家社科基金青年项目"近代来华传教士与中国文学研究"结题报告的基础上修改而成的。本书中的部分内容曾在《中国现代文学研究丛刊》《东岳论丛》《齐鲁学刊》《河北学刊》《云南师范大学学报》《云南大学学报》等学术期刊上发表。感谢在为学之路上，所有帮助过我的师长朋友。

最后，我必须指出，近现代来华传教士与中国文学的关系研究，是中外文化交流史上一个重要而庞大的研究课题，有广阔的学术前景，本书在很大程度上只是个起步。由于资料收集方面的难度以及我自身学力的不逮，肯定会留有诸多遗憾，需要日后的继续努力。对于本书的不足之处，我热切期待读者的不吝赐教。

是为记。

刘丽霞
2017 年 4 月于济南